W0370393

Les conjurés de Niobé - 1

L'OMBRE DE THÉSÉE

Jessica L. Nelson

Les conjurés de Niobé - 1

L'Ombre de Thésée

Baam!

© Éditions J'ai lu, 2010
Cartes réalisées par Jean-Noël Leclere

Que serions-nous sans le secours
de ce qui n'existe pas ?

Paul Valéry,
Petite lettre sur les mythes.

Pour Adrien.

GRÈCE ANTIQUE

PROLOGUE

« Un nouvel ordre s'apprête à voir le jour. Zeus, dieu de tous les dieux, règne sur l'Olympe et le monde depuis des millénaires. Cet outrecuidant devrait pourtant savoir que l'univers est soumis à des cycles. Celui marqué par sa domination est sur le point de s'achever.

J'existe depuis la nuit des temps. J'ai vu le premier jour se lever et je serai encore là quand l'obscurité définitive se sera abattue sur la planète.

Humains, animaux, végétaux et créatures divines ne peuvent faire un pas sans que je le sache, le sente, le voie. Je suis partout et invisible à l'œil de celui qui ne sait plus penser par lui-même.

Je parle aux arbres, et le vent se repose dans le creux de mes entrailles. Je fais du feu et des lacs mes alliés. J'ai tous les pouvoirs et pourtant, je n'en ai aucun. Pas encore... »

Ces mots n'en finissent pas de résonner dans l'esprit d'une silhouette grise qui se faufile avec aisance sur une île de la mer Ionienne. Enfin un peu d'action et de chaos dans l'Antiquité !

Chapitre 1

CADEAUX D'ANNIVERSAIRE

« Quelle galère ! »

Stefanos Alias revient du collège en traînant, écrasé par le poids de son sac. Il est remonté de la station de métro et a loupé le bus qui le dépose à proximité de son quartier. Il s'est résigné à marcher, dans les rues calmes et propres de la ville, relevant parfois une mèche des cheveux blonds qui encombre ses yeux noisette. Le coiffeur, ça craint. La dernière fois qu'il a accepté d'y aller, il en est revenu avec une telle tête d'enfant de chœur que tout le collège s'est fichu de lui. Il préfère de loin sa tignasse floue façon Kurt Cobain ! Nirvana a beau être un peu passé de mode, c'est toujours mieux que les coupes hérisson à la Tokio Hotel qui rendent les filles hystériques...

Sa mère Irini lui tombera dessus, c'est sûr : il ramène encore une note catastrophique en latin. Et pourtant, ça n'est qu'une option ! Censée le préparer à l'option grec en troisième. Le prof, M. Durand, est un vrai sadique. Son but est simple : casser les quatrièmes pour les acclimater au moule du lycée.

« Ces microbes, répète-t-il souvent, il faut les mater ! » Pour Durand, rien de pire que les quatrièmes. Ils ont franchi le stade de l'enfance sans être tout à fait matures. Ils sont… adolescents. Un terme que le prof prononce avec un dédain à peine dissimulé. « Quatorze ans, prétend-il, c'est l'âge charnière où l'on fait de ces mômes des canailles ou de futurs adultes responsables… » C'est ainsi qu'il justifie sa sévérité envers eux, leur préférant les sixièmes – qui tremblent comme des feuilles face à lui – ou les troisièmes, soi-disant plus responsables. « La quatrième ? Un entre-deux-âges ingrat ! », marmonne-t-il. Stef est bien d'accord… pour d'autres raisons.

Avec lui, personne n'a jamais au-delà de 15 sur 20. Dès que Dudu a rendu les copies au-dessus de la moyenne, les élèves se mettent à trembler. Lorsqu'il annonce le 10 sur 20, ceux qui n'ont pas été cités savent que c'est fichu pour eux – et ils sont généralement nombreux. Stefanos imagine la réaction de sa mère. Ça va chauffer… Irini peut se transformer en tigresse ! Elle rugira, le privera de sorties, ou pire, d'Internet. Elle dira qu'elle ne l'a pas inscrit à Saint-Antoine – ce collège privé parisien qui lui coûte si cher – pour rien. Elle souhaite que son fils obtienne de meilleures notes (lui qui était déjà limite en primaire) et qu'il ait des notions de latin et de grec en plus de l'anglais et de l'espagnol. Bonjour la pression ! Pourtant, ça n'est pas faute de travailler... Stef est juste un peu trop rêveur.

Jusqu'en CM2, il allait à l'école à Boulogne-Billancourt, la ville de banlieue où ils habitent. Puis Irini a décidé de l'inscrire dans un établissement privé, imitant ainsi ses voisins et suivant le conseil de son patron, M. Stavros. Elle veut le meilleur pour son fils. Cela signifie : Saint-Antoine, ce bahut où l'on vous regarde de travers si par malheur vous oubliez le prénom du Père Goriot.

Pas facile, le collège, quand on se sent si différent ! Stef est d'origine grecque mais il est né et a toujours vécu en France. Irini a quitté son pays enceinte, sans que son fils sache pourquoi.

Le garçon shoote dans une canette vide, sur le trottoir. Soudain, son regard est attiré par quelque chose qui lui a semblé bouger dans le carré de bosquets qu'il longe : des yeux verts pailletés d'or, encadrés peut-être d'une paire d'oreilles. Il secoue la tête : il a sans doute rêvé. Depuis quatre ou cinq jours, il a l'impression d'être épié... Cette surveillance, réelle ou imaginaire, lui tape sur les nerfs. Mais rien de comparable à l'angoisse qui l'étreint à l'idée de l'annonce qu'il doit faire à sa mère !

« Quelle galère ! », répète Stefanos alors que l'entrée de son lotissement et sa maison se profilent, et que son chien Pirame aboie depuis le jardin pour lui souhaiter la bienvenue.

Galère, parce que Stef fête ce vendredi soir ses quatorze ans. Faut-il avouer à Irini son misérable 3 sur 20 ? Le malin sait quel cadeau elle projette de lui offrir : une console de jeux vidéo dernier cri. Stef s'est débrouillé pour mettre la main sur le précieux paquet, a déchiré un tout petit angle de l'emballage, assez pour reconnaître le logo de la marque, puis a scotché le coin avec soin. Depuis, il attend avec impatience ce moment où ils allumeront quatorze bougies sur le quatre-quarts maison.

Irini a dû sacrément économiser pour acheter la console car elle gagne un salaire de misère. Elle est cuisinière et femme de ménage chez Stavros, d'origine grecque comme elle. Il n'y a pas beaucoup de Grecs dans la région, mais ils se connaissent... et tâchent de se faire discrets pour se fondre dans la masse. Stavros partage son temps entre Paris et Athènes. Il travaille dans l'import-export, rapportant du tabac, du coton et de la betterave à sucre, de l'huile d'olive et des raisins de Corinthe, du miel du Péloponnèse et de l'ouzo. De France, il expédie du bordeaux et du champagne, du foie gras et du confit de canard, des calissons et du nougat... Stavros a également fondé une petite agence de location de villas dans les Cyclades, ces îles de la mer Égée où se bousculent les touristes en été.

Les affaires sont bonnes, l'homme est riche. Il se montre pourtant peu généreux avec ses employés, qu'il exploite jusqu'à l'os...

*

* *

Alors que Stef s'apprête à pousser le portail pour entrer, un garçon trapu, vêtu d'un blouson aviateur en cuir marron, d'un jean et de baskets de marque, se dresse devant lui : « Stop ! », ricane-t-il. Jules est la terreur du collège : cheveux rasés, mine maussade, dents qui se chevauchent. « T'as été collé, pas vrai ? Je t'ai pas vu dans le RER de dix-sept heures... »

En effet, Stef a pris un train plus tard, après une heure de permanence.

« Qu'est-ce que tu veux, mec ? Ne me dis pas que tu m'as attendu... »

Jules est un cauchemar vivant. Déjà, lorsqu'ils étaient en primaire, il rackettait son goûter. Il patientait à la sortie de l'école, le suivait et lui taxait le contenu de son sac. Au collège, Jules continue d'asticoter Stefanos. Ils viennent de la même école boulonnaise, ils sont dans le même établissement à Paris – comme si ça lui donnait des droits ! –, et si le racket a cessé, les brimades continuent.

Jules l'empêche par exemple de se joindre à la bande de copains qui se réunit souvent, après la classe, au Latéral. Un bistrot sympathique situé à côté du collège. « Ce que t'es chiant, puceau ! », lance-t-il systématiquement au fils d'Irini. Réservé peut-être, mais chiant, il exagère ! Quant au deuxième terme, Stefanos préfère ne pas relever. Il sait que ça concerne les filles, et comme les filles l'intéressent peu...

Jules, hélas, habite tout près de chez Stef. C'est un caïd bagarreur, toujours au courant de tout grâce à sa commère de mère, surnommée La Poison. Une vraie mégère, qui tient un restaurant traiteur. Irini s'en méfie comme de la peste : La Poison se mêle de tout ce qui ne la regarde pas, cherchant par exemple sans cesse à savoir qui était le père de Stefanos, le mystérieux Aristée, ne croyant pas à la version officielle. « Son ex-mari, un apiculteur gréco-provençal qui les a abandonnés avant de mourir dans un accident ? Mouais, tu parles... », grommelle La Poison à qui veut l'entendre. Pour une fois, Stefanos est au diapason : cette biographie est louche. Un éleveur d'abeilles ? C'est sûr, il n'y a pas de sot métier, mais il voit mal sa mère avoir été amoureuse d'un gars passionné par le miel au point de zapper tout le reste. À moitié provençal ? Que font-ils à Paris, alors ?

Stef ne manque pas de cran mais déteste se faire remarquer. Comme s'il n'était à sa place nulle part, ou qu'il usurpait celle de quelqu'un en prenant la parole. Aujourd'hui, il n'a pas le courage de protester ou de se battre, préférant rentrer chez lui. Il passe devant Jules sans commenter et entre dans son jardin en serrant les poings.

*
* *

À cette heure, Stef se creuse la cervelle pour trouver des solutions à deux problèmes de taille : une crise d'Irini et une punition concernant Internet ou son futur cadeau. Et là où ça se corse, c'est que sa mère était au courant que le prof rendrait ses copies aujourd'hui. « C'était un contrôle surprise, en plus ! » Stefanos déteste ces moments où les élèves se font avoir par les profs. Il aurait dû s'y attendre. Le vendredi, en terminant le cours, Dudu avait un sourire en coin, sous sa moustache poivre et sel mal taillée, et avait prononcé un « Bon week-end, les microbes ! » qui n'augurait rien de bon. Stefanos aurait dû réviser.

Parce que lundi matin, à huit heures et demie, paf ! Le prof avait ordonné : « Mes cocos, rangez vos cahiers et vos livres, sortez-moi vos stylos ! Interro qui comptera dans la moyenne du trimestre. » Des mines de détresse s'étaient esquissées dans la classe. Durand se déplaçait entre les bureaux avec sa démarche de vieux canard qui a mangé un panier de pruneaux pourris. « Je ne vous ai pas prévenus parce que la vie est comme ça : pleine d'imprévus. Qu'est-ce que vous en dites ? » Pas grand-chose. Stefanos avait entendu Jules glisser à Sofia, dont les boucles dorées balayaient sa copie à cause de leur extraordinaire longueur, qu'il lui filerait un coup de main en maths si elle l'autorisait à copier, et Sofia lui répondre d'aller se faire voir parce qu'il était aussi doué en maths qu'elle en catch.

Sofia se fiche régulièrement de sa *tronche passe-partout*. « Tu t'appelles comment, déjà ? rigole-t-elle lorsque Stef ose lui adresser la parole. Et ton chien *moche comme un ver* ? » C'est vrai que Pirame a le look bizarre de sa race indéfinie, mais c'est un chien formidable qui appartenait au père que Stef ne connaît pas. Un chien sans âge, qui a encore la fougue d'un chiot. De cela, l'Impératrice de Saint-Antoine se moque.

D'où vient sa popularité ? Sofia est jolie – son petit nez en trompette a du charme, il faut l'avouer –, vive et amusante, elle possède tous les gadgets à la mode, elle frime mais sait se montrer généreuse avec les autres. Elle leur permet de consulter leurs e-mails sur son Blackberry et organise des fiestas dans son magnifique appart près du collège... L'été dernier, on a pu la découvrir dans un magazine de mode pour adolescentes : elle joue les mannequins juniors et rêve de s'inscrire au cours Florent.

*
* *

Un froissement de branchages, à gauche du portail, sous le grand chêne, distrait Stef de ses pensées : la paire de loupiotes vertes ! Il se frotte les yeux. Il faut qu'il se fasse soigner, qu'il voie un psy, un truc quoi ! Il a manifestement des hallucinations, à moins que... à moins que ça soit vrai, et qu'il y ait bien une créature, un enfant peut-être, qui le surveille. Il repousse cette idée : sa mauvaise note lui monte au cerveau !

D'autant que Pirame aurait grondé s'il y avait eu quelque chose. Or le chien l'attend en remuant la queue vigoureusement. Avec un regard si intelligent et compréhensif que son maître en est perplexe. Stef jurerait que le chien est triste lorsque son maître se fait gronder, qu'il sourit lorsque son maître est heureux. *Moche comme un ver...* Pirame n'est pas la Rolls des concours canins, mais il assure dans les moments délicats. Comme celui-ci. Stefanos le détache, la mine maussade.

Les mots de Durand retentissent encore. « Sofia Stavros, 10 sur 20, je vous ai enlevé deux points à cause de l'orthographe... Jules Mazara, 8 sur 20, c'est sale et imprécis... Si l'Europe antique ressemblait à votre schéma, nous aurions le Colisée à la place de la tour Eiffel ! » La sueur dégoulinait du front de Stef. « Alias, 3 sur 20... Vous étiez là pendant l'heure où j'ai expliqué la domination romaine sur le bassin méditerranéen ? Toute la classe a répondu sans problème, sauf vous ! » Ouais. Dudu oublie que le meilleur devoir a péniblement atteint le 14 sur 20.

*

* *

Stefanos regarde sa maison, construction sans prétention que les habitants du quartier appellent Les Buissonnets, parce qu'elle est dotée d'un petit jardin bordé de bosquets mal entretenus. Le jeune garçon a pourtant la main verte et un goût certain pour les plantes et la nature. Il avait même essayé de constituer un mini-potager, avec du basilic, de la menthe et des tomates – en vain. La pollution de la capitale gâche tout.

Stef se baisse devant le pot de fleurs près du perron, le soulève et extrait le trousseau de clés. Pirame retourne docilement se coucher dans sa niche tandis que son maître pousse la porte, dépose son cartable sur la table en bois et s'affale lourdement sur le banc de la cuisine. Il devrait sortir ses livres, faire ses devoirs, se montrer sous un jour sage quand sa mère rentrera, en espérant qu'elle aura oublié ce maudit contrôle de latin. Il n'y parvient pas.

Il allume quelques lampes, se lève pour prendre du lait dans le réfrigérateur afin de se faire un chocolat chaud, puis prépare la pâtée de Pirame. Il dépose le plat devant la porte d'entrée et le chien accourt en bavant. La maison pourrait être embarquée d'un coup de vent et eux, transportés au pays d'Oz, que Pirame réclamerait encore son repas. « Un vrai ventre sur pattes ! », rit parfois Irini.

Stef entoure de ses bras l'encolure de son ami. L'atmosphère est douce, autour d'eux, paisible.

« Mon chien, si tu savais... »

La lumière rasante de la fin d'après-midi ferait presque penser à un soir d'été. Rien ne laisse présager ce qui va se passer dans les prochaines secondes... Mais non, Stefanos ne rêve pas : Pirame cesse bien d'engouffrer sa nourriture et lui répond d'une voix humaine : « Mais je sais, Stefanos. Ta vie... ta vie va bientôt changer. »

*

* *

Île d'Hyria, mer Ionienne

Très loin de Boulogne, aussi bien dans l'espace que dans le temps, une forme ténébreuse se meut dans une forêt tout aussi sombre, au nord de l'île d'Hyria, non loin du cap Skinari. La nuit est zébrée par l'orage.

La forme, tantôt debout tantôt paraissant ramper, siffle comme un serpent : « Je suis partout et nulle part, j'ai tous les pouvoirs et je n'en ai aucun... Il n'y a plus de place pour les partisans de Zeus. Stefanos, ta vie va changer, tu ferais bien de t'accrocher... »

Chapitre 2

PREMIÈRE MÉTAMORPHOSE

Stefanos se mord les lèvres. Devant lui, Pirame se consacre à nouveau à l'absorption méthodique de sa pâtée. Est-ce possible ? Est-ce que le chien a parlé ? Lentement, le garçon se lève et retourne à l'intérieur où, évidemment, le lait a débordé sur les plaques de cuisson en vitrocéramique – le seul petit plaisir qu'Irini se soit offert trois ans plus tôt. Stef déplore cette situation, bien sûr, mais serait-il capable de supporter un beau-père ? Rien n'est moins sûr. Être le seul mâle de la famille, ça a ses avantages.

Stefanos passe un rapide coup d'éponge. Il a plein de rêves, ça, c'est certain, mais ce n'est pas aujourd'hui, 21 avril, date de son anniversaire et de la plus mauvaise note de sa carrière de collégien, qu'il les réalisera. En plus, voilà qu'il entend des voix. Manquait plus que ça !

Le salon attenant à la cuisine possède un canapé confortable, deux fauteuils et une table basse. Quelques plantes vertes égaient l'ensemble et dissimulent les baffles de la chaîne Hi-Fi, dont seule la radio fonctionne encore. Une vieille télévision est encastrée dans un meuble de bois sculpté qui fait aussi office de bibliothèque. Des tapis de laine à longs poils, des *flokati*, recouvrent le sol ; quelques photos de Stef, sa mère et leur chien, sont disposées un peu partout. Au fond de cette pièce, une porte donne sur un étroit couloir menant aux chambres d'Irini, à gauche, et de Stef, à droite. Et au bout du couloir se trouvent une salle de bains ainsi que la buanderie pour le repassage ; il y règne une bonne odeur de lavande. De là part un escalier grinçant qui mène aux combles, où Stefanos se réfugie lorsqu'il a besoin de réfléchir. L'endroit est agréable, pas du tout poussiéreux – Irini y passe l'aspirateur toutes les deux semaines – et fleure bon le bois ciré. Il est encombré de toutes ces vieilleries qui font des greniers des endroits merveilleux. Il constituait jadis un terrain de jeux inépuisable pour Stefanos, qui y découvrait sans cesse des objets inattendus. Le plus insolite ? Une jarre de marbre et d'onyx imposante, d'environ soixante centimètres de diamètre, ornée de motifs et d'anses en forme d'abeilles, oubliée dans le recoin le plus sombre du grenier alors qu'il a sans doute fallu beaucoup d'efforts pour l'amener jusqu'ici...

Stef opte pour une retraite stratégique dans sa chambre, le grenier ne possédant, en guise d'issue de secours, qu'un vasistas étroit qui ouvre sur le toit.

Chez les Alias, tout est petit mais agréable. Dans sa chambre, son lit recouvert d'une couette bleu marine moelleuse est placé contre le mur qui longe le couloir. Stefanos s'assoit à son bureau sous la fenêtre, où trône un PC préhistorique qu'il connecte régulièrement – et péniblement, ne disposant pas du haut-débit – à Internet. Les Buissonnets sont un havre de paix. Sauf, parfois, lorsqu'il pleut et qu'un orage se lève : le vent fait alors trembler les murs et les tuiles. Ce tohu-bohu aurait plutôt tendance à bercer Stef... alors qu'il fait ronchonner Irini : « Encore Zeus qui s'énerve... Il va nous faire voler cette maison en miettes ! »

Des mots qui étonnent Stefanos. Zeus ? Sa mère retarde de quelques siècles. Ça fait belle lurette que tout le monde sait que les dieux et la mythologie... sont précisément des légendes ! Et pourtant, elle persiste à les invoquer – et notamment, le plus puissant d'entre eux – à toutes les sauces. « Zeus tout-puissant, que La Poison attrape la rougeole ! Zeus tout-puissant, que

Stavros m'augmente ! Zeus tout-puissant, que mon fils s'intègre mieux à Saint-Antoine... » Comme il ne se produit jamais rien, Stefanos en a conclu, tout petit déjà, que Zeus et ses dieux n'étaient qu'une fable.

*
* *

La porte d'entrée claque, Irini est de retour. « Stef ? crie-t-elle depuis la cuisine. Il faut qu'on parle ! » Ses pas résonnent dans la maisonnette.

« Oh non, ça, je ne pense pas », murmure-t-il pour lui-même. Il va lui falloir traverser le salon à vitesse grand V ou sortir discrètement par la fenêtre de la buanderie, sauter dans le jardin et foncer jusqu'au portail. Irini devrait savoir qu'annoncer la couleur de sa colère en hurlant n'a qu'une conséquence : faire déguerpir le collégien. Mais comme elle élève seule son fils, que Stefanos n'est pas le dernier lorsqu'il s'agit de faire l'andouille, elle doit sévir... « Une paire de claques bien méritée n'a jamais tué personne ! », se justifie-t-elle. Que Stefanos l'égale à présent en taille ne l'a pas fait changer d'avis.

Elle s'époumone. « Où es-tu ? La Poison m'a dit combien tu as eu à ton contrôle de latin ! Durand est passé acheter des plats à emporter dans sa boutique... »

S'il se fait moucharder par La Poison – et sans doute avant cela par Jules... Il glisse par la fenêtre de la buanderie, atterrit lourdement sur le gazon et se faufile, un peu moins agile que d'habitude. Nul doute que les quelques centimètres (il approche le mètre soixante-dix) et les kilos pris ces dernières semaines en sont responsables. Ses articulations lui font un mal de chien et il se sent de plus en plus maladroit dans son corps – si c'est ça, grandir...

« Quel lâche ! Ne pas être assez courageux pour affronter sa mère ! Tu ne l'emporteras pas sur l'Olympe ! » Irini déboule à l'extérieur et s'interrompt net : le jardin est vide. Pas de jeune garçon dans son champ de vision immédiat.

*

* *

Stet n'en revient pas. L'espace d'une seconde, tout est devenu noir et silencieux. Alors qu'il était courbé dans les herbes hautes, il a souhaité très fort disparaître. Il a murmuré, par réflexe et en imitant sa mère malgré lui : « Zeus tout-puissant, que je devienne n'importe quoi qui échappe à ma mère ! Un moineau ! »... Il a entendu, comme dans un souffle, une voix prononcer un mot étrange, qu'il a répété : « *Spurjiti* »... Il a vu s'inscrire devant ses yeux, derrière ses paupières fermées, ces caractères étranges : σπουργίτι.

Et que s'est-il passé ? Le voici perché sur une branche du chêne, incapable de proférer le moindre son cohérent. Il baisse les yeux et découvre, abasourdi, qu'à la place de ses baskets il y a... des pattes munies de petites griffes ! Il manque de dégringoler. Il observe à leur tour ses bras... ceux-ci sont couverts de plumes ! Et en louchant, il aperçoit le bout d'un bec jaune foncé. Il se sent comme dans un rêve, où même la situation la plus incongrue ne surprend pas, sauf qu'il sait que, cette fois-ci, il ne dort pas. À moins qu'il rêve qu'il sait qu'il ne dort pas ? Mais le simple fait d'envisager cette possibilité ne prouve-t-il pas qu'il est bel et bien réveillé ? Désemparé, il regarde sa mère qui tourne en rond dans le jardin, talonnée par Pirame.

Ce dernier s'approche du tronc du chêne en geignant. « Lui a compris ce que je suis devenu ! se dit Stef. Mais pourquoi ce maudit chien ne parle-t-il plus ? »

Irini paraît avoir abandonné l'idée de mettre la main sur son fils et se plaint : « Il fallait quand même que je lui parle de sa note ! Ça n'aurait pas duré ! Je ne vais pas le punir le jour de son anniversaire, quand même... » Comme le crépuscule tombe et qu'elle imagine son fils bien planqué, elle retourne à l'intérieur de la maison.

Stef gémit. Dans un mouvement désordonné – la condition de moineau n'est pas très habituelle pour lui – il trébuche et tombe de la branche... La magie naturelle du corps animal qui ne se connaît pas encore opère : en agitant les muscles qui lui servent de bras, Stefanos déploie instinctivement ses ailes et évite de s'écraser. Il s'élance alors vers la voûte céleste et, en quelques secondes, voit sa maison et son jardin devenir minuscules.

Le ciel est immense et tellement grisant ! Bien sûr, il a failli se planter plusieurs fois, mais il s'est rattrapé au dernier moment.

À l'horizon : Boulogne, Paris scintillant, les ponts et les églises en bordure de la Seine qui ondule. En tournant sa toute petite tête, il aperçoit la tour Eiffel et le Sacré-Cœur. Il suit le boulevard périphérique. Bientôt, la route de Normandie. Pendant deux heures, il a volé droit devant lui.

*

* *

Il cabriole dans les airs, sifflote des mélodies joyeuses, se pose sur un arbre, repart, frôle un nuage, s'élève comme un fou sans barreaux. La pénombre ne le gêne pas. Stef le moineau se mêle à un groupe d'oiseaux braillards, qu'il identifie comme étant des mouettes. Des volatiles qu'il trouve passionnants ! Ils sont si nombreux et portent des noms qui le font rêver : *mouette à queue fourchue*, *mouette du Tibet* ou *de Patagonie*, *mouette des brumes* ou *mouette obscure*... En se joignant à la nuée, Stef a l'impression d'appartenir à un groupe, pour la première fois de sa vie. Et pourtant, l'un de ses voisins, sans changer de cap ou de vitesse, lui balance brutalement : « Eh, toi, retourne d'où tu viens ! Tu n'es pas comme nous ! »

Stef manque de tomber de surprise et de tristesse. Il se remet à voleter, son entrain a disparu, il se pose sur le toit d'une maison à colombages. Il lève ses yeux de moineau vers le ciel, souhaiterait suivre le groupe. Subitement, Stef angoisse. Et s'il était condamné à demeurer ainsi pour toujours ? Une autre question le taraude : quelle peut raisonnablement être l'espérance de vie d'un moineau aussi inexpérimenté que lui ?

*

* *

Île d'Hyria, mer Ionienne

Très loin de Boulogne, aussi bien dans l'espace que dans le temps.

Une forme sombre se meut dans une forêt tout aussi ténébreuse. La nuit est zébrée par l'orage.

La silhouette est vêtue d'une cape à capuche grise, impossible de distinguer ses traits hormis une paire d'yeux perçants qui éclairent le chemin tels deux projecteurs. Elle évolue parmi les arbres avec agilité, grimpe sur les rochers avec la rapidité d'un chevreuil dont elle possède les sabots, se faufile à travers les branches de plus en plus enchevêtrées. Elle hésite à peine devant un pan de falaise abrupt derrière lequel on perçoit le bruit de la mer, se met à l'escalader et s'interrompt à environ dix mètres du sol.

Elle prononce quelques mots d'une voix rauque, dont il est impossible de dire si elle est féminine ou masculine. Sur sa gauche, une ouverture dans la falaise se dessine. Elle s'y engouffre ; le mur reprend son allure initiale après l'avoir absorbée. La terre gronde, digérant cet énigmatique personnage.

Chapitre 3

QUAND LES DIEUX S'EN MÊLENT

La nuit est tombée depuis longtemps. Irini est aux Buissonnets, en compagnie de Pirame, qui tourne en rond. Où est passée sa canaille de fils ? Elle a préparé un dîner qui devrait le faire rentrer, pourtant... Des *souvlakia*, petites brochettes de viande, des *melitzanes imam*, ces aubergines farcies à la tomate et à l'oignon, et le fameux quatre-quarts...

À des centaines de kilomètres de Paris, Stef se recroqueville sur son toit, frigorifié et somnolent.

Pendant ce temps, sur l'Olympe, un homme imposant, d'un certain âge, est assis sur un trône au cœur d'un temple majestueux et blanc. On ne sait pas encore quand, on ne sait pas encore comment, mais il a eu connaissance des événements des dernières heures. Il est aussi indécis que curieux de voir comment Stef s'en sortira.

Le dieu de tous les dieux, Zeus – car c'est bien lui ! – est ennuyé. À côté de lui se trouve un bel homme élancé, aux muscles noueux. Il s'agit d'Hermès, le messager des dieux, dieu des Voyageurs et des Voleurs. Il est fort probable que ce soit lui qui ait alerté Zeus de ce qui se tramait puisqu'il est l'un des rares dieux à avoir l'autorisation de se balader dans le temps et dans les dimensions, et qu'il a pour mission de veiller, à prudente distance, sur Les Buissonnets et ses habitants. Zeus l'a écouté, en compagnie de son épouse Héra.

« Le jeune Stefanos s'est perdu quelque part au nord, près de la Manche. Il aurait pu prendre la direction de la Méditerranée, comme un retour aux sources, mais non. Sa mère se fait un sang d'encre...

— As-tu parlé à Irini ? interroge Zeus.

— Non, tu m'avais recommandé la discrétion...

— Il faut que tu ramènes son fils. Elle a confiance en toi – je me demande pourquoi, d'ailleurs. Elle t'a jadis suivi sur l'Olympe, sans poser de questions. Stefanos devrait consentir à te suivre à son tour.

— Père, ramener Stefanos chez lui sera-t-il suffisant ? Ce garçon a découvert son pouvoir sans même s'en rendre compte. Sais-tu pourquoi ? Et pourquoi Pirame s'est mis à lui parler ?

— Je n'ai pour l'instant pas tiré cela au clair. Mais il est certain qu'il va falloir éduquer cet enfant. Lui apprendre à se servir de son don à bon escient... »

Héra, une femme d'âge mûr, du moins en apparence, maquillée à outrance, vernit ses ongles sans rien perdre de la conversation. Elle intervient en ricanant : « Que de choses à enseigner à ce, heu, pfff, demi ou quart de dieu ? Car la mère d'Aristée n'est qu'une nymphe, n'est-ce pas ? Et la mère de Stefanos, une simple mortelle ? »

Zeus se fâche. « Il a du sang divin, peu importe qu'il soit pur ou mêlé. Il a une mission ! » Éclat de rire d'Héra. Son mari poursuit : « Femme, sache qu'aujourd'hui un être humain sans une goutte de sang divin peut avoir autant de mérite qu'un dieu... »

Héra fait une moue dubitative.

« Tu envisages sérieusement de confier une mission à ce gamin plus humain que divin ? s'inquiète-t-elle.

— Les dieux sont en danger. Les Conjurés...

— ... sont une pure création de ton esprit dérangé, cher mari ! Tu ne sais plus quoi inventer pour mettre un peu d'animation dans ce mouroir qu'est devenu l'Olympe...

— Tu te trompes. N'as-tu pas remarqué que le cours de l'Histoire se modifie étrangement ? L'ordre des choses se bouleverse et je ne sais quelle explication donner à cela. Dans les mythes qui forgent notre identité, tout se dérègle. Les héros ne parviennent plus à accomplir leurs missions…

— Ils sont devenus paresseux, voilà tout. Pourquoi mets-tu cela sur le dos d'une sombre machination ? Paranoïaque, va. Comment les appelles-tu, déjà ? Les Conjurés de Niobé ? Et qui sont-ils, en dehors de cette pauvre reine Niobé qui, selon tes affirmations tordues, voudrait se venger de toi ?

— Les Titans, Héra, les Titans. Ils n'ont jamais digéré que je m'empare du pouvoir, m'installe sur l'Olympe avec toi et les enfants et que je les bannisse…

— Tes frères et leurs épouses, encore eux ! Quand en terminera-t-on, avec ces querelles de famille ?

— Ça n'est pas tout, insiste Zeus. Le monde se détraque. Catastrophes naturelles, typhons et tsunamis, disparition des ressources énergétiques, manque de…

— Épargne-moi ta litanie. Où veux-tu en venir ? coupe son épouse.

— Aristée, le père de Stefanos, a disparu. L'équilibre de la planète est modifié.

— De mieux en mieux. À cause d'un gestionnaire de ruches.

— Il était bien plus que cela ! Je veux qu'Aristée revienne parmi nous, et qu'Hermès guide Stefanos vers le destin que je prévois pour lui. Celui d'un héros... »

Hermès, dont la discrétion est une qualité, saisit l'urgence de la situation. Il s'éloigne silencieusement, drapé dans une cape irisée, laissant le couple à ses chamailleries.

*

* *

En attendant, ledit héros ne se doute pas que l'on parle de lui en haut lieu et souffre le martyre. Le vent du large lui semble bien moins amical, fouettant ses plumes et sa petite tête. Ses articulations sont terriblement douloureuses. Des courbatures, voilà ce qu'il a ! Pour son premier vol, il ne s'est pas épargné et ses muscles sont complètement tétanisés. S'il n'était pas courageux, si les oiseaux avaient des larmes, il en pleurerait. Il fait moins le malin que tout à l'heure, lorsqu'il piaillait sa puissance à la face du monde. Lui, le fils de la modeste Irini, capable de se transformer en oiseau !

« Je suis en train de rêver... », murmure-t-il.

Bzzzzzzz. Stef a cru qu'un moustique lui tournait autour, mais il s'agissait d'un homme miniature... revenu à sa taille normale en se posant à ses côtés, sur les tuiles du toit. Stef a sursauté, s'est rattrapé comme il a pu. Hermès, de sa voix chaleureuse et enjouée, l'a immédiatement mis en confiance. « Ne t'inquiète pas, Stefanos !

— Cui-cui ! »

C'est tout ce que Stef a pu répondre, et le moins qu'on puisse dire, c'est qu'il s'est senti assez piteux.

« Tu t'es suffisamment promené pour aujourd'hui, fils d'Aristée… Je suis Hermès, un ami de ta mère, et je te ramène chez toi. »

Joignant le geste à la parole, Hermès a capturé Stefanos le moineau, s'est drapé de sa cape de voyageur et, en un clignement de paupières, tous deux se sont retrouvés dans le jardin des Buissonnets. Hermès a déposé le moineau à terre, a jeté une poudre étrange et quasi transparente sur sa tête et a murmuré : « Redeviens celui que tu es réellement, arrière-petit-fils de Zeus ! » Stef a fermé les yeux, en entendant un mot étrange, qui ressemblait à *Stéftiké* ; lorsqu'il les a rouverts, il était à nouveau un garçon de quatorze ans. Quel soulagement ! Il est même content de retrouver son corps dégingandé, ses idées bien humaines – même celles qui sont un peu noires. De se retrouver lui-même. La paire d'ailes et le pépiement, ça va cinq minutes…

« Comment avez-vous fait ça ? » Stef est béat d'admiration, notant tout de même au passage que sa bonne fée est bizarrement attifée. Sous sa cape, on le dirait entortillé dans un drap de lit ! Hermès s'époussette négligemment, souffle sur ses mains et lance : « Tu regardes mes vêtements, mes bras, mes doigts... as-tu pensé à mes orteils ? »

Stef baisse la tête. Les mollets d'Hermès sont bronzés et galbés. Ça ne l'intéresse guère. En revanche, le dieu est chaussé bizarrement : ses sandales sont dotées d'ailes microscopiques ! Stef reste bouche bée. Et Hermès se met à rire : « Ce sont des sandales ailées, fiston ! Très utiles ! » Sur ce, les ailes en question se mettent à s'agiter et Hermès s'élève de quelques centimètres. Il plane !

Stef n'a pas le loisir de s'émerveiller davantage car Irini sort de la maison, suivie par l'inépuisable Pirame – qui, manifestement, n'en finira pas de suivre les gens qu'il aime.

« Mais où étais-tu ? Stefanos ! Oh, Stef, j'ai failli devenir folle ! Folle, tu entends ? ! » Elle hurle, se jette sur son fils adoré et là-dessus, Hermès redescend sur la pelouse, un peu gêné d'avoir fait son intéressant dans un moment qu'Irini, la belle Irini, juge sûrement essentiel...

Étouffé de baisers – heureusement que les potes de Saint-Antoine ne le voient pas ! –, Stefanos a la tête qui tourne. Quand ce cauchemar va-t-il cesser ?

*

* *

Irini et son fils sont installés au coin de la cheminée, Pirame avachi à leurs pieds. On a beau être en avril, il fait frisquet dans la maison, au cœur de la nuit. Stef a allumé du feu, par souci d'économie d'énergie. Irini lui tend une tasse de lait chaud au miel. Sa transformation l'a épuisé, ses membres tremblent encore, il vient à peine de retrouver son souffle et ne comprend pas pourquoi sa mère invoque Zeus à tout bout de champ ; pas plus qu'il ne sait comment ni pourquoi son sauveur a pris la clé des champs.

Irini lui a fait raconter plusieurs fois son aventure, secouant la tête, se lamentant. Fatigué, Stef l'interrompt. « M'man, et si tu m'expliquais ? Je deviens dingue. J'ai même cru entendre Pirame parler ! »

Irini pointe le menton vers le chien, qui relève la gueule en entendant son nom.

« C'est tout simplement parce que je peux parler, Stefanos… »

Le garçon passe par toutes les couleurs de l'arc-en-ciel, pour finir livide. Sa mère soupire. « D'accord, Stef. Tu as le droit de savoir. Tu te souviens de ce que je t'ai raconté au sujet de ton père, Aristée ? »

Le chien s'esclaffe, cache son museau sous sa patte gauche : « Ah, Aristée ! Quel drôle de type... »

Stef sursaute à nouveau. Il ne s'habitue pas au fait que son chien puisse parler comme n'importe qui.

« Silence, Pirame ! On ne dit pas *type* à propos du père de mon fils ! corrige Irini.

— Chut, Pirame, ordonne Stefanos. Qu'est-ce qu'il y a de si important à savoir à propos d'Aristée ? »

Il boit une gorgée de lait. Cela va l'aider à se calmer, il en est sûr. Il le faut. Sa mère est au bord de lui révéler des choses d'importance et il veut avoir tous ses moyens car il devine qu'elles sont également extraordinaires. Irini joue avec son pendentif, un médaillon en or massif représentant une abeille – son seul bijou de valeur. Elle hésite encore, l'air gênée. Pirame tourne la gueule, blessé dans son amour-propre par ces rappels à l'ordre.

La pendule fait son clic-cloc habituel, la nuit est noire, notre garçon s'engourdit de fatigue sur les coussins. Il pense en vrac à la console, au dîner d'anniversaire raté, à l'interro, aux yeux verts qui semblent le suivre depuis des jours. Au fait qu'à quatorze ans on n'est plus un petit d'homme mais un petit homme. Et puis soudain...

« Tu ne sais rrrien de tes orrrigines, Stefanos, parrrce que je l'ai voulu ainsi ! », tonne une voix terrible, venue de nulle part. Le timbre est impérieux, profond, terrifiant. Plusieurs ampoules grillent simultanément, ce qui plonge la pièce dans la pénombre.

Stef tourne la tête dans tous les sens. Ce n'est pas possible ! Cette voix doit bien venir de quelque part ! Ses muscles sont à nouveau tendus comme des arcs, l'angoisse écrase ses poumons. Il se lève d'un bond, fait un pas vers sa mère comme pour la protéger ; celle-ci gémit : « Ô Zeus, je ne voulais pas que... » La voix tonne encore :

« Veux-tu rrréellement savoirrr ? Stefanos, veux-tu savoirrr d'où tu viens et verrrs quoi tu te dirrriges ? » Tandis qu'Irini, blanche comme la mort, souffle tout doucement, presque pour elle : « Non, non, il ne veut pas, on ne veut pas. Personne ne veut... » Parce qu'il est plus curieux qu'effrayé, et parce que à ce moment il sait qu'il n'a pas le droit de flancher, Stef répond : « Oui, hum, je suis prêt, hum, Dieu tout-puissant ?

— Zeusss ! gronde la voix. Mon nom est Zeus ! Ça commence à bien fairrre, ces jeunes qui ne s'intérrressent qu'à la télévision et qui ignorrrent leurrrs classiques... »

Irini soupire mais parvient tout de même à esquisser un faible sourire. « Ça y est, tu l'as vexé, on va en avoir pour deux ou trois cents ans de rancune... » Mais son fils ne l'écoute pas : un éclair vient d'éclater, accompagné d'un nuage de fumée et d'étincelles bleues, orange, vertes.

« On se croirait dans un mauvais film fantastique coréen, note Stefanos. C'est ça, je rêve que je suis dans un film coréen... » Quand la fumée se dissipe, il découvre celui à qui appartient la voix : un bonhomme massif. « Pas mal, mon entrrrée, non ? Les couleurrrs, le brrruitage, la totale quoi... *Applause, thank you verrry much!* Hollywood, me voilà ! À moi l'oscarrr des effets spéciaux ! Alorrrs, les Alias, on a perrrdu la parrrole ? »

Stefanos reste bouche bée devant cet homme venu de nulle part, qu'il voit pour la première fois. Sa barbe emmêlée, sa façon de se tenir campé sur ses jambes un peu arquées et plutôt poilues, les poings sur les hanches, sa vigueur, le rendent assez sympathique en dépit de son aspect imposant. Enfin, le garçon murmure : « C'est que... je ne pensais pas que vous existiez pour de vrai ! Dieu, enfin les dieux, pour nous, c'est une idée un peu abstraite...

— Ah oui, abstrrraite ? », rugit l'autre.

Le bonhomme qui se fait appeler Zeus – un fou, peut-être ? Vu son cirque... – éructe, pointe du doigt Pirame, murmure quelques mots et le chien disparaît !

« Et comme ça, c'est plus concret ? » Stef a les yeux qui lui sortent des orbites, mais il note que

Zeus a cessé de rouler ses « r ». « Ton meilleur copain, s'il s'évapore, c'est plus concret pour toi ? » Le dieu part alors d'un rire tonitruant qui emplit la pièce et secoue les murs des Buissonnets. Le chien réapparaît, debout sur ses pattes arrière, marchant comme un être humain.

L'animal jette un regard noir à Zeus et balance : « Ouaf, ça suffit comme ça, tes blagues à la... Ouaf... » Pirame retombe sur ses pattes et détale hors du salon de peur de servir une nouvelle fois de cobaye au dieu fantasque. Lequel se tourne vers la mère et son fils : « Irini, dis-moi, n'avions-nous pas convenu d'instruire Stefanos de sa destinée au soir de son quatorzième anniversaire ?

— Ah, non ! ose la jeune femme. Nous avions décidé que ce serait pour ses seize ans...

— Quinze... ?

— Non, j'en suis sûre, Zeus, seize...

— Quinze et demi ? »

Irini secoue vivement la nuque. Perplexe, Zeus se gratte le menton et la barbe. « Eh bien, je suis en avance. Ou alors, c'est ton fils qui l'est. En tout cas, il a découvert son don. Et ça tombe plutôt bien, on a besoin de lui sur l'Olympe, les dieux sont menacés. Et puis, deux ans de plus ou de moins, à l'échelle du monde, c'est l'équivalent de l'âge d'un embryon de puce accroché à un poil du dos de ce bon vieux Pirrrrrame ! » On entend un gros « Wooouf » furieux dans la cuisine. Pirame n'apprécie pas qu'on dise qu'il a des puces...

Décidément, ça n'est pas un jour comme les autres. Stef ne sait quelle contenance adopter. Il se sent de plus en plus mal à l'aise sous le regard pourtant bienveillant de cet incroyable magicien qui prétend être le roi des dieux... Alors il avale une gorgée de lait chaud, trop brusquement, et se brûle la langue. Zeus s'assoit dans un fauteuil, en arrangeant ce qui lui sert de vêtement – un vieux drap enroulé autour de la taille et des épaules. « Pas commodes, vos fauteuils modernes... Les draps de nuages de l'Olympe, les coussins tissés de fils d'or, les peignes en écailles de sirènes et la vaisselle qui s'auto-nettoie, ça ne te manque pas trop, Irini ? » Cette dernière se trémousse sur le divan. Elle a rougi. Stef regarde le dieu attentivement. C'est sûr, Zeus a de l'allure. Stefanos se surprend à penser qu'il aurait bien aimé avoir un père comme lui. Il questionne : « Des écailles de sirènes ? Des draps de nuages ? L'Olympe ? »

Zeus darde un œil terrible sur Irini. « Tu n'as pas expliqué à ton fils ce qu'était l'Olympe ? » Silence obstiné de la jeune femme.

« L'Olympe, reprend Zeus, c'est la montagne sacrée où nous habitons tous, nous, les dieux. C'est l'endroit où vivait ton père, avec nous et les héros, avant de disparaître. »

Stefanos est suspendu à ses lèvres. *Vivait avant de disparaître* ? « Aristée n'est pas mort, ainsi que tu en es convaincu depuis ta naissance, reprend Zeus comme s'il lisait en lui. Aristée est un dieu, comme je le suis. Enfin, pas aussi puissant que moi, mais un dieu quand même. Et les sirènes... Bah, je m'égare. »

Le garçon ne comprend pas tout mais il pressent que sa mère a vécu un quotidien luxueux et a été traitée comme une princesse jadis. Qu'elle n'a pas toujours eu les mains calleuses d'une ouvrière aux prises avec les marmites, qu'elle ne s'est pas toujours fait engueuler et qu'elle donnait peut-être elle-même des ordres. Qu'elle ne peinait pas pour économiser chaque centime afin d'offrir des cadeaux. Stef est de nouveau totalement perdu... S'il ne sait pas qui est vraiment son père, comment peut-il savoir qui il est lui-même ? Si son père est un dieu grec et pas un fan d'insectes solitaire, que fait-il, lui, Stefanos, en France ? Et si Aristée est vivant, pourquoi vit-il au loin et pourquoi n'a-t-il jamais cherché à le rencontrer ? Les dieux, les héros et les super-pouvoirs, ça n'existe que dans les jeux vidéo, non ?

Sa vision se brouille, il commence à avoir mal au crâne et son asthme se déclenche. Les visages de sa mère et de Zeus se déforment, il transpire, les voix autour de lui sont lentes et caverneuses. Aristée, Pirame, Zeus, Irini, l'Olympe, se reposer... Il entend encore quelques mots de Zeus : « Forrrces... la menace planétairrre... Thésée... »

La journée a été trop longue pour Stefanos. Il entend Zeus se remettre à rouler ses « r » quand il s'emporte, comme un acteur. Sa tête tourne, il s'évanouit. Juste avant de perdre connaissance, il a eu le temps d'apercevoir, par la fenêtre, la mystérieuse paire d'yeux verts pailletés d'or...

À qui appartiennent-ils ?

*

* *

Île d'Hyria, mer Ionienne

La silhouette dissimulée derrière sa capuche grise a traversé la muraille, près de la mer. Elle évolue sans hésiter dans une galerie à l'intérieur de la falaise, semblant parfaitement connaître le chemin. Ses sabots claquent sur la pierre froide. Un carrefour se présente : les yeux lumineux se dirigent vers un escalier en colimaçon, mal entretenu, qui s'enfonce à la verticale dans un abîme qui n'a rien d'attrayant. La forme s'y engage, ne sursaute pas lorsqu'elle entend des mugissements sauvages. Elle accélère même le pas, et ce malgré la fumée aux relents de soufre qui l'enveloppe et qui s'opacifie.

Elle parvient au bas de l'escalier : une énorme porte de chêne massif à double battant, décorée de volutes et de signes étranges – Έδαφος – *interdit le passage. Elle cogne trois grands coups, relevant pour ce faire ses manches. Son bras ondule tel un serpent de mer, tantôt mou, tantôt de fer. La porte s'ouvre seule sur une gigantesque grotte illuminée de torches. Au centre : un lagon aux eaux agitées, d'un turquoise sombre par endroits, luminescent à d'autres.*

L'eau communique avec la mer. Sur le côté gauche du lagon, quelques créatures hideuses, aux lambeaux de peau qui traînent à terre, sont enchaînées. Sur le côté droit, une femme aux longs cheveux blonds se tient, impérieuse et impatiente, sur un rocher dont elle ne se lève pas pour accueillir sa visiteuse. Au-dessus de sa tête, des stalactites effilées scintillent comme du cristal. « Parle ! lance-t-elle. Qu'as-tu appris ?

— Ne t'adresse pas ainsi à celle qui t'a libérée ! Veux-tu que je te réexpédie en Lydie ?

— Tu n'oserais pas !

— Tu me mets au défi, humaine ? Ton irrespect t'a déjà coûté cher, autrefois... »

Les deux se toisent, immobiles. Rageuse, la blonde contient son agacement.

« J'ai comme la sensation que le dieu des dieux se doute de quelque chose. » Elle se tord les mains, son joli visage crispé. Ses yeux en

amande se plissent sous l'effort, car elle paraît vouloir se mettre debout. En vain. Elle bascule la tête en arrière et fixe la voûte. « Nous avons besoin de plus de temps ! »

La silhouette la contemple calmement et énonce d'un ton rauque : « J'ai plusieurs idées pour détourner son attention... »

Chapitre 4
RÉVÉLATIONS

Quand Stefanos se réveille, le soleil filtre à travers les volets bleus de sa chambre. Il se sent reposé et apaisé. Il sourit. Il est évidemment impossible qu'il se soit transformé en oiseau, que Pirame ait parlé ou que Zeus existe ! L'Olympe, ce paradis où vivent les dieux ? Une légende. Et son père, est-il... mort ? En songeant à Aristée, le cœur du garçon se vrille et tout à coup il a du mal à respirer correctement. *Ce doit être mon asthme*, se dit-il.

Lors de ses crises, il a d'abord l'impression qu'il va mourir étouffé, il tousse et éternue sans discontinuer. Ça arrive quand il est angoissé, généralement. Un petit coup de ventoline et ça va mieux. Mais ce matin, aucune raison d'angoisser, n'est-ce pas ?

Il entend un frappement léger contre sa porte. Après maintes crises de colère et disputes, Irini a fini par comprendre le besoin d'intimité de son fils et toque systématiquement avant d'entrer. Elle est en peignoir, celui qu'il aime tant, en satin jaune d'or, et porte un plateau. Pirame bave sur ses talons. Elle s'approche du lit où Stefanos émerge à peine, dépose le petit-déjeuner sur la table de nuit, approche la chaise de bureau et s'assied. Un arabica coupé au lait chaud fume dans un mug. Irini a le chic pour savoir quand il faut du chocolat ou du café. Stef renifle avec plaisir l'odeur des toasts au beurre salé qui se répand autour d'eux.

« Confiture maison ? », propose Irini, enjouée.

Stef se redresse contre ses oreillers, refusant d'un geste doux la marmelade. Il est rassuré par l'air tout à fait normal de Pirame. Irini croise les bras. « Je te préviens, je ne ferai pas ça tous les jours ! Manquerait plus que tu t'habitues à ce que ta mère t'apporte le petit-déj au lit...

— Ça me va, pourtant...

— Je doute que tu le mérites. Vu ta note en latin... Sofia, et même Jules, s'en sont mieux tirés.

— Grrr... Ne me parle pas d'eux ! », rétorque Stefanos en mordant à pleines dents dans une tartine qu'il vient de tremper dans le café.

Irini toussote. « Tu préfères que je te parle de la journée d'hier, alors ? Elle a été mouvementée... J'ai failli t'emmener à l'hôpital, tu as eu une violente crise d'asthme. Heureusement que Zeus t'a calmé et plongé dans le sommeil... »

À ces mots, Stefanos laisse tomber le toast dans le mug, le liquide l'éclabousse. Il peste, s'essuie. Il espérait que la transformation en moineau et l'apparition de Zeus n'étaient que des rêves décousus... « J'ai plus faim. » Irini sourit un peu mystérieusement, se lève et sort de la pièce en lui demandant de s'habiller rapidement. Elle l'emmène en balade.

*
* *

La mère et son fils marchent en bordure du bois de Boulogne, croisant ici et là quelques joggeurs. Une odeur de forêt mouillée et le clapotis du lac les accompagnent. Irini a emmené Stef en silence au bord de l'eau. Elle serre son long châle sur ses épaules et frissonne un peu. Elle ne sait pas par où commencer. Irini est encore jeune, pas même trente-deux ans. Pourtant, depuis quelque temps, le dialogue entre elle et son fils est plus difficile. Le soleil brille à travers quelques nuages taquins.

Irini cherche ses mots, parle sans regarder son fils. Elle a donc grandi dans une famille ordinaire, pas riche mais pas pauvre, près d'Athènes. « Mon père était un fermier heureux et nous ne manquions de rien à la maison... » Stefanos a souvent entendu ces mots. Il n'a cependant jamais osé lui demander pourquoi ils ne rendent pas visite à ses grands-parents. Pourquoi ces derniers n'écrivent ni ne téléphonent aux Buissonnets. Pourquoi Irini a-t-elle tout quitté ? Au fond, ça lui semble surréaliste d'imaginer sa mère dans une ferme grecque, lui qui a grandi comme un parfait banlieusard. Intérieurement, il rend hommage aux facultés d'adaptation d'Irini, qui est à Boulogne et à Paris comme un oiseau dans le ciel – le fait qu'elle ait acheté sa propre maison, avec ses économies et un petit héritage inespéré, y est sans doute pour beaucoup. Même s'il ne les a pas connus, le jeune garçon se sent comme attiré, malgré lui, par les paysages que sa mère lui a décrits : les falaises escarpées, l'eau bleue profonde, tour à tour calme ou démontée ; les cris des oiseaux marins... Stef ne sait pas si la Grèce lui manque, n'y ayant pas vécu. Mais, lorsque la grisaille parisienne s'installe pour plusieurs jours, il se prend à en rêver.

« Un jour, alors que je menais notre troupeau aux pâturages et que nous franchissions un ruisseau, un homme genre coureur de cent mètres est apparu sur le pont, presque sous mon nez. J'étais surprise. D'autant que l'athlète s'est présenté sous le patronyme d'Hermès. Le dieu Messager, a-t-il précisé. Celui qui est venu te chercher hier, Stefanos. Je sais, ça paraît dingue... Moi non plus, je n'arrivais pas y croire, tu sais. »

Même pour une Grecque qui vit à la campagne, croiser un dieu est... inhabituel ! Hermès lui avait pris la main, avait refermé ses doigts fins. En l'ouvrant à nouveau, elle avait vu luire trois drachmes de bronze, pièces très anciennes, dans sa paume. Elle était émerveillée. Le dieu avait affirmé qu'elle avait un destin à accomplir, et qu'un autre dieu, sur l'Olympe, l'attendait.

On était presque au XXIe siècle, et si elle vivait dans la cambrousse, elle n'était pas dupe. Elle, rêvait de New York, de Paris, de technologies modernes, de shopping à gogo sur la 5e Avenue ou sur les Champs – un cousin lui avait expliqué que les vraies Parisiennes ne disent pas « Champs-Élysées » et encore moins « Champs-Zé' ». Alors les dieux et l'Olympe, c'était comme le père Noël : une jolie histoire à laquelle on aime croire quand on est enfant. Mais les légendes ne sont-elles pas fondées sur une part de réalité ?

Pour Irini, Hermès était une marque de sacs à main et de parfums de luxe plutôt qu'un athlète sorti de la nuit des temps. Il lui semblait qu'elle et Hermès ne parlaient pas le même grec. « Destinée, mission, pouvoirs magiques... Quel charabia ! » Irini, elle, devait s'acquitter de tâches pragmatiques : conduire les bêtes à travers les champs, secouer les oliviers, faire le marché avec sa mère, aider à l'intendance du domaine... Elle avait pourtant accepté de le suivre. « “Ferme les yeux”, m’a dit Hermès. Et j’ai obéi.

— Tu l’as autorisé à te tutoyer sans broncher alors que tu ne le connaissais pas ? Ça ne te ressemble pas...

— J’ai été tentée de lui répondre qu’on n’avait pas gardé les chèvres ensemble...

— Et donc ?

— On ne se vouvoie pas, chez eux. Mais ne t’avise pas pour autant de t’adresser à un dieu comme à Jules ! »

Irini avait découvert de nouveaux paysages. « Le mont Olympe, Zeus te l’a dit, c’est l’endroit où vivent les dieux, les déesses et les héros grecs. C’est une haute et majestueuse montagne au nord de la Grèce. Le ciel change de couleur toutes les cinq minutes ! L’ambiance n’est pas toujours harmonieuse parce que chacun a un caractère bien trempé, mais c’est finalement assez beau et drôle...

— Tu connais l’Olympe !?

— J’y ai vécu.

— ??? Vécu ???

— Pendant presque une année. »

Irini poursuit son récit. Hermès l’avait donc transportée, en quelques secondes, sur le mont Olympe. La jeune fille avait été éblouie par ce qu’elle voyait. Un relief vert et vallonné, des bosquets à l’odeur de romarin et de miel, la pointe des nuages qui se confond avec les colonnes des temples des dieux et la cime des arbres, des cascades, des nuées de petites fleurs d'or, des oiseaux et des animaux étranges... Et puis, ce ciel qui changeait de couleur, c'était assez extraordinaire !

« Comment ça se fait ?

— Apollon est le dieu du Soleil, c'est un des fils de Zeus. Et il a des sautes d'humeur.

— ??

— Ferme la bouche, tu vas gober des mouches ! Apollon est tour à tour très joyeux ou complètement dépressif. Le ciel prend la couleur de ses états d'âme...

— Et il ne prend pas de cachets ? »

Vu les circonstances, Stefanos est heureux de faire rire sa mère, qui reprend son récit. Lorsqu'un centaure s'était approché d'elle, elle avait reculé, effrayée. Les centaures ressemblent aux hommes, mais seulement jusqu'à la taille : leur buste est prolongé par un corps de cheval. En bref, ce sont des créatures mi-homme mi-cheval. « Tranquillise-toi, Irini ! l'avait rassurée Hermès. Voici le sage Chiron, descendant d'Ixion et de Néphélé. »

Chiron avait expliqué avec bienveillance. Ixion était le fils d'un grand roi ; Zeus l'avait fait tomber amoureux d'un nuage pour le punir de ses égarements – il cavalait après les femmes mariées. Hermès en pleurait encore de rire : il avait profité de l'occasion pour rouer le coupable de coups de fouet. Ça n'avait pas empêché Ixion d'épouser le nuage Néphélé... « De ce mariage est né le premier centaure, Centauros ! », avait conclu Chiron.

Stefanos n'est pas sûr de comprendre ces histoires de cumulus et de chevaux à moitié humains. Irini enchaîne sur son arrivée sur le mont Olympe. La jeune femme avait été conduite par Hermès jusqu'au temple de Zeus. Laquelle construction se distingue des autres, immense, au milieu de ce qui ressemble à une vaste résidence constituée de villas blanches à colonnes.

« Zeus était en pleine dispute avec sa femme Héra ! se souvient-elle en riant. Car la déesse n'a pas bon caractère... Elle se plaint régulièrement de son mari qu'elle juge trop dispersé. »

Heureusement, le couple divin s'était calmé. Zeus était remonté sur son trône tandis qu'Héra avait croisé les bras sur sa poitrine, promettant de régler son compte à son époux plus tard. (Ici, Stefanos se jure qu'il ne se mariera jamais. Les filles du collège sont toutes des pestes, à commencer par Sofia Stavros.) « Et ensuite ?

— Zeus m'a expliqué que le dieu de la Chasse, de la Pêche et des Abeilles...

— Mon père !

— Oui, ton père. Eh bien Aristée, que je ne connaissais pas, était tombé amoureux de moi... »

Stefanos s'énerve. « Attends, tu veux me faire avaler que mon père est un dieu et qu'il t'aimait avant même de t'avoir croisée ?

— Il m'avait déjà vue, en fait. Il était venu plusieurs fois parmi les humains, en se déguisant, pour m'observer... Sans que je le sache !

— En se déguisant ? Mais comment ? En quoi ?

— Oh, en brin d'herbe, en arrosoir, en berger, et une fois en chèvre, paraît-il... » Elle ajoute, rêveuse : « Jamais en serpent. »

Si l'on part du principe qu'Irini a toute sa raison, qu'elle n'enjolive pas : les dieux existent et on les tutoie. Ils peuvent se transformer. Et si Stefanos est bien le fils du dieu Aristée, est-il incongru d'imaginer qu'il puisse changer d'apparence, lui aussi ? Arrosoir, brin d'herbe ou oiseau, quelle différence ?

À l'époque, Zeus roulait déjà ses « r », parce qu'il était fan d'Édith Piaf... Irini s'était sentie flattée et avait accepté un rendez-vous avec Aristée. « Et là, je suis tombée sous le charme de ton... père...

— Je ne vois pas où est le problème !

— Le problème, c'est que ça n'a pas duré.

— Pourquoi, s'il était charmant ?

— Oui, il était charmant... momentanément.

— Et pourquoi ? N'était-il pas un... dieu ?

— Si. Mais pas plus parfait que le reste d'entre eux. J'imagine que tu pourras le rencontrer et entretenir avec lui quand Zeus l'aura …e…

— Pourquoi Zeus ? s'indigne Stef.

— Parce que c'est lui qui décide de tout. C'est comme ça. On ne conteste pas les décisions d'un dieu. »

Stefanos fronce les sourcils. À présent, il veut tout comprendre. « Pourquoi tu n'es pas restée sur l'Olympe ?

— Je ne sais pas si c'est de cela qu'on doit parler, toi et moi… Je suis tombée enceinte assez vite. »

Stefanos est déchiré entre le besoin de savoir et le désir de ne pas brusquer sa mère. Il est si rare qu'elle lève le voile sur ses secrets ! Même si elle divague sans doute un peu, avec ses dieux et ses centaures, Stef espère en apprendre davantage au sujet de sa naissance, de son père et de ses grands-parents. Il pense à Jules la fripouille, qui n'a pas de père lui non plus : La Poison lui avait à ce point empoisonné la vie que M. Mazara avait filé à l'anglaise, un beau matin, sans prévenir… On disait qu'il était rentré chez lui, en Sicile.

« Aristée avait l'air si triste, si blessé ! Il ne souriait que rarement. J'ai tout de suite compris qu'il avait subi de grands malheurs. Mais je ne voulais pas me préoccuper du passé, je regardais vers l'avenir. Brièvement, il m'a parlé d'une femme qu'il avait beaucoup aimée avant moi. Il avait enfin évoqué son complexe de n'être qu'un dieu de seconde zone...

— De seconde zone ?

— Eh bien, sa mère, donc ta grand-mère, n'était qu'une petite nymphe...

— Keskecé, une petite nymphe ?

— Une déesse d'un niveau secondaire. Une petite fée, si tu préfères, avec moins de pouvoir. Donc, du fait du rang de sa mère, qui s'appelait Cyrène si ma mémoire est bonne, Aristée n'a pu accéder à un rôle très important sur l'Olympe. Les dieux se moquaient de lui en permanence. Quand ils le voyaient, ils se mettaient à vrombir, à zézayer et à lui demander s'il n'avait pas trop le bourdon... »

Stef ne peut s'empêcher de sourire tandis qu'Irini se contient. « Aristée est le fils d'Apollon, dieu du Soleil, donc un dieu puissant !

— Sérieux ? ! Maman, si mon père est le fils d'Apollon, et qu'Apollon est le fils de Zeus, ça fait de Zeus... mon arrière-grand-père ? »

Elle le prend par les épaules. « Tu as tant à apprendre. La généalogie divine est compliquée... Bon sang, tu dors pendant les cours de Durand ou quoi ?

— Eh ! L'option grec n'est au programme que l'année prochaine... »

*

*   *

Île d'Hyria, mer Ionienne

La grotte est d'un calme plat à peine perturbé par les ronflements des monstres qui se sont endormis. La blonde se tripote les cheveux, plongée dans ses réflexions. La silhouette à capuche est assise non loin d'elle, près de l'eau turquoise de la grotte. Elle y laisse traîner sa main et paraît y distinguer quelque chose. Quelques poissons glissent entre les pierres, prenant des reflets argentés. La silhouette se lève d'un bond.
« Ça y est ! Zeus a rencontré le garçon !

— Comment le sais-tu ?

— La mémoire est mon alliée.

— La mémoire ? Mais l'événement se produit dans... deux ou trois millénaires !

— Tout dépend de la dimension dans laquelle tu te places !

— Mais où es-tu donc, créature infernale ? Avec moi ou dans l'avenir ?

— Partout. »

La silhouette ricane. « Dans le futur, à l'époque moderne, veux-tu savoir ce qui se déroule dans cette grotte ? » Ses yeux luminescents se braquent sur la blonde qui acquiesce.

« L'île a changé de nom. Elle a successivement été "Fleur du Levant", puis Zákynthos ou Zante. C'est une île magnifique, luxuriante, douce à vivre même si tu n'en vois que l'obscurité. Un paradis sur terre dont un poète dit

qu'elle ferait oublier les Champs Élysées... Aujourd'hui, Hyria est accostée par près de deux cent mille âmes, que l'on appelle touristes, *chaque année.*

— Touristes ? *s'enquiert la blonde.*

— *Des peuples étrangers qui l'envahissent pendant leurs quelques semaines de* congés.

— Congés ? ! »

La silhouette balaie l'interrogation d'un geste et tape le sol nerveusement de son sabot droit. « Le village de Korithi et le cap Skinari, proches de là où nous sommes, sont très appréciés. Les touristes s'y rendent dans l'objectif de voir les Grottes bleues.

— *Tu veux dire,* mes *Grottes ?*

— *C'est cela.* Tes *Grottes bleues. À l'instant où nous parlons, même si tu ne peux pas la voir, une barque s'avance sur l'eau du lagon, chargée d'un groupe d'une dizaine de personnes. »*

La blonde est captivée. « Que font-ils ?

— *Ils sont munis de masques transparents qui leur recouvrent les yeux et le nez ainsi que de tubes, qui leur permettent de respirer, de nager sous l'eau et d'observer le fond du lagon.*

— *Me voient-ils ? »*

La silhouette est secouée d'un long hennissement. « Comment le pourraient-ils ? Je te rappelle que tu es morte depuis longtemps ! »

Chapitre 5

LEÇON DE MYTHOLOGIE

Le moins que l'on puisse dire, c'est que la conversation avec Irini a été intense. C'est peut-être pour ça que Stef a eu une petite crise d'asthme ! Ils sont rentrés aux Buissonnets. Sa mère s'active avec son balai dans la cuisine, tandis que Stef est assis à son bureau. Il n'est pas en train de mettre de l'ordre dans son herbier – il le tient depuis une classe verte en Ardèche, en CM2. Non, il ne cesse de songer à ce fabuleux paradis que doit être l'Olympe. Comprenant qu'Irini n'en dirait pas plus pour l'instant, il a cherché par lui-même. En feuilletant la vieille encyclopédie recouverte de cuir rouge, il a appris que le mont Olympe se trouve en effet dans le nord de la Grèce, et qu'il est haut de 2 917 mètres. Stef est un peu déçu. Ce n'est pas le type d'information qu'il voudrait obtenir. Qui y vit vraiment, et comment ? S'il en croit sa mère, l'Olympe n'est pas un monde simple ; et cependant elle l'a aussi décrit comme un paradis... Des domestiques, de grands banquets, des fêtes, pas d'interros. Un passé sanglant et des conflits larvés.

Il griffonne malgré tout sur une feuille de papier A4 ce qu'il a appris, pour comprendre qui sont ces Olympiens qui gouvernent le monde. Il connecte le vieux PC, bidouillant son système pour pirater celui de ses voisins – Jules et La Poison – et aller plus vite. Mission accomplie. Merci Internet, qui va grandement l'aider.

Même s'il sait qu'il doit trier les informations et les confronter pour être à peu près sûr de leur exactitude. La *cosmogonie* permet de comprendre la formation de l'univers et l'origine des dieux. Ainsi, au départ, il y avait le vide, le noir, le rien... le Chaos.

Puis il y a eu Gaia, la Terre, et Ouranos, le Ciel. La Terre et le Ciel avaient eu de nombreux enfants, des monstres : les Hécatonchires, les Titans et Titanides (leurs alter ego féminins) et les Cyclopes – ces créatures dotées d'un seul œil, réputées pour avoir fabriqué la foudre de Zeus, son arme de prédilection, dans une forge souterraine sous l'Etna, un volcan sicilien.

Un Titan du nom de Cronos avait de l'ambition et voulait régner sur le monde. Il se battit

ABRE GÉNÉALOGIQUE DES OLYMPIENS

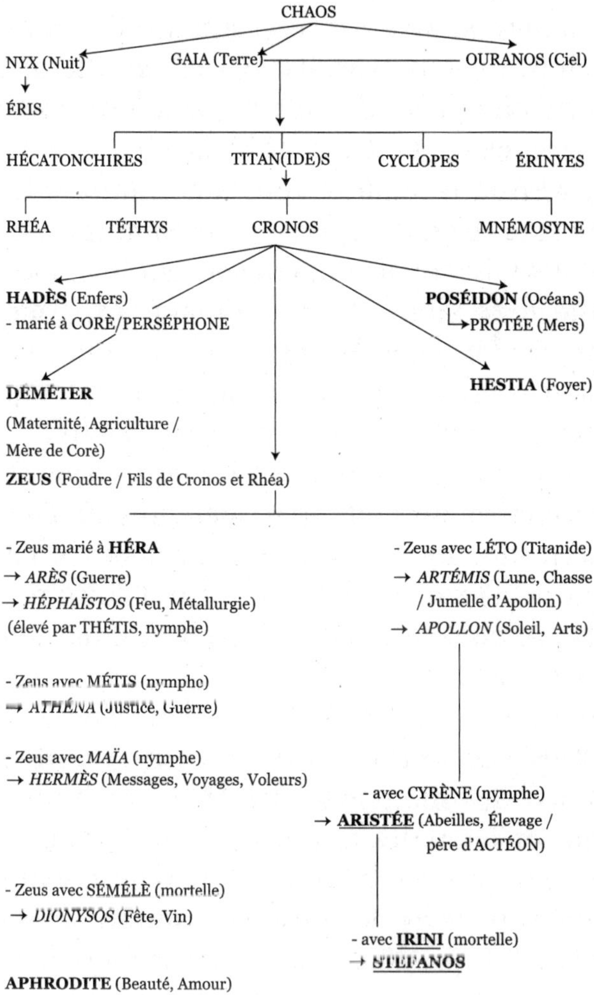

▲ **Olympiens de la première génération (frères et sœurs de Zeus)**

▲ *Olympiens de la seconde génération (enfants)*

→ enfants —— relation

donc contre son père Ouranos, le renversa, et eut plusieurs rejetons, qu'on surnommerait bien plus tard les Olympiens. Zeus était l'un d'eux.

Cronos était tyrannique et redoutait que l'un de ses enfants le détrône, tout comme lui-même avait détrôné son tyran de père. Il a donc entrepris de consciencieusement dévorer sa progéniture afin d'éviter sa chute ! Zeus a échappé au massacre, caché par sa mère qui lui avait substitué une pierre entortillée de langes. Et Zeus, une fois adulte, s'est rebellé contre son père Cronos et a réussi à le vaincre. Il s'était fait passer pour un domestique, lui avait fait ingurgiter un vomitif au lieu de vin... et était de la sorte parvenu à délivrer ses frères et sœurs avalés. Après une guerre contre Cronos et ses partisans, que l'on appela la Titanomachie, ils se partagèrent l'univers. Océan fut l'un des rares Titans à rejoindre le camp de Zeus.

Hadès choisit de régner sur les Enfers et le royaume des morts. Poséidon prit en charge les Mers et les Océans. Zeus devint maître de tout le reste. Voilà pour les frères. Côté sœurs, il y avait Héra (qui épousa Zeus et la condition de déesse des déesses), Déméter (qui accepta le rôle de déesse de la Maternité, de l'Agriculture et des Moissons) et Hestia (déesse du Foyer).

Stef relève la tête, épuisé. Toutes ces alliances et trahisons ! Le jeune garçon soupire, pas certain de vouloir appartenir à ce monde. À présent, les rapports entre La Poison, Stavros, Sofia et Jules lui semblent tellement anodins ! Mais Irini elle-même lui a dit qu'il lui fallait s'informer. Zeus risque d'intervenir à tout moment. Elle n'ose imaginer son mécontentement s'il découvre que le fils d'Aristée ignore tout ou presque de son ascendance.

Stef considère attentivement ses notes. Voilà pour les frères et sœurs olympiens. Voyons maintenant les enfants de Zeus : il y a Arès, dieu de la Guerre sanglante. Athéna, déesse de la Guerre juste. Apollon, dieu du Soleil et des Arts, et sa sœur jumelle Artémis, déesse de la Lune et de la Chasse. À ce propos, Stef se dit qu'il a dû y avoir concurrence, entre Aristée et Artémis... Rapport aux animaux et aux troupeaux.

Enfin, il y a Hermès, le dieu des Messages, des Voyages et des Voleurs. Puis Dionysos, le dieu de la Fête et du Vin, et Héphaïstos, le dieu du Feu, des Forgerons et de la Métallurgie.

Au sujet d'Aphrodite, déesse de la Beauté et de l'Amour, c'est compliqué. Les avis divergent. Aphrodite est apparemment fille d'Ouranos. Lorsque ce dernier avait été blessé par Cronos, son sang s'était répandu sur les mers et les océans. De là serait née la belle Aphrodite.

Les illustrations que Stefanos trouve sur le Net le laissent songeur. Il a du mal à concevoir que Zeus est son arrière-grand-père et que le bel Apollon, éternellement jeune (et dépressif, selon Irini !), est son grand-père.

Étrangement, Aristée, avec sa cohorte de malheurs, lui semble plus proche. Et Stef est désormais taraudé par une question. S'il est fils de dieu et de mortelle, est-il lui-même demi-dieu ? A-t-il des demi-pouvoirs ? Quel est son potentiel de magie ? Peut-il se rendre sur l'Olympe ? Qu'attend Zeus de lui ? Tout ceci est aussi excitant qu'angoissant...

Irini a évacué ses questions d'un geste. « Dès lors que du sang olympien coule dans tes veines, tu peux être dieu. Tu devras faire tes preuves. Les Olympiens sont installés depuis des siècles et des siècles, et l'équilibre est établi grâce à eux. Tu es l'un des rares, aujourd'hui, à pouvoir prétendre à quelque chose, là-haut. »

Seulement, Stef ne sait pas s'il tient à « prétendre à quelque chose là-haut », ou s'il se sent plus à l'aise avec ce qui se passe « en bas ». C'est-à-dire, avec ses origines terrestres et humaines.

Il se déconnecte et éteint l'ordinateur. Inutile de consommer de l'énergie pour rien – il a une conscience écologique, lui !

*

* *

Irini et son fils dînent en silence dans la cuisine. Le *pastichio*, gratin de macaronis et de viande à la sauce tomate, parfume la pièce déjà chaleureuse. Pirame ronfle dans un coin comme un bienheureux. Et soudain, les rideaux se mettent à vibrer, d'abord légèrement, puis de plus en plus fort.

La voix de Zeus retentit : « Stefanos, tu es convoqué dans mon temple... ! »

Puis, une deuxième voix : celle d'Héra, prodigieusement aiguë. Ça n'est pas qu'une voix, c'est un long hurlement. « Zeus, espèce de vaurien ! Qu'est-ce que tu fabriques ? Pourquoi disparais-tu pile au moment où je veux te parler ?

— Pas fou, le Zeus, commente Irini, sarcastique. Il n'a pas trop envie d'être là où ça chauffe...

— Zeuuuuussssss ! tonne la déesse à bout de nerfs. Viens iiiiiiiiciiiiiiiii tout de suiiiiiite ! »

Stef est perturbé. Zeus et Héra sont invisibles mais leur dispute leur parvient comme si les divinités se tenaient à leurs côtés. C'est vraiment gênant ! On entend encore le dieu, ses inflexions sont conciliantes : « J'arrive, ma choupinette. Du calme, c'est un malentendu ! »

Les rideaux cessent de trembler. Irini soupire de soulagement, mais pas Stef. Cette journée épuisante l'a rendu nerveux. Sa mère s'en rend compte. Généralement, elle pense que les jeunes d'aujourd'hui – dont son fils – ont la vie facile, et qu'un peu plus d'épreuves ne leur ferait pas de mal. Elle reproche souvent à Stef une certaine mollesse et un manque de persévérance – ce qui occasionne bien des disputes entre eux. Mais là, contempler le visage tourmenté de son fils la met en colère. La coupe des révélations-chocs est pleine ! Elle se lève et ouvre la fenêtre, se tourne vers la Voie lactée et maudit l'Olympe dans son ensemble : « Regarde ce que tu as fait, Zeus, toi et toute ta famille de dégénérés... Vous m'avez pris ma jeunesse et mon insouciance. J'ai quitté mon pays et les miens. Et maintenant, il faudrait que mon fils s'exile à son tour ? »

Zeus ne daigne pas lui répondre et s'adresse à Stefanos : « Ton enseignement va commencer, mon garçon. Cette nuit, tu rendras visite à Protée. » Stef bondit de joie. « Hermès viendra te chercher. Irini, permission spéciale pour ton fils. Oublie le couvre-feu habituel. » Irini réprime son énervement. « Il va me dire comment éduquer mon fils, si ça continue... »

Lequel est perplexe. Protée ?

*

*   *

Île d'Hyria, mer Ionienne

Dans la Grotte bleue, la femme au rocher s'inquiète. L'idée que plusieurs dimensions coexistent ne lui est pas étrangère, mais elle n'avait jamais réfléchi au fait qu'elle pouvait être entourée de créatures humaines animées et invisibles puisque évoluant au sein d'une autre dimension temporelle. Qui ne la voient pas plus qu'elle ne les distingue. Elle est ainsi un fantôme pour elles, tout comme elles sont des spectres pour elle. Elle frissonne.

La silhouette ne vient-elle pas de lui signifier qu'elles sont dans un lieu de fort passage, même si cela n'adviendra que dans plusieurs milliers d'années ? Le temps est si malicieux, et les dimensions ne sont point aussi imperméables qu'on le pense.

La silhouette jette un regard très bref aux créatures mugissantes qui s'éveillent lentement de leur sieste et pointe son doigt vers une flaque au pied du rocher, rocher dont la jolie blonde semble définitivement prisonnière. Cette flaque a été formée par les larmes que le rocher exsude. Un mini-tourbillon se crée à la surface, laissant apparaître... l'image de Stefanos !

« Voici donc comment tu surveilles l'ennemi..., remarque la blonde, songeuse. Grâce à l'eau ! Ce garçon n'a pourtant pas l'air bien dangereux !

— Il est surtout incroyablement crédule et manipulable. Tu vois, rien à craindre ! Il est loin de te débusquer...

— Comment sais-tu que c'est lui ?

— Je voyage, ma chère, je voyage...

— Mais je pensais que Zeus avait rendu cela impossible ?

— Je te l'ai dit : j'ai mes alliés et je sais comment entourlouper le vieux... Tes pouvoirs dorment encore et tu es loin de tout savoir !

— Quand seront-ils réveillés ? Quand pourrai-je enfin me lever de ce rocher qui me retient captive ? Je n'en peux plus, tu comprends, je n'en peux plus !

— Tu as besoin d'une quantité d'énergie que seule notre maîtresse peut t'envoyer. Estime-toi heureuse de ne plus fusionner avec ce roc !

— Pourquoi cela prend-il autant de temps ?

— Parce qu'il ne faut pas attirer l'attention de Zeus sur des transferts d'énergie trop importants.

— D'où vient cette énergie ?

— Chuuut. »

La silhouette se lève, rejoint le fond de la grotte et s'apprête à passer la porte sculptée. « Où pars-tu ? lance la femme blonde, à la limite de l'hystérie. Tu ne peux pas partir ! Ne me laisse pas !

— Et comment, que je vais te laisser ! Préfères-tu que je reste à tes côtés et que je n'influence pas le destin ?

— Que vas-tu faire ?

— Ça me regarde. Inquiète-toi plutôt des tiens ! »

La blonde jette un œil navré à ses monstres, tandis que la silhouette franchit la porte et que ses yeux redoublent d'intensité pour lui permettre de se guider au cœur de la falaise. Elle marmonne quelques incantations inaudibles.

Chapitre 6

LA MÉTHODE PROTÉE

Stefanos est allongé sur son lit, ses prunelles s'obstinent sur le plafond et les rayons de la lune filtrant par les volets. Il tâte ses bras, son abdomen, ses jambes. Pas de plumes. Le jeune garçon sent un nœud d'angoisse monter dans sa gorge, l'étouffer. Il tente de reprendre sa respiration, se lève et ouvre la fenêtre pour chercher de l'air.

Dehors, la lune semble sourire. « Stef, mon chou, tu dors ? » Le garçon sursaute. La lune qui parle, maintenant... La lumière se densifie.

Pirame, couché dans un coin de la pièce, se relève et dit de sa voix humaine – ou divine, car Stef ne sait plus trop si son chien est vraiment un chien : « Salut à toi, ô Artémis ! Comment vas-tu, grande déesse de la Lune et de la Chasse ? » Et le chien se met à faire des courbettes à l'espèce de boule de lumière qui vient d'entrer dans la chambre.

Celle-ci grandit encore et encore, s'allonge et devient femme. « Un logiciel de morphing n'aurait pas mieux fait ! note Stef, fasciné.

— Tu n'as pas changé, tu es majestueuse, ô Artémis... Que tes yeux sont verts, ce soir ! » La déesse est en effet très belle, de carrure athlétique, vêtue d'une courte tunique blanche, avec des mains vigoureuses et des cheveux au carré, blond pâle et un peu ébouriffés par le vent. Elle s'exclame : « Tu sais que ça ne marche pas avec moi, les flatteries et les falbalas... » Pirame se recouche, dépité. Qu'elle se débrouille avec Stef !

Ce dernier s'est redressé sur son lit, même s'il se sent un peu ridicule dans son pyjama. C'est vrai, quoi, il est face à la déesse de la Lune ! *A priori*, sa divine grand-tante devrait se montrer bienveillante à son égard. Mais le jeune garçon pense à ce qu'il a appris sur elle grâce à Internet : elle a un jour transformé un chasseur en cerf parce qu'elle jugeait qu'il lui avait manqué de respect, le pire étant qu'elle l'a laissé dévorer par une meute de chiens !

« C'est une affaire ancestrale ! », rétorque Artémis, comme si elle lisait dans ses pensées. Pourtant, elle a l'air ennuyée.

« Ô grand-tante, que s'est-il déroulé exactement ? »

Le ton de Stef est un peu cérémonieux, mais il tient à montrer son respect à cette femme, qu'il n'a jamais vue et qu'il s'apprête à tutoyer selon la coutume.

« Eh bien, je me baignais dans une source... Je n'étais pas trop habillée, vois-tu...

— Tu étais nue ? fait Stef avec un clin d'œil, parce qu'il connaît la suite.

— Un peu... enfin, je ne portais pas grand-chose sur le dos... Oui, ça va, j'étais complètement nue !

— Et tu t'es emportée, chère grand-tante.

— Ne m'appelle pas grand-tante, j'ai horreur de ça, on dirait que tu parles à une vieille dame alors que j'ai un corps de rêve. J'étais énervée, normal, non ? »

Stef est ensorcelé par sa forme mouvante et presque inconsistante – transparente, même ! – et par ses prunelles, dont il vient de remarquer la couleur. Elles sont incroyablement belles. Vertes et pailletées. Soudain, il en est certain : c'est Artémis qui l'épie depuis plusieurs semaines !

Artémis est pressée d'en venir à ce qui l'amène ici. « Mon joli, nous allons voyager, cette nuit. Et les nuits suivantes aussi, d'ailleurs. » Stef fronce les sourcils. « Je pensais que c'était Hermès qui... » Artémis rit doucement. « Hermès est un garçon très sympa, pourtant il tient rarement ses engagements ! Il promet, il te tape dans le dos, et au moment où il doit t'aider, plus personne ! Tu dois t'en remettre à moi. Artémis ne trahit pas une parole donnée. » Les yeux verts le fixent avec intensité.

Stef se sent comme une souris hypnotisée par un cobra, même s'il note que la déesse a parlé d'elle à la troisième personne. Comme Louis XIV ou Alain Delon... Étonnant, non, pour une déesse qui préfère la nuit et l'obscurité ? Quelque chose le chiffonne. Et ce corps, qui paraît intangible... Stef a l'impression qu'il pourrait passer le bras à travers elle ! Il frémit.

La fenêtre s'ouvre violemment. Hermès fait son apparition ! Beaucoup de monde, pour une si petite chambre... « Artémis, tu es impossible ! Lâche-le ! » Hermès est en colère. Il se rue sur la déesse et l'apostrophe : « Que fais-tu ici ? Que veux-tu au fils d'Aristée ? De quoi te mêles-tu ? » Artémis grimace, recule et redevient une boule de lumière pour s'envoler par la fenêtre sans demander son reste.

Stef est secoué, il se rassied sur son lit. « Que me voulait-elle ? Avait-elle de mauvaises intentions ?

— Oh, elle s'ennuie depuis quelques siècles, elle ne sait quoi inventer pour se donner de l'importance... L'époque des héros et des tragédies, l'époque où les hommes nous adoraient, c'est un peu fini tout ça. Alors dès qu'il se passe un truc neuf...

— C'est moi, le truc neuf ? »

Depuis le cosmos, Zeus intervient de sa voix tonitruante : « Le truc neuf, c'est que l'Olympe est en danger ! Comme la Terre ! »

Hermès lève la main. « Zeus exagère, comme d'hab...

— Faudrait vous décider ! Je fais quoi ? Et Zeus, là, avec sa manière d'intervenir à n'importe quel moment, il nous fiche la paix, parfois ? On dirait qu'il surveille tout, c'est insupportable ! explose Stef, à bout.

— Tu as raison, Zeus surveille le monde. Et il est l'heure d'aller chez Protée. Ferme les yeux.

— Euh, tu permets que je me change ? »

La voix du garçon s'est perdue dans le vent qui se déchaîne autour des Buissonnets, comme si des forces maléfiques grondaient contre le destin.

*

*   *

Stef regarde autour de lui. Tout est sombre et il fait très froid. La mer rugit, pas loin. On entend le bruit du ressac sur les rochers. Hermès est à son côté. Lorsque ses yeux s'habituent à l'obscurité, il distingue une grotte humide, traversée par des courants d'air iodés.

Hermès murmure : « Nous sommes sur l'île de Kárpathos, entre la Crète et Rhodes. À la frontière de la mer Égée et de la Méditerranée.

Ceci est l'antre du vieux et sage Protée, près de la plage de Kirapanagia. Protée est le fils de Poséidon, tu sais, le dieu des Mers et des Océans. Ne t'étonne pas si Poséidon a l'air d'un jeune homme alors que son fils a l'apparence d'un vieillard. Chez nous, l'âge est une donnée relative... Sais-tu quel est le pouvoir de Protée ? Avant tout, il est visionnaire. Quand tu grattes un Keno, par exemple, il sait si tu vas gagner. Mais, en général, il refuse de prédire l'avenir aux hommes. Puis, Protée se transforme à volonté... Il est constitué d'une matière spéciale, tout à fait exceptionnelle, que l'on dit à l'origine du monde... Ça ne te rappelle rien, Stefanos ? »

Submergé par cette avalanche d'informations, le garçon reste silencieux. Protée vient de se matérialiser devant eux, digne, la barbe emmêlée de coquillages. Protée, comme protéiforme. Des formes multiples. Stef a un hoquet de surprise, répète ce mot. Protéiforme. Ça n'est pas un hasard si Zeus a choisi de l'envoyer ici : il a le même pouvoir que Protée !

Le dieu a des yeux bleus translucides. Il s'avance vers Stef et pose la main sur ses cheveux, songeur. « C'est donc à toi que je dois délivrer mes secrets ? Tu n'es pas très mûr !

— J'ai quatorze ans !

— Assieds-toi », ordonne-t-il à Stef en montrant un banc de corail derrière lui, agrémenté d'algues séchées et éclairé par un poisson lanterne qui bouge dans un aquarium géant.

Hermès se racle la gorge. « Je reviendrai avant le lever du soleil. »

Protée s'installe à son tour. « Tu as soif ? Tu veux boire quelque chose ? »

Stef redoute que son hôte lui propose de l'eau de mer, du jus de méduse ou un truc abominable du genre. Heureusement, Protée claque des doigts et apparaissent, sur un rocher à sommet plat, des bouteilles de Coca et du jus d'orange.

« Sers-toi ! » Stef, qui préférerait un bon bol de chocolat, opte pour le jus. Protée sourit, amusé. « Tu vois, même dans cette grotte reculée, on n'est pas démuni... » Stef approuve en sirotant. Un long silence s'installe entre eux. Pas un silence gêné, mais un silence calme, qui leur permet, étrangement, d'établir un véritable contact. Ils sont seuls, ils ont du pain sur la planche, ils le savent et, ensemble, ils savourent l'instant où ils ne se sont pas encore mis à l'œuvre.

C'est finalement Stefanos, enhardi, qui parle le premier : « Monsieur, heu, ô divin Protée... Je ne sais pas exactement ce que Zeus me réserve, mais il souhaite apparemment que j'apprenne à maîtriser des énergies qui vous... hem, te sont familières...

— Un peu, qu'elles me le sont, jeune homme ! Et toi, il paraît que tu as réussi à te transformer, que tu as ce pouvoir sans la maîtrise qui va avec... Je te plains !

— Maintenant je tremble en regardant ce qui m'entoure, de peur de me retrouver en ver de terre ou en mouche ! »

Protée rit de bon cœur. « Je vais t'aider. Il faudra d'abord que tu contrôles tes pensées, afin de ne pas te transformer en n'importe quoi. Contrôler sa pensée, c'est contrôler ses actes et par là, sa vie. Et puis, il faut faire la différence entre les désirs du moment, et les désirs bénéfiques et profitables à long terme. C'est capital. » Stef est intrigué. « Et comment, vieux Protée, sait-on la différence entre les désirs du moment et les désirs bénéfiques ?

— Les désirs bénéfiques ne servent pas seulement ton plaisir personnel. Le désir bénéfique, c'est une énergie, un élan dynamique et constructif qui est mis au service d'un but supérieur, ou qui est bon pour toi et d'autres personnes.

— Comme quand je souhaite très fort avoir une bonne note pour faire plaisir à ma mère ?

— Regarde un peu plus loin que le plaisir de ta mère. Les désirs bénéfiques, ce sont ceux qui ont une répercussion sur l'avenir et qui fabriquent du positif pour le monde. C'est pour cela que je n'aime pas prédire l'avenir aux mortels. Et même aux dieux, d'ailleurs. Car tous sont tentés de se servir de ces connaissances pour des désirs du moment.

— Je parie que parfois, cela conduit à créer des désirs qui n'existaient pas ! Par exemple, je me souviens d'un jour où Sofia avait annoncé à toute la classe qu'elle jouerait un tour à notre prof de latin, Durand. Elle n'avait pas précisé lequel, mais on savait que ça empêcherait le prof de faire cours. Eh bien, comme je pensais connaître l'avenir proche, j'en ai profité pour sécher...

— Sécher ? !

— Faire l'école buissonnière, cher vieux Protée...

— Oublie le vieux, d'accord ? »

Ce que ces dieux sont susceptibles ! *Pires que les hommes*, se dit Stef avant de reprendre :

« Je pensais que cela ne se verrait pas, puisque l'on n'aurait pas classe...

— Et que s'est-il passé ?

— Eh bien la farce n'a pas eu lieu. Sofia avait prévu de remonter la pendule de la salle des profs, à l'heure où M. Durand fait sa sieste, après le déjeuner. Généralement, il dort jusqu'à 14 h 45. Il regarde la pendule, et il sait qu'il doit se lever pour donner son cours de quinze heures à dix-sept heures.

Et pourquoi a-t-il donné son cours, finalement ?

— Parce que, ce que Sofia n'avait pas prévu, c'est qu'il avait reçu la veille une montre pour son anniversaire. Quand il a ouvert l'œil ce jour-là, après sa sieste, la pendule de la salle des profs indiquait treize heures au lieu de 14 h 45. Il a trouvé ça bizarre, il a consulté sa toute nouvelle montre alors qu'il n'en a jamais porté avant, et il en a conclu que la pendule retardait. Il est venu en salle de classe, comme d'habitude. Et ça a chauffé ! »

Protée tape sur ses cuisses. « Tu t'es fait avoir ! » Il redevient plus sérieux.

« Ça n'était pas grave, heureusement. Les répercussions d'un pouvoir que l'on maîtrise mal sont parfois plus dangereuses. Les hommes cherchent toujours à savoir ce que leur réserve l'avenir parce qu'ils sont convaincus de mieux le maîtriser. Et il y a aussi des prédictions qui leur font peur. Tu as entendu parler de la belle Cassandre ? »

Stefanos secoue la tête. Belle Cassandre... aussi jolie que Sofia ? « Tu la rencontreras, la pauvre. Elle te racontera son histoire. En deux mots, Apollon était amoureux d'elle et lui avait donné le pouvoir de lire l'avenir. Comme elle refusait son amour, ton grand-père, rageur, lui a joué un mauvais tour... Il a fait en sorte que ses facultés de divination ne soient jamais prises au sérieux ! Maintenant, quand on dit *jouer les Cassandre*, ça signifie être un oiseau de mauvais augure... Puis il lui est arrivé bien des malheurs...

— Lesquels ?

— Impossibles à résumer. Ce que tu dois retenir, c'est que les dons qu'on reçoit ne font pas que du bien... Il faut apprendre à s'en servir avec prudence, et avec de bonnes intentions. Avec des désirs bénéfiques. C'est cela que tu dois garder à l'esprit.

— J'ai compris. Ce que je voudrais savoir, c'est comment me transformer à volonté, et pas à mon insu ; comment redevenir moi-même...

— Tu es bien impatient ! sourit Protée. Tu dois tenir ça de ta mère, parce que ton père Aristée est plutôt calme et contemplatif, dans son genre... »

*

* *

Stefanos et Protée ont beaucoup parlé, cette nuit-là. Le jeune garçon a appris et retenu de nombreuses leçons qu'il pourrait presque qualifier de philosophiques. En tout cas, en sortant de la grotte avec Hermès, venu le chercher comme promis avant l'aube, Stef se sent plus sage... Et surtout, il sait maintenant comment se transformer sans surprise. En fait, la formule est assez simple. Il suffit que Stef se touche le front, entre les yeux fermés, et qu'il prononce : « Zeus tout-puissant, que je sois... » Et pour redevenir lui-même, il doit souhaiter très fort, sans être submergé par la peur : « Zeus tout-puissant, je suis Stefanos, fils de l'homme et du dieu je suis, fils de l'homme et du dieu je redeviens ! » La formule ne suffit pas, c'est sûr, il faut se concentrer. Car il est également nécessaire de prononcer le nom de ce qu'il veut devenir en grec et de visualiser simultanément sa forme écrite, lettre à lettre.

Protée lui a donc fait apprendre une série de termes, que Stef doit retenir, puis a orchestré plusieurs essais. Son jeune apprenti s'est successivement transformé en tortue, en rocher, en huître (il a failli défaillir tellement il sentait mauvais !), en poisson-chat, en haut-parleur (si bizarre que cela puisse être, le vieux Protée a besoin d'un haut-parleur pour se faire entendre dans les profondeurs de sa grotte, où grouillent des créatures que Stef n'ose pas imaginer). Il a réussi à se métamorphoser en bouteille de Coca, en banc de corail, en un vent du nord-est appelé Gegale. Une expérience passionnante. Stef s'est retrouvé comme inconsistant, léger et fluide. Il avait l'impression d'avoir du sel sur la langue qu'il n'avait plus, un sel très doux. Il a volé doucement à travers la grotte, dans la barbe et les cheveux de Protée, frôlant les algues qui couvrent les parois de la grotte.

Curieusement, la plus complexe des transformations a été de devenir bouteille de Coca. Il s'est rendu compte que se métamorphoser en objet conçu par l'homme le rend très faible, une fois sa forme initiale récupérée. Protée lui a expliqué pourquoi. « Se transformer en élément naturel, que ce soit un animal, un oiseau ou un dauphin, un courant d'air ou une fleur, est moins ardu. Tout simplement parce qu'un organisme vivant est toujours en mouvement, ce qui correspond à ta nature profonde d'homme. En revanche, te transformer en objet, par essence inanimé, est... inhabituel ! »

Rassurant, il a continué : « Les objets ne bougent pas, c'est un fait. Mais à mesure que tu vas progresser, tu apprendras à te mouvoir, quoi que tu sois. »

Comme Stef s'inquiétait de ne pas bien comprendre, Protée lui a donné un exemple : « Quand tu te transformeras en objet, tu deviendras un objet intelligent et vivant ! Si tu te transformes en paire de ciseaux, tu seras vite capable de donner la coupe de ton souhait à une chevelure ! Tu sauras comment guider la main qui tient les ciseaux. » Protée a ajouté, malicieux : « Ça te donne des idées, ou je me trompe ? »

Stef n'a pas relevé. Il se voyait déjà ruinant le brushing de La Poison...

Avant l'aube, Hermès est arrivé illico, il lui a posé la main sur l'épaule et lui a dit : « Et maintenant, cher apprenti, comment vas-tu rentrer chez ta mère ? » Stef a réfléchi. Bien sûr, il ne s'agissait pas ici d'utiliser son pouvoir pour un désir bénéfique mais pour une utilité évidente

– ce qui est toléré. « Zeus tout-puissant, que je sois cette vague de ruisseau... *Kima !* κῦμα ! qui coule à quelques mètres du jardin des Buissonnets... ! » Le corps de Stef est devenu glacé, il s'est senti glisser. Au bout de quelques minutes, il a aperçu le jardin de sa maison. Il a alors murmuré : « Zeus tout-puissant, je suis Stefanos, fils de l'homme et du dieu je suis, fils de l'homme et du dieu je redeviens ! » Étourdi, il a repris conscience dans son corps de jeune garçon, au pied du chêne des Buissonnets, trempé. « Normal, pour une vaguelette ! », a-t-il songé, amusé.

*

* *

Île d'Hyria, mer Ionienne

La silhouette grise quitte les falaises qui abritent les Grottes bleues et le cap Skinari. Elle caracole, avec une vitesse étonnante, en direction de l'ouest et de la baie Agios Georgios – qu'elle appelle déjà baie de Navagio, sachant ce qui s'y produira un jour.

La garrigue dispense ses parfums mais l'air est lourd. Elle est aux aguets : Zeus, avec sa manie de tout régenter, rend les déplacements dans l'espace-temps de plus en plus complexes. Elle a beau avoir endormi son attention et ne pas être concernée par le sortilège qui coince la plupart des dieux et héros dans l'Antiquité, elle éprouve tout de même quelques difficultés à passer d'une dimension à une autre.

Elle tourne à droite d'un petit monastère et emprunte un sentier rocailleux dans le maquis. La voilà à flanc de colline, longeant une vertigineuse falaise de calcaire veinée de gypse blanc : en bas, une plage de sable fin, environnée de rochers et uniquement accessible par la mer. Le vent souffle si fort que la silhouette resserre les pans de sa cape autour de son corps et de son visage. Poséidon, ou l'une de ces nymphes célestes qui traînent dans les parages, les Hyades, doit être d'humeur chagrine. Une fine pluie se met à percer le brouillard.

La silhouette prend une profonde respiration et descend le long de la falaise, lentement, comme en apesanteur. Elle s'approche de l'eau, l'écume lèche ses sabots.

Un bouillonnement trouble la surface : en émergent deux pâles tentacules. La silhouette ne tremble pas. C'est elle qui a convoqué Téthys, Titanide et fille d'Ouranos. Ses enfants sont les dieux Fleuves et les Océanides – ces nymphes des eaux. « Encore des nymphes ! » enrage la silhouette en silence, qui ne les aime pas beaucoup.

Téthys représente la fécondité marine, c'est une divinité bénéfique. Que lui veut l'étrange silhouette encapuchonnée aux intentions plus que douteuses ?

Téthys se présente sous la forme d'un calamar géant, alors qu'elle est en réalité une femme sublime de douceur et de charme. Son corps de poulpe hideux lui sert de défense. Elle ouvre sa gueule gluante et puante, et gronde : « Tu ne m'as pas contactée depuis des siècles !

— Téthys, tu es essentielle à l'équilibre de ce bas monde...

— J'appartiens aux mers, tu le sais.

— Et aux divinités les plus importantes ! Ne reçois-tu pas le Soleil chez toi, à la fin de sa course quotidienne ?

— Je te connais, créature, inutile de me flatter ainsi. Qu'attends-tu de moi ? »

N'importe qui serait pétrifié par l'allure, l'haleine et le timbre du calamar. Pas la silhouette. Elle esquisse un sourire. « Cette plage est sur le point d'entrer dans l'histoire... Marches-tu – enfin, nages-tu – avec moi, Téthys ? » Le calamar se fige.

Chapitre 7

DÉSIRS DU MOMENT

Chacune des nuits suivantes, Stefanos est retourné voir le vieux Protée dans sa caverne pour parfaire son éducation. Il sait à présent qu'il peut se transformer en à peu près ce qu'il veut... excepté en être humain ou divin. « C'est dangereux, on risque de rester coincé dans la peau d'un autre. C'est interdit, et de toute façon c'est tellement difficile que tu n'y parviendrais pas de sitôt. »

Stef a plusieurs fois essayé de convaincre Pirame de l'accompagner, en vain.

« Je suis heureux, moi, avec les humains ! C'est beaucoup moins compliqué que chez les dieux ! Tu te souviens des querelles dont tu as entendu parler ? Eh bien, ça ne représente que le millième de ce qui existe. Alors que chez les mortels, on vit bien, on n'est pas sans cesse pris dans le tourbillon des disputes célestes et des rivalités de ces messieurs dames. Je t'assure, tu ne connais pas ton bonheur ! »

L'univers des dieux est tellement excitant, tellement plein de possibles, de futures aventures ! Stef n'en revient pas de constater que son chien... est si pépère. Stef se sent vivre plus intensément. Durant le jour, au fur et à mesure que défilent les heures et que la nuit s'approche, l'excitation et la joie l'envahissent. Irini ne dit rien. Elle observe son fils, et souvent des ombres courent sur son visage.

À l'aube, lorsque Stef est de retour aux Buissonnets (maintenant, il se laisse transporter par le vent, ça le mouille nettement moins que la vaguelette de ruisseau !), il se couche aussitôt et dort une heure. Et quand il doit se lever, il ne se sent même pas fatigué. Intrigué, il a interrogé Pirame. Le chien, plus préoccupé par la viande qu'Irini lui avait servie, a à peine daigné lui fournir une réponse. « C'est certainement un coup de Morphée [*miam, miam, chmourf, chmarf*]. Morphée est le fils de la Nuit et du Sommeil, il a des ailes de papillon et il apporte des rêves magnifiques aux hommes. Tu n'as jamais entendu l'expression *être dans les bras de Morphée* ?

— Ahem...

— Instruis-toi un peu, nom d'un ch... heu, nom de Zeus !

— C'est ce que j'essaie de...

— Sais-tu qu'il y a des tas d'expressions dans la langue française qui viennent directement de la mythologie grecque ? Par exemple, *être médusé*... Ça vient de la Méduse ! La Méduse, ce monstre affreux qui pétrifiait tous les hommes qui la regardaient en face. *Être médusé*, ça signifie être pétrifié. Figé, changé en pierre, quoi.

— Et tu disais, au sujet de Morphée ?

— Ce cher dieu a mille tours dans son sac. Et s'il a le pouvoir d'endormir, il doit forcément avoir celui de te faire sombrer dans un sommeil ultra-réparateur quoique de courte durée. Maintenant, j'aimerais terminer tranquillement cette viande délicieuse, si tu permets ! »

Stef trépigne. Il pressent que son initiation à la magie va bientôt s'achever. Il connaît désormais de nombreux mots grecs et se les répète chaque soir, avant de s'endormir, pour les mémoriser. Il doit aussi garder à l'esprit certaines règles :

– chaque transformation lui prend beaucoup d'énergie, surtout lorsqu'elles sont superflues ;

– il ne peut se transformer que deux à trois fois par jour, sous peine de trop s'affaiblir ;

– une transformation trop prolongée peut l'empêcher de se servir de son don le coup d'après ;

– il est préférable de se transformer à l'insu des autres, sous peine de rester coincé dans une autre peau. Les humains ne doivent pas être témoins de sa magie ;

– lorsqu'il redevient garçon, il réapparaît à un endroit tout proche de celui où il se trouvait en prononçant sa formule.

*

*   *

Cette nuit-là, dans la grotte, au milieu du bruit des vagues qui viennent mourir contre les rochers et de la lumière phosphorescente diffusée par l'aquarium géant, Protée semble soucieux. Stefanos, sirotant son habituel jus d'orange, a attendu que le vieil homme prenne la parole. Ce qui n'a pas tardé. « Jeune Stefanos, tu as fait d'énormes progrès. Zeus va t'envoyer en mission spéciale...

— Pas trop tôt !

— Je me demande si tu es prêt à tout ce qui va te tomber sur la caboche...

— Protée, clame Stef avec vigueur, tu m'as appris tout ce que je devais savoir à propos des métamorphoses. Tu me l'as répété encore hier...

— C'est vrai, mon ami. Mais je ne t'ai pas préparé à tous les dangers qui t'attendent... Je t'ai enseigné l'art de la transformation, pas la façon dont tu devras te conduire face à des situations houleuses ou des imprévus... Et surtout, je ne t'ai pas appris à être, en tout premier lieu, fier de là d'où tu viens. Je ne t'ai pas dit qu'il était fondamental d'être heureux de ce qu'était ta vie avant... » Il soupire. « Avant de prendre conscience de ton pouvoir... »

Stef réplique : « J'aime ma mère, j'aime ma vie avec elle, pourquoi l'oublierais-je ?

— Parce que tu as du sang olympien, de par ton arrière-grand-père Zeus, ton grand-père Apollon, ton papa Aristée.

— Je ne vois pas le rapport.

— Le rapport, c'est que lorsque l'on goûte à l'extraordinaire, le risque est de ne plus réussir à s'en passer... Pourquoi crois-tu que je me suis retiré dans cette vieille grotte humide ? »

Stef ne répond pas. « Pour garder mon sang-froid ! tonne Protée, ce qui fait sursauter son élève. Mais il n'y a pas que cela. Tu ignores un facteur essentiel dans le processus de métamorphose, que j'ai essayé de t'insuffler doucement. Comme tu es intrépide et incroyablement confiant, tu n'y as pas prêté attention...

— ?!

— Je te parle de l'angoisse et de la peur.

— Je n'ai pas eu peur ! rit le fanfaron.

— Voilà le problème ! Tu n'as pas eu peur !

— La peur n'évite pas le danger, Protée.

— Mais la peur évite parfois les erreurs !

— En es-tu sûr ? Parce que...

— Parce que rien, assène le dieu. Tu as confiance en toi, c'est une chose. Une bonne chose. Mais ta formation serait incomplète sans cette expérience de la peur. De la paralysie totale, celle qui pourrait te faire perdre tes moyens l'espace d'une seconde qui sera décisive, voire fatale. »

Ces mots achevés, un immense rugissement tonne à l'extérieur de la grotte. Ça hurle, ça grince, on dirait un navire peuplé de matelots qui s'échouerait contre un rocher, qui craquelle, qui souffre, qui sombre. Un vent violent fouette les parois de la grotte, les vagues se font aussi hautes que des collines, le ciel est soudain zébré d'éclairs qui tranchent sur la voûte noire. Le poisson phosphorescent se cache sous une grosse pierre de son aquarium et la caverne s'assombrit. Pas très à l'aise, Stef resserre autour de lui les pans du manteau dont il s'est muni.

Et soudain, son sang se glace, sa respiration se fige, il vient d'apercevoir une longue branche visqueuse s'introduire dans la grotte. La branche ondule, serpente à l'allure du vent, s'engouffre dans l'espace, jusque-là protégé, de la caverne.

Médusé, Stef comprend qu'il s'agit en fait d'un tentacule de pieuvre ou de calamar géant. La chose brise sur son passage quelques bancs de corail et s'agite devant lui. Elle s'abat sur l'aquarium géant qui vole en éclats. Toute l'eau s'en échappe, le poisson phosphorescent glisse par terre, se débat sur le sol détrempé, rampe et atteint la mer démontée pour s'y précipiter avec soulagement. La grotte est plongée dans un noir zébré par quelques éclairs au-dehors. Stef recule. À présent, il a peur. Ses membres tremblent, ses mains sont moites malgré le froid, ses tempes palpitent douloureusement. Le tentacule se dresse et s'enroule autour du siège sur lequel il est assis, tandis que la tête de la pieuvre s'immisce entre les parois de la grotte. Des yeux jaunes le fixent, Stef entend un hurlement terrible avant de comprendre que c'est lui qui déchire ainsi le silence de la nuit. Nul autre que lui, qui hurle comme un animal pris au piège. Un tentacule s'empare de son corps et le soulève si haut qu'il se cogne contre la voûte de la caverne.

Étourdi, au bord de la crise d'asthme, Stef balbutie : « Zeus tout-puissant, que je sois cette brise de vent qui cir... » Avec horreur, il se rend compte qu'il a oublié le mot grec ! Trop tard. Le tentacule l'a projeté au sol sans que le garçon soit parvenu à aller au bout de la formule. Le choc est heureusement un peu atténué par des algues mouillées. Alors que Stef s'apprête à retenter la transformation, la mer se calme, tout comme le ciel, le monstre marin s'évanouit dans la nuit et Protée réapparaît. « Tu as compris ce qu'est la peur ? Tu as eu beau chercher une formule pour t'en tirer, tu n'en as pas eu le temps ni la présence d'esprit. Ta concentration a été balayée par la peur. Si la pieuvre géante avait été réelle, et non pas ce petit poulpe dont j'ai pris l'apparence et que j'ai fait grandir, elle ne t'aurait pas lâché. Et même si tu t'étais transformé en brise ou en nuage, elle aurait pu te poursuivre s'il s'était agi d'une entité magique. »

Protée ouvre la main, où s'agite un petit poulpe qui doit mesurer moins de dix centimètres. Stef le regarde, hébété. Comment Protée s'est-il métamorphosé si vite ? Et comment a-t-il pu faire grandir à ce point la pieuvre ? Il frotte la bosse sur sa tête, les bleus sur sa hanche, et proteste : « OK. N'empêche que tu m'as balancé comme ça, par terre...

— J'ai moi-même été surpris par la force de mon geste. J'avais simplement l'intention de te soulever... au pire, de te jeter à l'eau. J'ai eu comme un blanc, c'est bizarre...

— Il me faudrait des antisèches pour les mots grecs !

— Petit malin, tu crois que tu aurais le temps de les sortir de ta poche ? »

Stef médite. Il ne doit pas perdre confiance en lui, mais faire preuve de sang-froid et de bon sens. Pas facile lorsqu'une bestiole mythologique marine vous fonce dessus ! De plus, sa première réaction a été celle de tenter de se transformer pour se sauver. Pas la bonne attitude, pour quelqu'un qui rêve de devenir un héros ! « Lorsqu'un apprenti héros utilise lâchement la magie, sans même essayer de combattre, il perd une part considérable de sa force et se retrouve à la merci de n'importe quel danger... » Le garçon comprend, petit à petit, à quel point les intentions qui motivent les actes sont importantes...

Pour la première fois, à son retour aux Buissonnets, il savoure le calme de sa maison, Pirame qui ronronne comme une chaudière et Irini qui grommelle, tout juste levée, qu'elle a mal dormi. Elle n'est pas la seule !

*

* *

La semaine s'écoule. Rien ne change mais Stef se sent différent. Il est sombre et vexé car les dieux, que ce soient Zeus, Hermès, Protée ou Artémis, ne l'ont pas contacté depuis plusieurs jours. Où sont les missions promises ? Les grandes aventures, les monstres à affronter, le pouvoir, la reconnaissance ? Tout s'emballe dans sa tête d'ado. Au collège, c'est la sempiternelle rengaine. Il est considéré comme le timide qui se révolte au moment inattendu, un peu trop discret et silencieux pour être honnête.

En cette fin d'après-midi, l'air est doux. Le soleil est haut, fier. Stefanos lui en voudrait presque, à présent qu'il sait que c'est Apollon qui le conduit dans sa course à travers le ciel. Le jeune garçon est adossé à la rambarde face aux grilles du collège. Il regarde d'un air morose la bande de copains de sa classe qui s'apprête à traverser la rue afin de se rendre au Latéral. Ils rigolent, fument des cigarettes en cachette, échangent des conseils pour draguer les filles.

Jules rejoint Stef et s'appuie à son tour à la barrière, en soupirant. Stef hausse le sourcil. « Oh, ça va, la crevette ! grogne Jules, qui, lui, a plutôt l'air d'un bouledogue. Je ne sais pas ce qui se passe en ce moment. Tout fout le camp. Mais toi tu t'en fiches, pas vrai ? Toujours à rêvasser. Seul ton nombril t'intéresse... »

Stef ne relève pas, à quoi bon ? Il a suffisamment à penser ! L'attitude de Jules la fripouille lui donne pourtant un peu d'élan. Si son ennemi est moralement abattu pour des raisons qu'il ignore, autant en profiter ! Stef se mêle en douce au cortège qui se dirige vers Le Latéral. Le café est décoré de couleurs vives et de motifs orientaux ; on s'y pose sur des banquettes moelleuses, en se laissant bercer par des odeurs alléchantes, tantôt de croque-monsieur, tantôt de crêpes au sucre.

Il s'installe discrètement sur un siège en bout de table, et observe les garçons commander. Quelques cafés et oranges pressées... Sans oublier de jeter des œillades à une bande de filles du collège dont Sofia est la reine incontestée. Comment se faire remarquer ? L'inimaginable se produit alors : d'abattu, Jules est devenu surexcité, et propose à Stef de parier sa place parmi eux au café, contre un billard. « Si tu gagnes, je te laisse squatter ici avec nous tant que tu veux. » Au fond du Latéral se trouvent en effet un espace web et un espace de jeu, composé d'un baby-foot, de plusieurs flippers et d'une magnifique table d'ardoise recouverte de feutre.

Stef adore ce jeu qui requiert patience, précision, maîtrise de l'ensemble du corps et concentration. Il accepte le défi de Jules. Il brûle d'envie d'investir Le Latéral, qu'il trouve si agréable ! Surtout depuis qu'il est interdit de fumer dans les lieux publics. « Et si je perds ?

— Dans ce cas, tu perds aussi ta nouvelle console, tronche de lune. »

Stef regrette cette fois d'avoir fait le malin devant Jules en le narguant avec son cadeau. « Impossible.

— Alors dégage.

— J'ai une autre proposition ! », lance une voix claire.

Celle qui vient de se mêler à la conversation s'appelle Anat. Fille du bistrotier, on ne l'entend guère. C'est le genre fil de fer minuscule, timide, au visage de hibou étonné caché derrière de grosses lunettes, entouré de cheveux noirs relevés en queue-de-cheval. Elle sourit rarement, honteuse de son appareil dentaire. Stef l'apprécie. En dehors de son style de déléguée première de la classe – les élèves l'appellent le « dégueulis de classe », pas très élégant –, elle est gentille et serviable. Les garçons se retournent vers elle, surpris. Anat perd un peu de son assurance, mais poursuit – elle rêve de s'intégrer à la petite bande de filles de Sofia. « Une tournée de cafés ou de chocolats gratuits tous les jours pendant une semaine... Et je fais équipe avec Stef contre toi, Jules.

— Ça marche... Qui se met avec moi ? »

Les filles n'ont pas perdu une miette de la discussion. Sofia Stavros se lève et lance à Jules, non sans une pointe de mépris : « Tope là, partenaire ! » Anat est inquiète. Une tournée gratuite aux garçons d'accord, mais si les filles s'en mêlent, ça double le prix de la défaite, au sens propre comme au figuré... Trop tard pour reculer.

Les joueurs se mettent en place. La partie s'annonce serrée ; contre toute attente, Anat est plutôt douée ! Sans doute grâce aux heures d'entraînement qu'elle y a consacré, tandis que son père fermait Le Latéral. Un silence religieux se fait autour de la table, où sont rassemblés filles et garçons.

L'équipe ennemie commence mais Stef et Anat prennent rapidement de l'avance sur Jules et Sofia, qui babillent comme des corneilles pour les déconcentrer. L'énervement mutuel augmente de minute en minute.

À maintes reprises, Jules bouscule Anat lorsque cette dernière tire, lui faisant perdre quelques bons coups. Comme ça ne suffit pas, ce mauvais joueur conteste un tir de Stef, sous prétexte que sa bille a frôlé la noire... La bataille n'a plus rien de conventionnel ou de loyal. Les insultes se mettent à fuser, Jules répète sans se lasser : « Tronche de lune »...

« La lune, c'est moi... Venge-moi, brave Stefanos ! » C'était la voix d'Artémis, irrésistible. Subitement, les magnifiques yeux d'émeraude aussi bien que la rage de vaincre accaparent l'esprit de Stef.

Prétextant une urgente nécessité d'aller aux toilettes, Stef s'esquive habilement. Il se transforme en bille visée par Jules : « *Svolos !* »... Ce dernier rate son coup et touche même la noire... La main revient à Stef et Anat, pour deux coups.

La technique fonctionne une première fois, la deuxième aussi... Ne reste à Stef qu'une seule transformation avant d'avoir épuisé son pouvoir – et son esprit ! –, il s'agit donc de bien choisir son moment... Puis Sofia, fine observatrice de malheur, s'aperçoit que Jules est pétri de maladresse, que sa main tremble ou qu'il manque de rayer le tapis à chaque fois que Stef s'éloigne... Elle demeure songeuse, se défendant malgré tout à merveille. Stef ne peut s'empêcher d'admirer la grâce de ses gestes et de sa fine silhouette penchée sur la table. Les boules qu'elle vise semblent voler au-dessus du tapis.

Les deux équipes sont désormais à égalité ! L'instant est décisif. Une troisième fois, Stef se transforme en bille et anticipe le coup que Jules s'apprête à lui envoyer. Il serre les dents intérieurement, encaisse le choc, se met à rouler. Le trou est à quelques centimètres seulement. Avec effort, Stef ralentit sa trajectoire et tente de la dévier pour éviter que le point soit marqué par Jules... Mais Stef est épuisé par les précédentes transformations – pour le moins futiles. De plus, il a la sensation qu'une énergie, autre que celle du tir, le pousse inexorablement vers l'angle de la table ! Il résiste tant qu'il le peut. La pression finit par se relâcher et Stef retrouve avec soulagement son corps.

C'est maintenant à Anat de jouer. Mais son père, le bistrotier Karim, les interrompt alors. « Dehors, les gosses ! Qu'est-ce que c'est que cette histoire de tournée pour l'équipe gagnante ? » Les collégiens sont poussés sans ménagement vers la sortie du Latéral.

Stef en est malade. Il serre les poings, furieux que la victoire s'éloigne et que Jules continue ses sarcasmes : « Pff, le billard c'est pour les nazes ! On a joué pour te faire plaisir, tronche de lune ! Retourne dans les jupes de ta cuisinière de mère ! » Il se paie même le luxe d'avoir le fin mot de l'histoire : « Allez, tu le mérites pas, mais je te donne le droit de nous accompagner au Latéral... » Sofia, quant à elle, sourit en coin. Stef est certain que c'est elle qui, de moins en moins sûre de l'emporter, a alerté Karim...

Malgré les paroles tranquillisantes d'Anat, du genre « T'inquiète, c'est rien qu'une partie de billard... », Stef brûle d'envie de se venger.

La voix d'Artémis, rieuse et enjôleuse, résonne et murmure à son oreille : « Ne le laisse pas insulter ta mère... Prends ta revanche ! » Sofia regarde désormais Stef avec méfiance. La guerre est déclarée, chez les quatrièmes...

En rentrant aux Buissonnets, Stef s'attend à entendre la voix grondante de Zeus ou à voir Hermès le guetter au portail de la maison pour le réprimander. Rien. Personne. Il est soulagé. Honteux certes, mais soulagé.

*
* *

La nuit, aucun dieu ne vient plus le visiter. Stef se demande s'il a rêvé, mais il y a toujours le don. Et il ne se prive pas de l'utiliser ! D'autant que, à chaque fois que l'occasion se présente, il lui semble qu'Artémis le suit et l'encourage... Après tout, la déesse représente la pureté, elle ne doit donc pas être de si mauvais conseil ! En outre, Stef est fâché contre Zeus, il a l'impression que celui-ci l'a abandonné alors qu'il a bouleversé la tranquillité de son quotidien avec sa mère.

Lundi dernier, il s'est transformé en stylo alors que Durand somnolait sur sa correction de copies, en salle des profs. Il lui a fait mettre des zéros sur vingt à Jules et Sofia, s'est attribué un 18. Une autre fois, il s'est changé en billet de cent euros dans le portefeuille d'Irini. Très agréablement surprise, pensant trouver là un vestige des dernières étrennes de Stavros qui, pour une fois, avait su se montrer généreux – sans doute pour être plus vache encore la fois d'après –, Irini s'est offert une robe en soie rouge. Mais naturellement, quand Stef est redevenu garçon, le billet a disparu de la caisse et la vendeuse a été licenciée... Il n'avait jamais réfléchi à ce qu'on appelle « une réaction en chaîne », pourtant il a saisi d'emblée de quoi il s'agissait. Quand on modifie la vie de gens pour un désir du moment, les répercussions peuvent être désastreuses.

*

* *

Île d'Hyria, mer Ionienne

Sur la baie de Navagio, Téthys marche de long en large. Elle a abandonné l'enveloppe de calamar et l'intimidation, car l'heure lui semble grave et peu propice aux simulations. Ses cheveux argentés l'auréolent et font d'elle un point brillant sur la plage. Elle regarde en direction de la mer et murmure tout bas : « Poséidon, ne m'abandonne pas... » Puis elle se tourne vers la falaise, si haute et abrupte.

La créature que la Titanide attend ne tarde pas à apparaître. Comme précédemment, elle descend en apesanteur. À peine a-t-elle touché le sol qu'elle l'agresse : « Téthys, tu y étais presque ! Qu'as-tu fait de ton sang-froid ?

— Qu'as-tu fait de ta fidélité aux Olympiens ?

— À Zeus ? » La créature est secouée d'un rire mauvais. « Zeus, ce vieux crétin ?

— Un peu de respect ! gronde l'autre.

— Et Zeus, quel respect te montre-t-il ?

— Je suis maîtresse incontestée de mon domaine. »

Les deux se font face. « Incontestée ? Incontestée ! » Un lourd silence s'installe, à peine brisé par le cri des oiseaux marins. Elle reprend : « Que t'est-il arrivé, Téthys, lorsque les Titans, tes frères, ont été renversés ?

— Je... Ça n'était que justice. Cronos était un tyran ! Ceux d'entre nous qui suivaient Zeus ont été récompensés. Dont mon frère, Océan...

— Récompensés ? Que fais-tu dans ces mers froides, à errer, alors que tes neveux et nièces se la coulent douce sur l'Olympe ?

— Je n'aurais pas voulu vivre sur l'Olympe. Pas plus que sur le mont Othrys, où les Titans avaient élu domicile ! J'appartiens aux eaux, aux plages et aux îles. Tout comme elles m'appartiennent.

— Mmm... Même Hyria ? »

Téthys hésite. « Même Hyria. Ce qui n'empêche pas les autres dieux, comme toi, et les nymphes, de s'y mouvoir...

— Téthys, ton manque de courage et de perspicacité me déçoit. Je ne fais pas que m'y mouvoir. Cette île m'appartient désormais. Parce que je l'ai décidé, et que Zeus ne rétablira pas l'ordre. N'as-tu pas évité ses foudres simplement parce qu'il a choisi de laisser les Titanides tranquilles, après la Titanomachie ? Plus récemment, t'a-t-il aidée lorsque les tortues Caretta étaient menacées d'extinction ?

— Oui, je sais tout cela... » La voix de Téthys est presque inaudible tant elle est basse. « Zeus me fait confiance, voilà tout. Il m'appartient de gérer les affaires qui me concernent.

— Comment vas-tu me chasser d'Hyria, déesse incontestée ? »

Téthys ne relève pas l'ironie tandis que son interlocutrice poursuit. « Comment vas-tu chasser la reine ? Ses monstres ?

— Lesquels ?

— Tu es si puissante que tu ne vois rien de ce qui se passe sur cette île... Que peux-tu faire

pour la récupérer, alors que tu ne peux guère t'approcher à plus de deux ou trois cents mètres de tes rivages ? »

Téthys recule. L'autre se met à hurler. « Hyria ne t'appartient plus, tu m'entends ? » Téthys gémit. Ses cheveux argentés, tordus par le vent qui s'est mis à souffler, se font visqueux. « Ton pouvoir s'étiole, de même que celui des Olympiens !

— Zeus veille !

— Zeus veille à son confort sur le mont ! Le reste lui est indifférent... Et toi, tu es trop lâche pour prendre parti ! Non ? Réponds ! »

Téthys se fait transparente, son corps devient mou, elle n'a plus d'autre ressource que celle de plonger dans les flots. La silhouette renverse sa capuche sur ses épaules. C'est une femme, tantôt laide, tantôt magnifique, qui crie à l'Océan : « Fuis ! Je recevrai, ici, les signataires du Pacte de Niobé ! D'ailleurs, ton nom y figure puisque tu as accepté de m'aider avant de te dédire ! Hyria et Navagio seront témoins d'un événement historique ! »

Chapitre 8

LE PROCÈS

L'heure de payer est arrivée. Sans crier gare – comme le font les dieux de l'Olympe –, une déesse apparaît alors que Stefanos s'apprêtait à emmener Pirame en vadrouille dans le quartier. Elle est brune, droite comme un I, très sévère. Elle porte une balance dans sa main gauche. L'ado sait, sans avoir besoin de parler avec elle, qu'elle l'emmène. Elle cligne des paupières, Stef ferme les yeux et hop ! Le voyage recommence. Loin de Saint-Antoine, de Boulogne et de Paris, des problèmes qu'il peine à résoudre comme le mortel qu'il n'est pas vraiment.

Stef entrouvre l'œil un instant : ce qui se passe autour de lui et de la déesse le stupéfie. Leurs pieds ne touchent plus le sol, ils sont en train de voler, ou très exactement, de flotter dans l'atmosphère azuréenne. En dessous d'eux, la Terre et ses collines vallonnées, ses lacs, sa mer Méditerranée. La déesse guide fermement Stefanos, émerveillé. Ils fendent les nuages qui valsent avec la bise de cette fin d'après-midi.

Se profile, à distance, une montagne entourée de brumes filandreuses. Le mont Olympe ! Le jeune garçon le trouve haut et majestueux. Alors que lui et la déesse pénètrent dans les brumes, une sensation très particulière l'envahit : il a l'impression d'être entré dans une bulle dont on ne distingue pas les contours, suspendue entre l'espace et la Terre, où le temps ne s'écoule plus comme l'eau d'une clepsydre.

Ils atterrissent en douceur, à côté d'un temple. La déesse se tourne vers lui et se présente enfin : « Je suis Athéna. Déesse de la Justice. Tu es devant chez toi.

— Chez moi ? ! » Stefanos tombe des nues. « Chez moi, c'est Paris, c'est...

— Tu as une maison à Boulogne et tu as une maison sur l'Olympe. Celle occupée jadis par ton père, à l'intérieur de laquelle se trouve le Puits sacré.

— Le Puits sacré ? !

— Le Puits sacré est un passage que Zeus avait créé à l'intérieur du temple d'Aristée, afin d'assurer une communication avec Les Buissonnets... N'as-tu jamais remarqué un puits au fond de ton jardin, ou une source d'eau quelconque qui pourrait...

— Pff, tout ce qu'il y a au fond du jardin c'est un vague trou, bouché depuis que j'ai failli tomber dedans, à l'âge de quatre ans...

— Rien d'autre ?

— Rien...

— Tes futurs actes de bravoure te permettront peut-être de le découvrir et de l'ouvrir. Tout dépend de toi. Veux-tu entrer dans le temple de ton père ? »

Stef acquiesce, pris à la gorge d'émotion. Il était loin de s'attendre à cela, le temple est une merveille ! La déesse lui tend, avec gravité, une clé en or d'environ dix centimètres, sur laquelle sont gravées des abeilles, terminée par une sorte de médaillon. La clé lui rappelle un peu le pendentif qu'Irini ne quitte pas. « À toi de jouer. » Stefanos saisit la clé et s'approche de la serrure : impossible ne serait-ce que de l'introduire. Un champ magnétique repousse la clé ! Le garçon jette à Athéna un regard interrogateur. « L'heure n'est manifestement pas venue. Je suis désolée, Stefanos. Les demeures divines ne s'ouvrent pas sur un simple coup de clé : elles estiment qu'on doit les mériter... Tu réessaieras plus tard. » Stef est un peu honteux. Cette mésaventure achève de le déstabiliser, d'autant que la déesse refuse de lui céder la clé.

« Elle te servira un jour, enfin je l'espère. En attendant, je la garderai en lieu sûr. Suis-moi. Allons chez moi pour évoquer tes actions récentes. Je n'ai pas d'a priori, n'aie de crainte que celle de voir un jugement juste, proféré en ta présence, après que tu auras pu répondre ou te défendre. Car les dieux ne sont pas contents. Ils estiment que tu n'as pas été bon et que je dois me prononcer.

— C'est donc de mon procès qu'il s'agit ? »

Au bout de quelques pas, qui donnent à Stef l'impression de marcher sur la Lune tant son corps est léger, ils sont devant un autre bâtiment. La déesse le fait entrer dans le temple, n'ajoutant rien. Ce que son visage est austère ! Le héros en herbe est dans une antichambre, où deux jeunes filles lui font enfiler une tunique blanche, plissée, brodée de motifs bleus et discrets. Elles sont silencieuses mais leurs yeux rient, ce qui rend un peu d'assurance à Stefanos.

Très vite, il est introduit dans la salle principale, celle des audiences. Il est conduit à un banc qui fait face à Athéna, à Zeus, et à une femme qu'il ne connaît pas, rousse et agitée, trop maquillée. À ses côtés, s'assoient Hermès, Protée et... Pirame ! Stef est heureux d'avoir son chien avec lui. Qu'est-ce qui a bien pu le décider de rejoindre enfin l'Olympe ? L'heure doit être grave. Il est vaguement inquiet de ce qui va se dérouler dans le temple de la Justice, et pense que ça a quelque chose à voir avec ses mésaventures au collège et à la maison...

La femme rousse le fixe sévèrement, puis se met à glousser en secouant sa crinière électrique. Elle est prise d'un fou rire que rien ne semble pouvoir contenir. Zeus ne pipe mot. Hermès chuchote à Stef : « C'est Héra, l'épouse du dieu des dieux ! La terrible épouse de Zeus... »

Stef toussote et, voyant le silence s'éterniser et tous les regards tournés vers lui, finit par prendre la parole le premier : « Mesdames, messieurs, déesses et dieux de l'Olympe, il faut m'expliquer...

— T'expliquer que tu te comportes comme un pourceau à qui l'on a balancé une perle ? pouffe Héra.

— Très chère... » Zeus est gêné.

« Ah pardon, j'aurais dû utiliser le mot porcelet ? »

Athéna se lève. « Stefanos Alias s'est mal conduit, nous l'avons toutes et tous constaté. Mais je souhaite porter à la connaissance du jury un fait qu'il ignore... En tant que représentante de la justice, il est nécessaire que je brosse le tableau le plus complet possible et que je revienne quelques jours en arrière pour exposer certains comportements de notre accusé... »

Hermès croise une jambe par-dessus l'autre : « Parle simplement, Athéna ! On est au XXIe siècle, bon sang... Il ne faut pas s'étonner que les hommes nous oublient, avec un langage pareil !

— Ça n'est pas le débat ! tonne Zeus, subitement très agacé. Que souhaites-tu révéler, Athéna ?

— Que Stefanos a été poussé à la colère malgré lui. » La déesse s'est rassise, vexée.

« Abrégeons. Je n'ai pas que ça à faire, moi. J'ai chargé Hermès et Protée de l'éducation de Stefanos, afin qu'il apprenne à maîtriser son don, et voilà qu'il en dispose au profit de motifs guère avouables..., grogne Zeus.

— Justement, se rengorge la déesse de la Justice. J'ai identifié la cause d'une partie de ses malheurs... »

Stef est ébahi. Il s'attendait à des représailles concernant son attitude récente, avec la vendeuse, avec Jules ou Durand, mais de quoi parle Athéna ? Cette dernière est enchantée par l'effet produit sur l'assistance qui retient son souffle. « La cause de tous tes malheurs, enfin, du début de tes malheurs, s'appelle Éris... » Il sursaute. Ce prénom lui dit vaguement quelque chose.

« J'appelle Artémis dans cette salle, à la barre des témoins ! », prononce Athéna. Pour Artémis, Stef se juge au point : la belle lumineuse, aux cheveux blonds coupés au carré... Un bras pousse un rideau au fond de la pièce, une femme entre. Stef est intrigué. Elle est aussi belle que lors de la nuit où elle lui a rendu visite, elle tient dans sa main droite un arc. Ses yeux luisent plus calmement et paraissent d'un vert plus gris.

Athéna se lève et murmure sombrement : « Stefanos, voici la véritable Artémis. Pas celle qui t'est déjà apparue, qui t'a soufflé de te venger et qui t'a poussé à la colère.

— Que veux-tu dire ?

— Que tu n'as pas encore rencontré Artémis, répond Athéna, sûre d'elle, tandis qu'Artémis approuve.

— Mais si, ô dieux, ô déesses, cette créature m'a rendu visite et n'a cessé de parler à mon oreille..., proteste le jeune garçon.

— Faux. Tu as rêvé, ou tu as eu affaire à une apparition ! jette Artémis, dédaigneusement.

— Mais enfin, tu m'as même parlé du chasseur qui t'avait vue nue... »

Athéna l'interrompt pour expliquer à tous cette méprise. Il s'avère que la déesse qui a rendu visite à Stef, en se prétendant Artémis, est sans doute Éris, déesse de la Discorde. Elle est fille de Nyx, la Nuit, et n'est pas très appréciée des dieux puisqu'elle ne cesse de leur jouer de mauvais tours. Elle a pris la forme et la voix d'Artémis pour mieux duper Stef, qui l'a écoutée sans se méfier...

Stef est interloqué, et se penche vers Pirame. « Pourquoi cette Éris ferait-elle cela ?

— Certains dieux se repaissent des énergies négatives autour d'eux. Ils s'efforcent donc de créer des situations suscitant chez les femmes et les hommes la colère, l'envie, le mensonge, la haine... Éris s'amuse à embrouiller les dieux, et s'en sert...

— Ouais, enfin, les demi-dieux comme moi..., grommelle Stef.

— Il faudra apprendre à te méfier de tous, de tout ! poursuit le chien. Tu es trop naïf. Mais Éris est très douée, redoutable. Elle a l'art de soumettre les hommes à son pouvoir, elle manipule leurs peurs et leurs complexes, leur égo. C'est d'ailleurs comme ça qu'elle t'a eu ! Cette sorcière assoiffée de sang adore les querelles et n'hésite pas à les exacerber entre les hommes et les femmes. Éris prend possession du mental, parfois du corps, et elle sait rendre les êtres complètement dépressifs, voire fous. »

Sur ces belles paroles de Pirame, Stef se redresse pour mieux écouter Athéna. « Souvenez-vous de l'habileté d'Éris lorsqu'elle a réussi à me fâcher avec toi, Héra, ainsi qu'avec Aphrodite ! Souvenez-vous, ô Zeus, ô membres de cette assistance, que nous étions toutes les trois comme des *harpies...* »

Harpies ? Stef tente de réfléchir vite et bien. Il a déjà rencontré ce nom-là... Les *Harpies* sont des déesses à corps de rapace surmontés de têtes de femme. Elles empestent, kidnappent les enfants dans leurs larges serres et emmènent les âmes des morts aux Enfers. Ce sont aussi des voleuses, qui ont jadis empoisonné un roi aveugle. La *harpie* moderne est tout aussi mauvaise et acariâtre !

Héra remue sur son trône, ses traits se contractent. Stef regarde attentivement Héra et Athéna. La première est du genre tape-à-l'œil et vulgaire ; de plus c'est une femme colérique, et ça se voit. Quant à Athéna, elle est trop rigide.

Un nouveau coup de théâtre se prépare, alors que cette dernière annonce l'entrée d'Éris dans le tribunal. Et là, Stef se fige d'horreur. Une forme aux allures voluptueuses se présente à l'assistance, enroulée dans une cape à capuche qu'elle rejette sur ses épaules. Son visage change constamment. Elle est merveilleusement belle, puis la seconde d'après, affreusement laide.

Ses cheveux sont de bronze à la seconde où vous les fixez, puis se mettent à ressembler à des tentacules de pieuvre. Sa bouche est tantôt pulpeuse, tantôt hérissée de crocs de loup. Stef reconnaît enfin la paire d'yeux verts pailletés d'or qui l'a tellement tourmenté. Ce sont des yeux de mante religieuse, malins, inquiétants, pervers. Éris claque sa langue, observe l'assemblée, se réjouit des troubles qu'elle a causés.

« Éris, reconnais-tu avoir trompé Stefanos ? Reconnais-tu avoir pris l'apparence et la voix d'Artémis ?

— Et alors ? fait la déesse d'un ton grinçant. Il est en apprentissage, cet embryon, il faut qu'il éprouve quelques incommodités... L'enseignement de Protée ne vaut rien, le vieux bonhomme est presque sénile et ferait bien d'apprendre aux bambins à construire des châteaux de sable !

—Insolente ! » Protée est offusqué. « Stefanos a beaucoup progressé en ma compagnie...

— C'est ça, il peut maintenant se transformer en pelle, en râteau ou en coquillage... Merveilleux ! »

Elle applaudit, sarcastique.

« Sache que Stefanos maîtrise l'art de la transformation et que je lui ai inculqué de grandes valeurs de notre monde antique...

— Et c'est pour cela qu'il craque à la moindre tentation ? À mon doux chant de sirène ? »

Éris crache par terre, croise les bras et attend une réaction d'Athéna. Stef ne comprend pas. Il se penche vers Pirame : « Quel chant de sirène ?

— Le sien, triple buse ! Tu as craqué et tu as écouté la voix de la discorde.

— Tu es coupable, Éris.

— De quoi ?

— De tromperie ! De transgression...

— Ah non ! Je n'ai pas rejoint ce garçon, il a vu un hologramme d'Artémis envoyé par mes soins, nuance...

— Nous avions décidé de venir vers Stefanos lorsqu'il aurait seize ans, mais tu as précipité les choses en lui révélant son pouvoir. Ne proteste pas, nous sommes certains que c'est toi qui lui as soufflé son premier mot dans notre langue. C'est toi, ensuite, qui l'as poussé à se transformer de façon désordonnée, à des moments inadéquats, et parfois pour faire le mal. Nous étudierons ton cas plus tard. J'aimerais que nous entendions le jeune Stefanos. »

Celui-ci se lève lentement. « Stefanos, reconnais-tu t'être transformé à plusieurs reprises dans un objectif égoïste, malveillant ?

— Oui.

— Réponds franchement. L'aurais-tu fait si Éris ne t'y avait pas incité ?

— Je le crois, ô déesse de la Justice, avoue Stef, en bafouillant. Et je le regrette. J'ai entendu et compris les enseignements moraux de Protée, qui n'a rien d'un vieillard sénile et dont la sagesse me servira désormais d'exemple. »

Éris lance : « Voilà, la mauvaise nature des hommes fait surface et les rattrape toujours...

— Tais-toi, coupe soudain Zeus. Je ne veux plus entendre ta langue de vipère. Va-t'en. Retourne à tes complots...

— À tes ordres, monseigneur..., glapit Éris en s'éclipsant.

— Je vais conclure cet entretien. Stefanos, tu as mal agi. Tu t'es laissé déborder par tes facultés et tes ressentiments. Il va falloir faire preuve de réflexion et de jugeote à l'avenir. Le point positif, c'est que tu as su reconnaître tes erreurs. Je considère donc que tu es prêt pour ta mission. Je vais t'en parler immédiatement. »

Athéna hausse les épaules. « Pas de punition ? Il a pourtant mal ag...

— Oui, je sais, mal agi ! Athéna, Héra, vous tous, sortez. À l'exception de Stefanos. La première mission que je confie à mon arrière-petit-fils est celle d'intervenir auprès de Thésée. »

Ces mots de Zeus troublent l'assistance. Protée met sa main devant sa bouche, effaré ; Hermès regarde son protégé avec inquiétude ; Pirame ferme les yeux en gémissant. En sortant, Athéna glisse : « Quelle punition... Pauvre Stefanos ! »

Chapitre 9

LA MISSION

Malgré le tumulte qu'ils ont causé dans l'assistance, les mots de Zeus l'ont réconforté. Stef est apaisé. Ainsi, les dieux ne se sont pas désintéressés de son sort ! Zeus s'assied à côté de lui.

« Fils d'Aristée, tu es vert... mais vaillant ! J'ai choisi de te faire venir parmi nous pour diverses raisons. C'est un peu complexe : ouvre bien tes oreilles ! »

Stef ne fait que ça, depuis le début de l'histoire.

« Crois-tu en Dieu ? Je vois à ton air interloqué que tu penses, depuis qu'on s'est rencontrés, que le Dieu des différents cultes d'aujourd'hui est incompatible avec ceux de l'Olympe. Détrompe-toi... Il y a un principe créateur, qui véhicule le bien, qu'on appelle Dieu au sens large. La Bible, la Torah et le

Coran, entre autres, contiennent des messages destinés aux hommes. Un message universel, en fait. Et les dieux de l'Olympe, c'est un peu un mix de tout cela avant l'heure… Parce que nous sommes beaucoup plus anciens ! De grands aèdes ou poètes grecs, comme Homère et Sophocle, ont écrit nos légendes des siècles avant la naissance de Jésus-Christ ! Nous faisons partie de ce magma de la création divine. Nous existons parce qu'il faut expliquer le monde… Parce que le monde se bâtit sur des légendes. Nous existons parce que les hommes croient en nous, que les hommes croient en nos histoires… Notre problème, c'est que nous risquons fort de disparaître, nous les Olympiens.

— Comment, ô Zeus ?

— Parce que les hommes nous connaissent de moins en moins. Les temples sont déserts et seuls les touristes s'y rendent encore. Dans le monde, les lieux de culte ne sont pas autant remplis qu'ils l'étaient et le devraient. Toi, par exemple… Savais-tu qui nous étions ?

— Ma mère parle souvent de vous…

— Insuffisant ! Même elle, qui a vécu parmi nous il n'y a pas si longtemps, bredouille avec difficulté nos légendes. Les prénoms de nos héros lui rappellent ceux des comptines de son enfance. Nous sommes affaiblis par le manque de connaissance des hommes à notre sujet. »

Zeus fait ensuite savoir à Stef qu'une force perturbatrice profite, depuis peu, de cet affaiblissement pour redessiner l'histoire des dieux et placer les héros en situation d'échec. Cette force noire et négative espère les faire tomber définitivement dans l'oubli ! Zeus n'a pas réussi à identifier cette force, même s'il nourrit plus que des soupçons à l'égard d'Éris... Et d'une reine déchue, jadis femme magnifique et promise à une destinée d'exception, Niobé. D'après lui, c'est elle qui serait à la tête des Conjurés.

Si les hommes oublient les héros et les dieux, ceux-ci cesseront d'exister... Pour y remédier, il faut que les légendes s'accomplissent. Tel devrait être l'ordre des choses. L'homme ne doit pas perdre confiance en ce qu'il y a de divin dans le monde... et dans lui-même. Les hauts faits de gloire, les actes courageux, rendent espoir à toute l'humanité et donnent du sens à n'importe lequel des engagements pour une cause qu'on estime noble. Le premier objectif de Stef est d'aider les héros à ne point faillir dans leurs missions, sous peine de retomber dans l'anonymat.

« Et je suis sûr que tu te demandes pourquoi tu n'as pas encore croisé ton père, Aristée. Je suis désolé si je t'attriste, mais il n'a pas très envie de te voir pour le moment. Non ! Ne m'interromps pas. Ne le prends pas personnellement. Aristée est mal dans sa peau. Il n'a pas eu que des succès, chez nous, les dieux. Sa vie amoureuse est ratée, il a perdu ses abeilles et des êtres qui lui étaient chers... Il ne se sentait pas à l'aise, sur l'Olympe. Chez les hommes non plus, d'ailleurs. Les dieux trouvaient que ses qualités de dieu de la Chasse et de l'Élevage n'étaient ni importantes ni précieuses. Ils ont eu tort ! Aristée, c'est un sentimental avant tout, qui vénère ses abeilles et qui a appris aux hommes à les apprivoiser. Quand elles meurent, il en pleure !

“Aristée n'a jamais eu de chance, même lorsqu'il accomplissait des sacrifices pour que le sort tourne... J'ai oublié le détail de ses affaires. Mnémosyne, déesse de la Mémoire, me joue des tours, cette coquine. Tu devras un peu recoller les morceaux, au cours de tes futurs voyages ! Enfin, en bref, ton père Aristée s'est volontairement mis à l'écart de nous tous. On a cru le voir, ici et là, sans certitude...

— Mais n'es-tu pas censé être au courant de tout, ô Zeus ?

— Je viens de te dire que nous sommes affaiblis...

— Ma mère m'a dit que c'était toi qui déciderais du moment où nous nous retrouverions, mon père et moi... »

Zeus se gratte le crâne. Apparemment, les choses sont plus compliquées que cela ! Aristée n'a plus donné signe de vie depuis longtemps. Mais c'est un dieu essentiel à l'équilibre de la planète, qui est plutôt mal partie en ce moment. Très jeune, il avait manifesté une passion pour la nature lui venant certainement de sa mère la nymphe Cyrène. Cette dernière aimait tant le grand air des pâturages qu'elle ne s'occupa pas beaucoup du pauvre Aristée...

« Depuis son éloignement, les dérèglements dans la nature se sont accentués. Ça ne t'a pas échappé, pas vrai ? Alors figure-toi que pour la santé de la Terre, nous essayons de rassembler tous les dieux qui lui sont liés, pour créer un grand congrès de réflexion et d'action. Aristée n'acceptera de revenir que lorsque son honneur sera rétabli. Et cet honneur, il repose sur tes épaules. Tu es son fils, toi seul peux redorer le blason de cette branche de la famille divine et le convaincre de rentrer au bercail. »

Voilà quel est le second objectif que lui confie Zeus ! Stef est pendu à ses lèvres ! Pourtant, la conversation est sur le point de s'achever.

« Je vais donc t'envoyer aux côtés de héros célèbres de l'Antiquité... Ceux qui ont convaincu l'Homme qu'il était capable de grandes choses. Tu as pour mission de les aider et de contrer la force noire dont je t'ai parlé, qui nous fiche un sacré bazar dans l'histoire. Tu en profiteras pour faire tes preuves. Qui sait, en aidant les héros et les dieux, tu deviendras peut-être l'un d'entre nous.

— Moi, un dieu ?

— Être quelqu'un d'exceptionnel, ça requiert d'accomplir des choses exceptionnelles.

— Dieu... de quoi ?

— Nous verrons. Si tu t'en montres digne, le Conseil des dieux créera peut-être un siège divin pour toi qui conjugues le passé et l'avenir... Nous aimons ton intérêt pour les nouvelles technologies et l'avenir de la planète. Et hum, tu m'apprendras à me servir d'Internet un de ces quatre ? »

*

* *

En rentrant aux Buissonnets, Stef est pensif et enthousiaste qu'on lui attribue des missions exceptionnelles ! Ça ne va pas être de tout repos. Il sort un carnet de sa poche et note ses objectifs :

1. aider les héros ;
2. enquêter sur les « Conjurés de Niobé » ;
3. persuader son père de revenir ;
4. prouver qu'il est digne de devenir un dieu.

Qui sont ces fameux Conjurés ? Selon Zeus, c'est un groupuscule de dieux secondaires et malfaisants qui ont décidé de renverser Zeus et les Olympiens. Par revanche et par jalousie, par passion du pouvoir. Niobé était autrefois une grande reine, mortelle, aimée de Zeus. Mais, pour une raison que Stef ignore (Wikipédia a refusé de s'ouvrir, une page déterminante manque à l'encyclopédie familiale et Pirame n'a pu le renseigner – « Ça remonte si loin ! Je ne m'en souviens plus »), le dieu tout-puissant s'en est fait une ennemie. Zeus l'avait transformée en rocher et expédiée au sommet d'une montagne en Lydie... Un rocher qui suinte, comme une femme pleurerait toutes les larmes de son corps, depuis des siècles et des siècles.

Or, le rocher a cessé de pleurer il y a peu. Zeus pressent que cela a peut-être un rapport avec le bazar dans la mythologie et soupçonne que la force obscure a acquis l'appui de créatures dangereuses comme les Érinyes (monstres susceptibles, aux cheveux de serpents et aux larmes de sang), les Harpies et les Gorgones (dragons redoutables. L'une d'elles est la fameuse Méduse). Il les a donc surnommées les Conjurés de Niobé. Si Zeus n'intervient pas directement, c'est que les tensions entre les dieux sont telles en ce moment qu'il préfère ne pas ouvrir un vrai conflit...

Stef doit se méfier de tous, notamment au cours de ses missions, car il les croisera certainement ! Le but des Conjurés est donc de perturber l'ordre du monde en empêchant les mythes et les actions héroïques de s'accomplir. Stef doit impérativement les démasquer, en tant qu'agent de Zeus, pour qu'un terme soit mis à leurs funestes projets.

L'adolescent rejoint Irini, vigilante, nerveuse et résignée. Elle sait que, cette nuit, son fils rencontrera Thésée.

*

* *

Île d'Hyria, mer Ionienne

Le procès de Stefanos a fait rire Éris, mais elle a senti qu'il lui fallait redoubler de prudence vis-à-vis des autres dieux. Elle s'apprête à convoquer ses partisans sur Hyria, pour une réunion bien spéciale. Elle aurait préféré que ceci se déroule à une époque autre que l'Antiquité, mais c'est trop risqué. En attendant l'heure, elle retourne dans la baie de Navagio afin de repérer les lieux.

Seulement, à force de se balader dans les époques, elle a failli rester coincée à un terrible moment de l'histoire d'Hyria : un tremblement de terre survenu en 1953, ayant détruit à peu près tout à l'occasion. Vite, un autre saut dans le temps pour revenir en arrière.

C'est peine perdue, elle atterrit en… 1983 ! Au cours d'une nuit d'orage violent. « À croire que cette île essaie de se défendre… », pense Éris. Autour d'elle, tout n'est que crissements, grincements, tremblements. Elle avance sur le pro-

montoire, enrage. Les paillettes dans ses yeux dévorent ses pupilles. Elle se tient droite devant le précipice qui l'appelle. Vue de loin, elle paraît vouloir se laisser happer par le vide.

La déesse de la Discorde scrute l'horizon, observant un bateau en difficulté qui tente de lutter contre les vagues et d'éviter les rochers pointus.

On peut lire son nom grâce aux rayons de la lune : Panagiotis. *C'est un navire de contrebande. À son bord, des matelots courent dans tous les sens, affolés par l'imminence de la catastrophe. Ils ne seront pas nombreux à en réchapper. Mais de cela, Éris se moque. Seule lui importe l'assemblée des Conjurés, qu'elle a prévu de réunir dans la baie.*

Chapitre 10

RENCONTRE AVEC THÉSÉE

Stef n'a pas réussi à s'endormir. Le réveil à quartz, dont les chiffres rouges luisent dans la pénombre, indique qu'il est deux heures.

Stef est interrompu dans ses rêveries par l'arrivée d'Hermès et Zeus. Rien que ça ! Prestement, sans montrer l'émotion qu'il éprouve, le dieu des dieux lui enjoint d'être courageux. Il lui prodigue un dernier conseil, ayant retrouvé ses « r » roulés : « Tu es envoyé auprrrès de Thésée. Si tu ne l'aides pas, il semble voué à l'échec. Sa légende rrrisque alorrrs de s'étioler peu à peu et, avec elle, un pan de notrrre existence. Perrrsonne ne trrrouverrra ta prrrésence bizarrrre. Tu serrras d'emblée considérrré comme un ami et un compagnon d'aventurrres de Thésée. Utilise au mieux ton pouvoirrr... » Il murmure une formule bizarre, Hermès lui sourit...

*

* *

Stefanos est projeté à travers le temps, dans un cosmos ressemblant à un tunnel venteux et plein d'éclairs. Il redoute d'entrer en collision avec ces météorites lumineux qu'il croise, mais rien. Il atterrit, un peu sonné, dans une prairie qui jouxte une habitation à colonnes pleine de charme, princière. C'est le petit matin. Les couleurs du paysage sont vives. Il entend un grognement et découvre avec stupeur Pirame ! « Que fais-tu l...

— Eh, oh, j'ai pas demandé à venir. On ne m'a même pas posé la question ! Ça ne m'amuse que très moyennement ! »

Stef est vêtu comme un jeune Grec, avec une tunique courte en lin qu'on appelle *exomide* laissant une de ses épaules nue, retenue par des épingles appelées fibules et une ceinture à la taille. Zeus l'a pourvu d'une besace, dans laquelle il découvre un chapeau à larges bords pour se protéger du soleil et quelques provisions : des galettes, des gousses d'ail, un oignon, une poignée de lentilles et du fromage de chèvre. Stefanos porte aux pieds des chaussures à semelles renforcées, des *crépides*.

Quel étonnement d'être ainsi propulsé dans un pays qu'il ne connaît que par le biais des livres ou des rares photos conservées par Irini, et dans une époque qui fait aujourd'hui l'objet de films ! Le climat est sec et très chaud – tellement différent de celui de Paris, pluvieux et venteux. Ô surprise... Stef inspire et l'air pur envahit ses poumons, l'asthme lui semble si loin... Pas de doute, il évolue dans une atmosphère qui n'a pas encore été souillée par la main de l'homme et ses révolutions techniques épatantes mais parfois dévastatrices. La terre embaume des essences de pin, le ciel est pur, des milliers de cigales zézayent dans un concert presque assourdissant.

Pirame regarde autour de lui et informe son maître : « Nous sommes à Trézène, une cité de la région d'Argolide. Une péninsule plutôt fertile, comparée au reste du Péloponnèse plutôt aride... À vol d'oiseau, on n'est pas loin de Cécropia, qui est de l'autre côté de la mer. Thésée est adolescent. Il a seize ans et il va apprendre le secret de sa naissance ! »

Ces paroles résonnent étrangement aux oreilles de Stef.

« Certains disent que Thésée est fils de Poséidon, dieu des Mers et des Océans. À cet instant que nous vivons, on dit plutôt qu'il est le fils d'un roi très célèbre. Retiens bien cela : Thésée est le fils du roi Égée mais n'en est pas tout à fait convaincu... », ajoute le chien.

Le soleil de l'aube est étincelant, dépourvu du moindre nuage. Thésée déboule dans la prairie. C'est un colosse aux cheveux bruns hérissés, aux bras musculeux, au front barré par la colère, vêtu d'une tunique drapée. Il avance à grands pas vers Stef et Pirame, qui se sont relevés d'un bond et nettoyés de la poussière de leur voyage à la fois très long et très court. Ils s'appuient sur un rocher en attendant que Thésée les rejoigne.

Ce dernier est suivi par un adulte sérieux ainsi que par une très belle femme aux cheveux enroulés en tresses sur les oreilles et à la mine tourmentée. « C'est Connidas, le précepteur de Thésée ! souffle Pirame. Et la femme, avec eux, celle qui ressemble à la princesse Leïa, c'est Æthra, la mère de Thésée. Elle est fille du roi de Trézène, le sage Pitthée. » Stef se demande comment Pirame fait pour savoir tout cela, sans le Web à disposition. Quel érudit !

Æthra regarde Stef, Pirame, le rocher et fait un signe de la main.

« Fils, dit-elle à Thésée, soulève cette pierre et prends ce que tu y trouves. » Stef n'en revient pas. Le rocher est énorme, il doute que Thésée, en dépit de sa forme physique évidente, réussisse. Le jeune colosse s'agenouille près de la pierre, écarte les bras et glisse ses mains, pousse un « ho hisse ho hisse ». La pierre s'incline et se soulève un peu. À cet instant, tous ceux qui assistent à la scène découvrent que sous un creux du rocher gisent une épée et des sandales. Mais Thésée parviendra-t-il à les extirper de là ?

C'est alors que Stef a une intuition. Pour une fois, le doute ne l'assaille pas, sa cage thoracique ne lui comprime pas les poumons, il n'est pas sujet à une nouvelle crise d'asthme. Non, pour une fois, il parvient à analyser une situation d'urgence sans que sa maladie l'embarrasse. Il garde en mémoire ce que Zeus lui a dit, au sujet des Conjurés de Niobé... Si Thésée doit prouver sa force, rien ne doit l'en empêcher ! Or, il paraît avoir du mal à soulever la pierre. À trois reprises, le rocher tombe et manque de lui écrabouiller les orteils. Une couleuvre émeraude frôle ses jambes, alors qu'il est sur le point d'y arriver, ce qui oblige Thésée à lâcher brutalement la pierre. Le futur héros en pleurerait de rage.

Sans bruit, Stefanos décide de se transformer... en caillou. Il bredouille une vague excuse, fait quelques pas en arrière et procède à une transformation éclair. « *Pétra ! πέτρα* ! » Stef-le-caillou se débrouille pour se glisser sous le rocher, maintenant ce dernier légèrement incliné. Ce qui permet à Thésée d'attraper les sandales en or de même que l'épée à poignée d'ivoire, avant de laisser retomber le rocher. Æthra, Connidas et Stef en ont le souffle coupé – pas pour les mêmes raisons. Stefanos a juste senti le poids de l'énorme rocher s'écraser sur lui ! Æthra saisit le bras de son fils et murmure : « Tu viens de prouver que tu es bien le fils d'Égée, roi de l'Attique et de l'Eubée. Ton père avait caché ses armes et il m'avait recommandé de te révéler son identité si tu réussissais à les récupérer. Tu as désormais le droit de le rejoindre, si tel est ton désir, pour te faire reconnaître de lui... »

Stef-le-caillou est redevenu lui-même et se frotte le dos en grimaçant. Pirame l'aide à y voir clair. « L'Attique et l'Eubée, ce sont des régions de la Grèce, peuplées de plusieurs villes et villages. Le roi Égée vit dans l'une d'elles : Cécropia. »

Æthra n'est pas en forme, elle vacille. À tel point que Connidas doit la soutenir. Il jette un bref coup d'œil à son élève et reconduit la belle Æthra à l'intérieur de la demeure. Thésée s'abat sur le rocher.

« Stefanos, mon ami, si tu savais ! »

Stef est un peu étonné d'être qualifié d'ami, pourtant Zeus l'avait prévenu : sa présence auprès de Thésée serait considérée comme normale. Prudemment, il répond à l'adolescent en colère : « Si je savais quoi, *mon ami*... ? Le secret de ta naissance ?

— Je m'en doutais et cette épreuve le confirme. Je ne suis pas uniquement le petit-fils du roi Pitthée, lui-même père d'Æthra et roi de la cité de Trézène où nous sommes... Je suis le fils du roi le plus puissant de Grèce ! En conséquence de quoi, je suis forcément un futur héros ! Et un héritier.

— Hum... grâce à ton père ?

— À cause, à cause ! Ma vie va changer à cause de lui ! Mon père Égée. Incroyable, non ?

— Tu l'ignorais vraiment ?

— J'avais quelques soupçons, c'est vrai... Pitthée, Æthra et Connidas remettaient toujours les explications aux calendes... Or, j'étais au courant que le roi Égée était venu consulter l'oracle de Delphes, il y a seize ans. Et je savais qu'il avait ensuite demandé conseil à mon grand-père... »

L'oracle est un prophète. Le roi Égée l'avait interrogé afin d'en savoir davantage sur son infertilité. Car il essayait de mettre au monde un héritier... Il s'était marié deux fois, mais ni Méta ni Chalciope, ses premières épouses, ne lui avaient donné satisfaction.

Pirame prend la parole à son tour, ravi d'épater Thésée qui ne pensait pas qu'un chien connaîtrait si bien son passé. « L'oracle de Delphes a dit à Égée : *Tu ne dois en aucun cas délier le col de ton outre gonflée de vin avant d'avoir atteint le plus haut degré d'Athènes*... Cette andouille d'Égée n'a pas compris la prédiction !

— Eh, tu parles de mon père là ! proteste Thésée.

— Je dois être bête, moi aussi, mais je ne comprends pas non plus..., renchérit Stef.

— Ça veut dire qu'Égée aurait dû garder sa braguette fermée jusqu'à son retour auprès de sa femme, s'il voulait avoir un enfant légitime. »

Comme le dit si délicatement Pirame, Égée n'avait pas su correctement interpréter la prédiction et l'avertissement. Le fougueux prince aimait la gent féminine... Stef réprime son agacement naissant. Les femmes, trop compliquées et si dangereuses... Comme Sofia Stavros, sa cour de prétendants et sa cohorte de copines ! Stef secoue la tête pour en chasser ces images.

En quittant Delphes, Égée s'était baladé et avait fait une halte chez l'un de ses cousins, Pitthée. Lors du banquet donné en son honneur, il s'était amouraché de la belle Æthra. Pitthée avait tout fait pour les encourager. La jeune fille était tombée enceinte et avait tenu secrète, pendant des années, l'identité du père de Thésée. Elle avait élevé son fils dans le culte et l'admiration d'Égée, lui inculquant les valeurs adéquates à son rang... sans pour autant lui révéler son lien avec ce roi lointain.

Car le drame résidait là : Égée ne pouvait rester avec la jeune femme enceinte et devait repartir. Il avait caché dans le creux d'une énorme pierre, celle contre laquelle Stef et Thésée s'étaient adossés, son épée et ses sandales lamées. Il avait dit à Æthra que ces objets légitimeraient son enfant s'il devait se présenter un jour à lui. « Enfin, c'est la version de la mère, mais bon... J'ai comme dans l'idée que cette histoire va nous en apprendre d'autres, et de belles ! », a glissé le chien à Stefanos.

À cet instant, Thésée est tour à tour en colère, excité et perplexe. On a beau lui rebattre les oreilles que son père n'a pas nécessairement voulu l'abandonner, il ne décolère pas. On lui a raconté qu'Égée était reparti sans lui et Æthra, craignant de les mettre en danger en raison des complots nombreux ourdis autour de lui. Mais Thésée ne sait que penser !

« Qu'est-ce que je vais faire ? Qu'est-ce que je vais bien pouvoir faire ? Je ne peux pas rester dans cette province, il faut qu'on explore la Grèce... Qu'on rejoigne mon père... Stef, me suivras-tu ?

— Bien entendu ! bredouille Stefanos.

— Deux chemins existent pour se rendre dans les plaines de l'Attique. Celui qui va par la mer, qui est sûr, et celui qui passe par la terre... le plus dangereux ! Nous emprunterons celui-ci !

— Le début des ennuis ! soupire Pirame.

— Le début de l'aventure ! », jubile Stefanos.

Thésée récupère le sac dans lequel il a placé l'épée et les sandales. Il veut les garder intactes pour le jour où il retrouvera son père. « En route ! jette-t-il.

— Quoi, déjà ? », s'étranglent Stef et Pirame en chœur. La maison du jeune Thésée est tellement accueillante et prospère, là, à quelques mètres, en bordure de la prairie... Mais pas de temps pour le petit-déj ou le steak dont Pirame, affamé, rêve. Et la viande, les Grecs n'en consomment que dans les occasions spéciales. D'ailleurs, le futur héros cueille quelques oranges et figues. Il remplit une première outre à la cascade, et la deuxième, de jus de citron qu'il presse à même les arbres. Puis il s'élance.

« *Let's go!* aboie Pirame, résigné.

– T'as appris l'anglais où, toi ?

– Pendant que tu révisais la langue de Shakespeare alors que tu étais censé bosser ton latin... Ou avec le roi Arthur et son mage Merlin, je ne sais plus... La seule certitude, c'est que mon accent est bien meilleur que le tien ! »

*

* *

Le soleil tape, très fort. Stefanos, qui se croyait aguerri par celui du sud de la France, où il s'est parfois rendu en vacances avec Irini, sue à grosses gouttes. Pirame tire la langue. « On s'arrête bientôt ? »

Thésée se retourne vers ses boulets et rigole. « On ne marche que depuis trois heures, soit à peine quinze kilomètres ! De Trézène à Cécropia, je dirais qu'il y en a environ... cent cinquante. Vous imaginez ce qu'il nous reste à parcourir ! Bon, je suppose qu'on peut quand même faire une pause pour grignoter... »

Stef et Pirame soupirent de soulagement. Le paysage, depuis leur départ de Trézène, n'a pas beaucoup changé. Des petites voies de pierre, des oliviers, des arbustes secs typiques de la garrigue, quelques serpents qui glissent entre les pierres. Des cédrats et des figuiers. Une chaleur étouffante, un climat sec, quelques brises ci et là, en fonction du relief vallonné. D'après ce qu'a dit Thésée, on est loin de Cécropia ! Ce qui ne décourage pas Stefanos, déterminé à accomplir jusqu'au bout sa mission.

Quelques villages bordent leur itinéraire. Les trois voyageurs se sont arrêtés tout près de l'un d'eux, affamés. Ce ne sont pas les figues de Thésée qui vont les rassasier ! Le Grec lui-même gémit tout en faisant bonne figure. Son estomac gargouille, comme n'importe quel estomac de mortel que quelques heures d'effort soutenu ont creusé.

« On aurait dû prévenir Æthra et empaqueter des provisions !

— Ne t'inquiète pas, Stefanos. Ma mère a l'habitude de mes escapades. À l'âge de douze ans, j'explorais la région sans précepteur. Je disparaissais en ne prenant que cette outre, avec une poignée de figues ou de *mazas*... »

Thésée n'est pas un gaspilleur ! Il n'a pris que le strict minimum avec lui, comme ces galettes de farine d'orge qu'il appelle *mazas*, refusant de s'encombrer.

Stef est songeur. Aurait-il été capable de partir deux jours loin des Buissonnets, sans un euro en poche ? Irini l'aurait-elle laissé vagabonder dans la région sans plus d'explications ? Certainement pas. Les temps ont changé. Avant, les hommes vivaient moins vieux. À treize ou quatorze ans, filles et garçons étaient considérés comme des adultes. Ils étaient promis à des situations établies, maritales, professionnelles voire les deux. Alors à onze ou douze ans, ils étaient adolescents et indépendants, ou presque. Pas étonnant qu'à seize ans Thésée se considère libre comme le vent.

Les garçons vont donc déjeuner de pain et de ce qu'ils pourront trouver sur place : légumes, oignons, olives, poissons... Justement, une rivière coule à proximité, dans laquelle sautent des truites. Le fougueux Thésée lance : « J'aurais besoin d'une lance ! » Stefanos hésite, puis se décide.

Il se touche le front, entre ses yeux fermés, et prononce : « Zeus tout-puissant, que je sois cette lance que souhaite Thésée... *Dhori !* δόρυ ! » Thésée se découvre au bord de sa rivière poissonneuse avec l'arme désirée à la main. Il ignore qu'il tient Stefanos métamorphosé, lequel est bien à l'étroit dans les mains fortes et calleuses du héros. Il est surpris mais ne relève pas, ayant l'habitude de toutes sortes de miracles.

Stef a envie de se démener, et plonge soudain... Thésée vient de planter la lance dans le torrent. Stef a comme un goût... de poisson sur la langue (ou plutôt sur le bout du fer) ! Et c'est normal, puisque Thésée a harponné une énorme truite ! Pouah, le poisson cru, très peu pour lui. Thésée, tout content, enlève le poisson de la pointe de l'arme, qu'il jette dans l'herbe. Bonjour le dos... Vite, Stef récite la formule : « Zeus tout-puissant, je suis Stefanos, fils de l'homme et du dieu je suis, fils de l'homme et du dieu je redeviens ! »

Thésée avise l'épée. « Tiens, j'aurais pu m'en servir comme harpon... »

Stef fait la grimace. Il est un peu exsangue, comme après chaque métamorphose en objet inanimé – surtout lorsque l'objet n'existe pas dans son champ de vision et qu'il est obligé de le faire apparaître pour l'incarner. Si Thésée réfléchissait un peu plus, il aurait évité de se transformer en lance, de bouffer du sushi et d'être trempé jusqu'aux os comme il l'est maintenant.

Car Stef prend enfin conscience de toutes les conséquences d'avoir recours à la magie : il se sent vulnérable et crevé ! Protée l'avait pourtant mis en garde... Il doit apprendre à juger du moment opportun pour se transformer. Il doit pouvoir évaluer le moment où les forces obscures se manifestent, pour mieux les contrer. Il doit économiser son énergie pour mieux servir les Olympiens.

Thésée parle de harponner un second poisson, Stef le convainc de n'en rien faire. « Cette énorme truite est largement suffisante ! » Heureusement, Thésée acquiesce, surtout impatient de dévorer sa prise. Il place une poignée de brindilles et quelques feuilles sur un rocher plat. Il frotte deux pierres l'une contre l'autre et s'escrime, en vain, à allumer un feu... Stef sourit, sort en douce de sa poche un briquet rapporté des Buissonnets et une étincelle jaillit, embrasant les feuilles.

Thésée ne fait aucun commentaire. Lui, Stef et Pirame se rassemblent autour du feu. Le poisson pêché a été embroché sur une longue branche que Thésée maintient au-dessus des flammes et fait tourner lentement. Stefanos a souvent regardé sa mère cuisiner, il sait que le poisson sera bien cuit mais sans saveur ! Il se relève, va cueillir quelques herbes, pioche des olives noires dans le sac de son nouvel ami et des copeaux d'oignons dans sa propre besace, les écrase avec quelques miettes de *mazas* et revient près du feu. Il verse son mélange sur le poisson, qui se met à embaumer, panné de ces mille saveurs.

Le poisson était excellent. Les garçons et le chien l'ont dévoré et ont sucé chaque arête en regrettant de ne pas avoir d'autres protéines à se mettre sous la dent. Pour compléter leur repas, ils ont dégusté quelques figues et des rondelles de citron confit. Thésée ne s'étonne jamais des piques de Pirame, pas plus qu'il ne s'interroge sur les capacités du chien à s'exprimer comme un être humain. On est en Grèce antique, rien n'est impossible ! Ce qu'il faut, en revanche, c'est qu'il ne soupçonne pas le pouvoir de Stef.

Est venu le moment où la troupe s'est vue obligée de se remettre en route. Pas facile, quand un estomac bien rempli vous donne surtout envie de faire un somme à l'ombre d'un arbre ! En marchant, Stef questionne : « Pourquoi as-tu voulu prendre cette voie, plutôt que celle de la mer ? »

En effet, la route maritime aurait été plus reposante... Celui qui vient de Trézène répond, sans détour : « La campagne est infestée de bandits et de monstres qui terrorisent les paysans comme les voyageurs. Je sais que j'ai un rôle à jouer dans l'histoire de ce pays. Et ça commence par aider ma patrie et à y être reconnu comme héros ! Je vais faire un sort à ces créatures qui ôtent le goût de dormir aux honnêtes gens...

— Et pourquoi es-tu à ce point persuadé d'être une graine de brave ?

— Ça tombe sous le sens. Mon grand-père de Trézène, le roi Pitthée, qui m'a élevé avec Æthra et Connidas, me l'a toujours dit. Et puis, sais-tu que, quand j'avais sept ans, j'ai prouvé ma valeur ?

— Et comment ? demande Stef, incrédule.

— C'est quelque part grâce à Héraclès. Le héros. En as-tu entendu parler... ? »

Comme Stef fait la moue, Pirame murmure à voix basse : « Héraclès n'est autre que Hercule, espèce d'inculte... »

Thésée continue : « Héraclès est un homme d'une grande force, réputé pour avoir accompli des exploits incroyables. Un jour, il nous a rendu visite à Trézène. Je rentrais d'une promenade avec mes copains. En nous approchant, nous avons aperçu ce qui ressemblait beaucoup à un lion ! Comme les autres se sont mis à courir dans tous les sens pour s'enfuir, je me suis avancé avec une hache que j'avais arrachée des mains d'un domestique, pour tuer le fauve. »

Thésée marque une pause, Stef le fixe avec avidité, pressé d'entendre la suite. « Je me suis donc avancé, et j'ai compris... qu'il ne s'agissait pas d'un vrai lion !

— Ah bon ? ! s'exclament en chœur Stef et Pirame. Et qu'est-ce que c'était ?

— La peau du lion de Némée, tué par Héraclès, et que celui-ci avait jetée sur une chaise pour manger tranquillement un morceau... » Thésée s'étrangle de rire. « Une dizaine de mômes ont pris la fuite alors que ça n'était qu'une peau de bête !...

— Ton grand-père a dû être fier de toi, dis donc ! » Stef, moqueur, est malgré tout un peu envieux. Il pense à ses grands-parents et subitement, ça lui manque. Mais il y a peu de chances que même Apollon, en tant que grand-père, l'emmène à un tournoi de pétanque municipal !

Thésée ne répond pas. Il tripote une de ses mèches, pensif. « Il était fier... Et il a certainement très bien compris pourquoi je refuse de suivre la mer pour me rendre à Cécropia. Parce qu'il sait que la Grèce est peuplée de calamités, et qu'il a conscience que je peux les liquider, comme Héraclès l'a fait avant moi. Je veux m'en inspirer et sécuriser le pays, faciliter le passage des voyageurs et des marchands.

— Pourquoi as-tu tant besoin d'accomplir toutes ces choses héroïques ?

— Je l'ignore. On m'a préparé à succéder sur le trône de Trézène. Connidas m'a appris les ficelles du métier. Diriger des hommes, mettre en œuvre des projets qui améliorent les conditions de vie d'un peuple... Ça me plaît, c'est certain. Je suis le fils d'Égée et nul doute que quand je serai en sa présence, il me nommera héritier. Mais je ne veux pas que l'on dise de moi que je suis là où je suis parce que je suis bien né. Je veux me prouver, et prouver à tous les Grecs, que j'ai de la valeur et que je remplirai bien mon rôle. »

Stef est étonné par ce discours, épatant de bon sens. Cela saute aux yeux : Thésée se comporte à l'inverse de Jules. Ce dernier fait régner sa loi à l'école parce qu'il est le fils de La Poison, et parce que celle-ci tient L'Etna, un restaurant traiteur important de Boulogne. Lorsqu'un personnage haut placé de la région organise un cocktail, il fait appel à ses services. Jules est respecté parce qu'il est le fils de La Poison, et uniquement cela.

Le jeune Thésée est ambitieux et ne manque pas de courage pour réaliser ses rêves. Stefanos sait qu'il ira loin… et il n'est pas mécontent d'être le nouveau compagnon de cet aîné à l'avenir glorieux, qu'il admire déjà. « Un jour, continue Thésée, des maçons m'ont pris pour une fille parce que je portais une tunique trop longue et que ma silhouette était peu développée. Je me suis juré de grandir et de bâtir ma propre légende ! »

*

* *

Île d'Hyria, mer Ionienne

Les créatures les plus diverses affluent dans la baie de Navagio. Mammifères, mollusques, volatiles, plantes, formes humaines : chacun se côtoie sans un regard pour l'autre. Les enjeux sont trop importants, querelles et guerres intes-

tines qui perdurent depuis des siècles sont reléguées au second plan. Sur cette plage idyllique, les traîtres à l'ordre olympien s'avancent.

Éris se frotte les mains et en compte une trentaine. Elle oublie presque les lamentations de la reine, depuis ses Grottes bleues. Pourtant, c'est pour le triomphe de cette dernière qu'elle agit – et pour le triomphe d'une puissance plus grande encore, celle que la reine incarnera, telle une figure tutélaire. La déesse de la Discorde incite la foule au silence. Il n'y aura pas de grand discours. Tous savent exactement la raison pour laquelle ils sont réunis sur cette plage.

Lors de la guerre qui a opposé les Titans à Zeus et à ses frères, la Titanomachie, des clans se sont formés. Les Cyclopes avaient fabriqué pour les dieux des armes redoutables : la foudre de Zeus, le trident de Poséidon et le kunée d'Hadès – casque qui lui confère le pouvoir d'être invisible. Cronos, ses frères et alliés ont alors été enfermés dans des prisons souterraines.

Les enfants qu'Éris a engendrés seule, tout comme sa mère Nyx, sont présents. Ils évoquent des calamités terrestres : Ponos, la Souffrance ; Lêthê, l'Oubli ; Limos, la Faim ; Phonos, le Meurtre ; Machê, le Combat ; Dysnomia, l'Illégalité ; et Atê, le Mouvement irréfléchi. Enfin, son fils Horkos sera témoin du

Serment qui liera les Conjurés de Niobé. Un Serment qui sera signé ici même, sur la plage. Éris jubile, même si elle a réuni autour d'elle des divinités essentiellement mécontentes. Tout est bon, si cela est contre les Olympiens, ces dieux qu'elle hait de toute son âme. Elle ordonne aux Conjurés de se placer en colonne devant elle.

Horkos est un démon trapu et difforme, aux allures d'orque. Il tient un parchemin et le tend tour à tour à celui qui arrive à la tête de la file. La signature est simple : un doigt sur la feuille magique, et l'empreinte est apposée. Certains accomplissent leur tâche de façon désinvolte. D'autres suspendent leurs gestes puis se reprennent, sous l'œil glaçant d'Éris.

Il est nécessaire que l'opération se déroule au plus vite et que ce rassemblement ne soit pas remarqué par ceux qui n'en font pas partie. Et ensuite, il faudra cacher le Pacte. La déesse est impatiente de le ramener aux Grottes bleues, de le faire contresigner par la reine, et de le dissimuler.

Chapitre 11

EN ROUTE POUR CÉCROPIA

Thésée a fait marcher Stefanos et Pirame jusqu'à la nuit. Trézène se situe dans la région d'Argolide, près du port d'Argos, et il faut emprunter une langue de terre coincée entre la mer Égée et la mer Ionienne pour en sortir et rejoindre l'Attique ainsi que Cécropia.

Le héros progresse quelques pas devant Stef et Pirame. Le temps pour le jeune garçon de réfléchir un peu, et de cuisiner le chien sur deux ou trois points de l'histoire qu'il juge encore obscurs.

« Pirame, je te parle d'homme à homme, enfin, d'homme à chien, parce que je sais que tu me comprends. Quand as-tu rencontré ma mère ? » Le chien soupire de dédain, l'air de dire : « Qu'est-ce que tu m'embêtes, qu'est-ce que tu as besoin de savoir... »

PÉRIPLE
DE THÉSÉE
ISTHME
DE CORINTHE
Thèbes
ATTIQUE
Éleusis
Crommyon
Korydallos
Marathon
Corinthe
Mégare
Cécropia
Épidaure
Trézène
PÉLOPONNÈSE
ARGOLIDE
N
O
E
S

Pirame grogne, n'aimant pas être pris à partie et détestant qu'on lui pose des questions. Il cache des choses. Mais il se sent obligé, par fidélité, de répondre à certaines questions du jeune Stefanos. Même s'il est convaincu que ça n'est pas son rôle. « Je l'ai rencontrée sur l'Olympe, ta chère maman...

— Et tu étais alors au service d'Aristée, mon père ?

— À son service... c'est beaucoup dire. Mais j'imagine qu'on peut le formuler comme ça. J'ai été centaure, puis griffon. Ah, tu ne sais pas ce qu'est un griffon... Il s'agit d'un monstre au corps de lion, doté de serres, d'une tête et d'ailes d'aigle. Les griffons gardaient l'or de certains peuples et le cratère de volcan où gisait le vin de Dionysos. Puis j'ai choisi l'enveloppe charnelle qui me convenait le mieux... Le chien possède du flair et du courage, c'est un animal affectueux, fidèle et intrépide.

— Rien que ça !

— D'accord. J'en avais marre que ce soit cet imbécile heureux de Chiron qui remporte tous les honneurs... Il n'y en avait que pour lui, dans l'Antiquité ! Chiron le sage, Chiron le centaure qui a élevé tous les héros, Chiron par-ci, Chiron par là... C'était fatigant à la fin ! Je me suis choisi une forme charnelle originale, voilà tout.

— Un chien... Très original en effet !

— Contrairement à ce que tu imagines, un chien est une créature libre et il choisit son maître. J'ai choisi Aristée.

— Pourquoi lui ?

— Trop long à expliquer.

— Je comprends désormais la raison pour laquelle je ne suis pas allergique à tes poils malgré mon asthme... Tu es un centaure déguisé !

— Très drôle... T'as fait l'école du rire avec le vieux Zeus ?

— Pourquoi mes parents se sont-ils séparés, et pourquoi n'ai-je pas vécu sur l'Olympe, avec eux, avec les enfants d'Aristée... car il en a eu d'autres, pas vrai ? J'ai des demi-frères et des demi-sœurs, non ? Des demi ou quart de dieux ?

— Oui, Aristée a eu un fils avant toi...

— Il faut que je le voie ! J'ai un frère !

— Tu avais, corrige le chien. Le pauvre Actéon, c'est ce chasseur qu'Artémis a transformé en cerf et qui s'est fait dévorer par une meute de chiens enragés...

— Des chiens dans ton genre ? »

Pirame sursaute. « Si c'est l'image que tu as de moi... Tu m'as déjà vu toucher ne serait-ce qu'une patte à une mouche ? »

Stef regrette son dérapage verbal et s'empresse de changer de sujet :

« Et mes parents ? Pourquoi cette séparation subite ? Alors que ma mère était enceinte ?

— Ils étaient amoureux un jour, le lendemain ils ne l'étaient plus. Ça changeait tellement souvent que personne, sur l'Olympe, n'arrivait à suivre. Comme les humeurs d'Apollon. Irini et Aristée, c'était pire que *Les Feux de l'amour* et *Desperate Housewives* réunis ! Et puis, un jour funeste...

— Viens-en au fait.

— Je suis un poète dans l'âme. Un jour funeste, ta mère est partie. Elle était enceinte de toi. Elle est allée voir Zeus pour lui faire savoir qu'elle ne se plairait pas à la place que le dieu tout-puissant et Aristée avaient imaginée pour elle et elle s'est tirée. Baam ! Comme ça.

— Et pourquoi Boulogne ?

— Bah, aucune idée...

— Et Aristée, pourquoi a-t-il disparu ?

— Pfff... » Le chien hausse l'échine.

« Pourquoi refuse-t-il de me voir ? Quelle est cette histoire de Puits sacré qui relie l'Olympe aux Buissonnets ?

— J'ai pas tout pigé, moi...

— Pirame, tu ne m'es pas d'une grande utilité !

— Je ne suis pas un chien utile. Je suis un chien gardien. »

*

* *

Au crépuscule, les trois compères se sont arrêtés en lisière de la ville d'Épidaure pour y établir leur campement. Un campement éloigné du confort que Stef et son chien connaissent, au quotidien, aux Buissonnets. Pas de salon éclairé par un feu de cheminée, pas de cake au jambon ou de brochettes qui grésillent joyeusement au four, pas de serviettes de bain propres ni d'eau chaude, pas de draps frais parfumés à la lavande. Pas de café au lait ni de pain beurré pour le lendemain matin.

Les voyageurs ont posé leurs sacs au pied d'un gigantesque chêne, ont rassemblé des brassées de feuillage pour constituer un semblant de matelas, ont fait du feu. Désormais, Thésée confie ce soin à Stef ! Pour disparaître un quart d'heure et revenir avec quelques merveilles... Des œufs ! Stef le soupçonne de les avoir dérobés dans une ferme voisine mais ne le sermonne pas ; Pirame, lui, fait la moue... Un chien qui mange des œufs, on aura tout vu. Il aurait préféré que Stef se transforme en arbalète et que Thésée leur ramène un ou deux volatiles dont les alentours ne doivent pas manquer, mais le jeune Boulonnais semble avoir retenu la leçon.

Il faudra donc se contenter d'œufs ce soir, « d'une omelette aux herbes », précise Stefanos, qui a cueilli quelques pousses de son côté. Les garçons s'affairent autour du foyer, tandis que

Pirame se couche dédaigneusement sur les feuilles du matelas improvisé. Il n'a qu'une envie, rentrer chez Irini et déguster la viande qu'elle lui achète chez le boucher une fois par semaine. Même les croquettes pour chiens, ces trucs horribles vendus dans les supermarchés, feraient l'affaire.

Alors une omelette aux herbes, parfumée au thym ou nature, vous voulez rire ? Ce que veut Pirame, c'est de la bidoche. Pas une omelette végétarienne pour fillettes au régime !

Cependant, ni Thésée ni Stefanos ne regrettent leur repas. D'autres sujets les préoccupent. Stef est très excité à l'idée de traverser Épidaure. Et ça, parce que c'est une ville qui possède deux temples magnifiques, dont Irini et même le vieux Durand lui ont parlé : le temple des malades, que l'on appelle le sanctuaire d'Asclépios, et le temple d'Artémis (quand Stef entend ce prénom, il sursaute : est-ce qu'on parle de la vraie Artémis, ou de la fausse, la dangereuse et trompeuse Éris ?). Et enfin, il y a un théâtre grec, qui intrigue fortement Stefanos. Il a entendu les troisièmes de son collège parler de théâtre, parce que c'est une discipline que beaucoup prennent en option. Le garçon n'y est pas encore. Il faudrait d'abord qu'il survive aux contrôles surprises de Durand !

Stef est pressé de manger, pour se coucher, se réveiller, et être sur pied pour visiter Épidaure.

Il ne sait pas que son lever sera mouvementé... Les trois comparses se sont assis autour du feu. De la pierre sur laquelle cuisait l'omelette, ils ont prélevé trois parts et les ont disposées dans des barquettes de feuilles. « Les nouveaux Robinson Crusoé ! », a ricané le chien, en avalant d'un coup de langue sa portion et en faisant la grimace parce qu'il déteste les herbes, les œufs et surtout le camping.

Stef s'assoupit peu à peu, rassasié par son léger repas. Tout cela est surprenant : moins il mange, mieux se porte son estomac. Il en tire la conclusion que l'homme moderne mange trop, trop vite et trop richement. Une alimentation légère et à base d'olive, de poisson et de légumes – le fameux régime crétois ! – est un secret de longévité bien répandu... Il se met à songer au restaurant traiteur de La Poison, à Boulogne. Il n'a jamais apprécié sa cuisine méditerranéenne, trop grasse. À L'Etna, les aubergines frites nagent dans l'huile, les pâtes suintent le beurre, et le miel noie toutes les pâtisseries.

Stef se revoit aussi dans le meilleur restaurant grec de Paris, où sa mère l'avait emmené dîner pour son treizième anniversaire. Une enseigne microscopique qui ne payait pas de mine, située près de la fontaine sur la place Saint-Michel, le quartier des étudiants, où Stef souhaiterait vivre un jour tout en se formant à la Sorbonne. Se former à quoi, d'ailleurs ? Des cursus théoriques et pratiques pour acquérir un statut divin, ça existe ? La mère et son fils s'étaient installés à une petite table près de la fenêtre, d'où ils apercevaient la rue emplie de jeunes gens enjoués et bruyants. On entendait des mots de français, d'anglais, d'arabe, d'italien et d'espagnol. Quelques Japonais plus discrets se mêlaient à ce va-et-vient fascinant, faisant du quartier Saint-Michel une Babylone du nouveau millénaire à l'air libre. D'un claquement de doigts et avec un sourire, Irini avait commandé des plats traditionnels. Stef gardait en mémoire des sensations délicieuses et délicates de légumes grillés, de feuilletés au fromage de chèvre et à la tapenade, de poisson fumé. Une conversation à bâtons rompus sans nuage, arrosée d'un doigt d'ouzo qui avait détendu Irini. Un merveilleux anniversaire.

*

* *

Les trois se réveillent, sur leurs matelas de fortune, lorsque le soleil (sacré Apollon !) pointe sur eux ses rayons pâles et bientôt dorés. Pirame a des courbatures et le fait savoir. Des gouttes d'eau fraîche sur le visage, quelques fruits secs dans le gosier et les voilà repartis ! Ils progressent à la queue leu leu, dans la moiteur de l'aube, encore à moitié endormis...

Seulement, au détour d'un chemin, les voilà surpris par une silhouette qui s'avance dans leur direction. L'homme est trapu et il boite, il a l'air d'être en difficulté plutôt qu'agressif. Pourtant, immédiatement, Pirame secoue sa truffe et gronde. À mesure que l'autre s'approche, le chien s'agite. Stefanos, en alerte, lui demande qui est le boiteux dont on devine maintenant le sourire grimaçant. Son visage est couturé comme celui d'un vieux guerrier, son nez est cabossé, il est presque chauve.

« Il y a une rumeur... Celle d'un fils du dieu Héphaïstos, boiteux comme lui, qui attaquerait les voyageurs et leur fracasserait le crâne avec une énorme massue de bronze... On l'appelle Périphétès. » Stef plisse les yeux et constate que l'arrivant clopine et cache un objet derrière lui. À quelques mètres d'eux, il brandit une arme : la massue dont parlait Pirame. Thésée saisit son épée et l'extrait de son fourreau. Périphétès ricane, l'épée est presque aussi grande que les garçons. Elle est lourde, étincelle et fend l'air. Pourtant, Thésée la manie comme si elle était de plumes. Son ennemi interrompt sa lourde marche, étonné par tant de maîtrise de la part d'un si jeune homme.

Étonné certes, mais enragé de constater qu'il n'y a pas la moindre trace de frayeur dans les yeux de ses adversaires (Stefanos se concentre et se force à respirer posément pour ne pas subir une nouvelle crise d'asthme, Pirame lutte contre l'envie de détaler). Il hurle en frappant son torse velu, à peine couvert par sa tunique, de sa main gauche. Malgré son anxiété, Stef dissimule un sourire. Quel comédien ! Digne de jouer dans *Rambo* ou *Tarzan*... en y incarnant un gorille balourd. C'est ça, un brigand redoutable de la Grèce antique ? Périphétès lance sa massue vers les ados et manque son coup. Ce qui ne l'empêche pas, Zeus sait comment, de se retrouver avec une autre massue en main. On dirait que cette arme est le prolongement de son bras, qu'elle repousse dès qu'elle est perdue par son propriétaire.

Les trois sont médusés. « Co... comment fait-il ça ?

— Pas le temps de te répondre, champion ! Foncez, les gars ! », aboie le chien.

Thésée se ressaisit et assène un coup d'épée à Périphétès. Pas très convaincant. Les assauts suivants ne le sont pas plus. Ils permettent aux garçons de se défendre, mais pas d'anéantir le boiteux, dont la force ne faiblit pas. Il faut prendre les choses en main ! Stef ne saisit pas pourquoi Thésée ne met pas davantage d'énergie dans l'assaut. Il doit agir : il se transforme. Et sa mutation n'est pas banale, puisqu'il passe aux mains de l'ennemi en devenant... l'énorme massue de Périphétès ! « *Ropalo !* ρόπαλο ! » Un mot que Protée ne lui a pourtant pas appris mais qui lui vient instinctivement, comme si ses origines étaient profondément ancrées dans son inconscient.

Ensuite, tout va très vite : Périphétès assène un énième coup vers le héros, mais la massue se retourne contre lui. Il tombe comme une pierre, le crâne fracassé. Stef a la sensation que c'est à lui qu'on a écrabouillé la nuque, il voit des petites étoiles danser devant ses yeux, le tournis lui donne mal au cœur. Il reprend ses esprits et sa forme humaine. Thésée s'est assis dans l'herbe, il ne prononce aucun mot mais contemple fixement le corps du boiteux sans vie. Un malaise s'installe.

« Que se passe-t-il, Thésée ? Nous avons gagné...

— C'est ça...

— Tu n'es pas content ?

— Pourquoi le serait-on ?

— Ben, je sais pas, on peut continuer vers ton père, on a franchi notre tout premier obstacle sans nous dégonfler, on n'a pas été explosés par la massue de Périphétès, on...

— Ça ne te fait rien d'avoir supprimé un être vivant ? »

Stef en demeure coi. C'est pour cela que Thésée ne frappait pas plus fort et qu'il hésitait à être plus offensif ! Stef doit admettre que la portée de son acte vient de lui apparaître. Il a tué, sans aucun état d'âme. Une grande tristesse l'envahit. « Et quel plaisir tirer d'avoir occis une personne en état de faiblesse, hein, je vous le demande ? » Stef ne sait que répondre. Le chien se secoue. « Je rêve, dites-moi que je rêve ! On nage en plein mélo alors qu'on vient d'éviter nous-mêmes de crever misérablement, tout ça parce que ces messieurs ont des scrupules ! C'était de la légitime défense. Pensez-vous que Périphétès nous aurait laissé la moindre chance ? C'était lui, ou nous ! »

Les garçons réagissent enfin. Le chien est la sagesse incarnée. Thésée récupère la massue et proclame : « Ce sera maintenant mon arme. Notre arme, chers et fidèles coéquipiers ! » Pirame fait un clin d'œil à son maître. Ce dernier peine à se convaincre que les événements qui viennent de se produire ont bel et bien eu lieu, ce qui l'aide sans doute à minimiser la portée de son acte.

Thésée sifflote gaiement. D'un geste, d'une note, il enjoint à Stef et à Pirame de lui emboîter le pas. Si Périphétès s'est incliné, qui lui résistera ? Avec une insouciance stupéfiante, il passe à autre chose. Stefanos est soulagé : son intervention est passée inaperçue. Et surtout, Zeus a parlé d'accompagner les héros, pas de leur voler la vedette ! Or, s'il y a un truc que Stef pressent, c'est qu'il faut savoir rester à sa place, et l'occuper pleinement. Rien ne sert de courir après la gloire et les honneurs qui reviennent à autrui. Chacun aura son quart d'heure de célébrité, de fortune ou de chance ; il suffit de travailler pour. Et de garder à l'esprit que ça ne fait pas le bonheur. Même si ça lui donnerait sans doute un accès permanent au Latéral...

Stef insiste pour aller visiter le théâtre d'Épidaure. Ce qui fait grogner Thésée, moins intéressé par la culture que par les combats ! Pour une fois, Pirame est d'accord avec Stef. Un peu de beauté dans ce monde de brutes, ça n'est pas pour lui déplaire... Les Grecs ont été les premiers à s'intéresser à l'art oratoire, et à représenter l'histoire de leurs dieux au cours de spectacles.

Le lieu ne ressemble pas exactement à ce que Stef avait imaginé. Il ressemble à l'arène d'un cirque en pierre et en plein air, un demi-cercle gigantesque qui descend comme un bol, avec des gradins et des accoudoirs. L'ensemble est adossé à une colline, tel un auditorium... Six mille spectateurs s'y pressaient jadis ! Pirame leur apprend que ce théâtre a été construit pour accueillir les Asclépias, sorte de concours sportif et musical.

Le théâtre est vide, pour l'heure. Thésée choisit de rester sur les gradins du haut tandis que Stef et le chien descendent à l'*orchestra*, scène en contrebas. Ils se mettent à héler Thésée : l'acoustique est excellente ! Pirame y va de son commentaire : « Tu sais, au XXIe siècle, ce théâtre est considéré comme un des théâtres grecs les plus parfaits et les mieux conservés. »

Stefanos serait bien resté pour assister à une représentation. Comédie, tragédie, ou fable politique : peu importe. Il rêve de voir les comédiens en costumes et en tuniques, perchés sur des chaussures très hautes, les cothurnes, d'admirer les masques colorés qui faisaient aussi office de porte-voix. Il imagine encore une seconde les aèdes et les chœurs, avant de remonter lentement parmi les gradins. Ils quittent Épidaure et le sanctuaire d'Asclépios avec un brin de regret.

Stef regrette de ne pas séjourner quelques heures à Corinthe, située plus au nord. Thésée souhaite s'engager au plus vite dans l'isthme de Corinthe, cette fameuse bande de terre étroite qui serpente entre la mer Égée à l'est et la mer Ionienne à l'ouest. Parvenus aux abords de la cité, ils ne seront plus qu'à une centaine de kilomètres de Cécropia !

*

* *

Île d'Hyria, mer Ionienne

« Ma belle reine, voici le Pacte ! » Éris est de retour dans les Grottes bleues. Elle se dirige vers la reine Niobé, prostrée, en brandissant le parchemin maudit. Laquelle ne bouge pas d'un iota. « Allons, ressaisis-toi !

— J'ai de mauvais pressentiments !

— Montre-toi digne du rôle que nous t'avons choisi !

— Je ne sais pas, Éris, je ne sais plus. »

Éris soupire et s'assied en face d'elle. L'eau resplendit. « Niobé, nous avons placé en toi un capital de confiance... énorme ! Une partie du chemin est accomplie ! Les signataires ont été nombreux, et ça n'est que le début !

— En suis-je digne ? Je ne suis même plus sûre de vouloir lutter et me venger...

— Oh que si, tu veux te venger et lutter... Nous avons besoin d'une mortelle telle que toi pour inverser le cours du destin. Crois-tu que nous puissions changer nos plans à la dernière minute ? »

Éris repense à la façon dont elle a sauvé Niobé en Lydie. Comment elle l'a amenée dans cette grotte alors qu'elle était encore de roc, comment elle a cherché (et trouvé !) le moyen de lui rendre la vie. La manière dont elle a convaincu la grande Maîtresse de fonder ses stratégies de reconquête sur cette femme déçue et jadis prête à tout. A-t-elle fait le bon choix ? Il est impossible de reculer, désormais.

« Veux-tu ressusciter pleinement ? Avec tes enfants ?

— Pourquoi poses-tu la question, puisque tu connais ma réponse ?

— Alors cesse de te lamenter ! »

Éris se penche vers la reine, touche du bout du doigt la flaque de larmes qui suinte du rocher. « Regarde ce qui attend Thésée... Sa première défaite ! »

Chapitre 12

L'ISTHME DE CORINTHE

L'isthme relie le Péloponnèse à la Grèce continentale et l'Attique. Thésée observe les alentours : « Ce qui manque ici, ce serait un canal pour passer d'une mer à l'autre ! Les bateaux sont obligés de contourner le Péloponnèse, ce qui est hardi étant donné les pirates qui sillonnent la région. De plus, cela représente un énorme détour ! » Stef se souvient vaguement de commentaires de Durand sur l'isthme ; Thésée a vu juste : un canal sera bel et bien creusé à cet endroit à la fin du XIXe siècle.

Pour l'heure, une route pavée, large de quelques mètres, sert à transporter les bateaux d'un point à l'autre dans une machine appelée *olkos*, mais cette solution est peu satisfaisante, comme le souligne Thésée, car onéreuse et difficile d'utilisation !

*

* *

Malgré l'insistance de Stef, les trois ne s'arrêtent pas à Corinthe, où se trouve pourtant un magnifique sanctuaire d'Apollon. Ils s'engagent dans la partie sud de l'isthme. Le paysage est rocailleux et sinueux, à peine ombragé par quelques arbres secs. Cette partie de la Grèce est bien moins verte que l'Argolide ! Après une halte et quelques kilomètres supplémentaires sous ses semelles fatiguées par les pierres, Stefanos est inquiet. La bande n'est pas perdue, non, mais il a l'impression d'avoir vu les yeux verts d'Éris se faufiler dans les fourrés lorsqu'une petite pluie fine et très brève les a surpris ! Il n'en dit rien à Pirame, le chien fait suffisamment la tronche comme ça. Si ce dernier est ravi de revenir dans son pays, il aimerait prendre son temps, se réimprégner de saveurs lointaines pour lui. Quant à Thésée, il marche d'un pas alerte et un brin fanfaron... Si les yeux les surveillent, c'est que le danger rôde. Bien décidé à ne pas laisser paraître son angoisse, Stef prend sur lui d'emboîter le pas à ses compagnons – tout en redoublant de vigilance.

Plus loin, alors que les voyageurs atteignent une partie plus arborée de l'isthme, se profile une maisonnette charmante, accueillante même. Thésée parle d'y faire halte, d'autant que le vieillard posté devant, avec sa tasse de terre cuite à la main, sa barbe et son bâton noueux qui lui sert de canne, doit être inoffensif ! Pirame est favorable à cette idée. Qui sait, le petit vieux, appelé Sinis (ce qui veut dire « Courbeur de pins » : bizarre, comme nom !), a peut-être des biftecks dans son freezer…

Tous s'installent à la table du vieillard, qui les a cordialement invités à se joindre à lui. « Je suis dans une solitude noire, les passants ne s'attardent pas. Vous me tiendrez compagnie, c'est parfait ! Hormis quelques marchands, on s'ennuie un peu sur cet isthme… Je me demande ce que Poséidon trouve à l'endroit. Figurez-vous qu'il en est presque venu aux mains, avec Hélios, à son sujet ! Tous deux se le disputaient. » Il ressert ses hôtes affamés. « Vous marchez ainsi depuis longtemps ?

— Trop longtemps ! grogne Pirame.

— Eh bien, en voilà un chien malin ! s'exclame le vieux. Vous auriez dû le montrer au marché de Corinthe et le vendre ! Vous en auriez tiré un bon pr…

— Vendre Pirame ? ? Vous êtes dingue, c'est mon plus fidèle compagnon ! »

Stef est indigné. Thésée lui fait signe de se calmer. Il s'agit de rester poli vis-à-vis de Sinis, qui les a accueillis si généreusement. Lequel bavasse sans interruption, trop heureux d'avoir à disposition d'agréables interlocuteurs. « Je me rends rarement à Corinthe, trop de bruit, trop de monde. Mais c'est une cité intéressante, d'une grande puissance maritime. Un carrefour commercial incontournable. Ses ports sont ouverts sur plusieurs golfes... »

Au loin, au-delà des arbres qui entourent la maison, on entend un long hurlement. L'écuelle de blé bouilli de Thésée s'échappe de ses mains. « Qu'est-ce donc ? » Le héros a empoigné sa massue de bronze, par réflexe. Le vieux Sinis le rassure. D'après lui, il s'agit d'un dément qui hante les environs ; fou, mais pas dangereux. Stef demeure sur ses gardes et maudit Zeus lorsque Thésée accepte l'invitation à dormir de Sinis.

*

* *

Le vieillard, d'apparence si fragile, les conduit à la grange qui jouxte sa maison. « Demain, vous repartirez requinqués, grâce à une bonne nuit de sommeil ! », s'exclame-t-il. Stef est étonné. Le petit vieux courbé a une voix de stentor, qui contraste avec son aspect physique tremblotant. Les litières qu'il propose sont si moelleuses que Thésée et Pirame s'allongent et s'endorment instantanément. Stefanos veille.

L'hospitalité inconditionnelle de Sinis et le cri de tout à l'heure le troublent. C'est un peu comme si La Poison l'invitait à dîner : Stef soupçonnerait chaque plat d'être avarié ou de contenir un crachat de son fils...

Dehors, les chouettes hululent. La lune brille de mille feux. Silencieusement, Stef se lève sans éveiller Thésée et Pirame, pour se glisser hors de la grange. Le hurlement venu de la forêt l'obsède. Il prend garde à ne faire aucun bruit, marche avec précaution, sans savoir ce qu'il cherche exactement...

Il se dirige vers le sentier derrière la maison, d'où s'échappent des ronflements sonores... Il est rassuré. Leur hôte dort, le champ est libre ! Au bout de dix minutes, le sentier qui serpente entre les arbres aboutit à la falaise. Les cris étouffés que Stefanos entendait se font plus précis en dépit du bruit de la mer, en contrebas, et il frissonne malgré lui. Quel est le secret de Sinis, ce vieillard en qui Stef n'a, sans raison apparente, aucune confiance ?

Le garçon s'approche du bord de l'escarpement et essaie de percer l'obscurité. Il ne perçoit plus que des geignements, qui montent jusqu'à lui. Un rayon de lune se dégage soudain, lui laissant le temps de voir un homme étendu sur une grande pierre plate, à flanc de paroi ! Stefanos entreprend de descendre, avec précaution. Il atteint enfin la pierre plate et tente de rendre ses esprits au malheureux en lui tapotant les joues. L'homme consent à ouvrir les yeux, sans pour autant révéler son identité. Stef comprend que le pauvre homme est en train de mourir. Il parvient à articuler : « Sinis... le Courbeur de pins... » Stef jette un bref regard aux arbres, notamment aux pins qui bordent la falaise et dont les branches se balancent dans le vent. Vont-ils le dénoncer, appeler le dangereux vieillard ? Rien ne bouge, le blessé continue : « Il m'a attaché aux cimes de deux arbres qu'il avait ployés jusqu'au sol, et puis il les a lâchées... » Stef est horrifié. Il a l'explication de l'état de ce pauvre homme. La victime de Sinis a été quasiment écartelée lorsque les extrémités des arbres ont été projetées vers le ciel !

Le blessé dispense à Stef son dernier conseil : « S'il vous demande de tenir le sommet d'un arbre qu'il a ployé, ne l'écoutez pas ! Car il le lâchera, et c'est vous qui décollerez vers Apollon ! L'apparente fragilité de Sinis est un piège... » Stef l'aurait juré. Il s'efforce d'accompagner le blessé jusqu'au seuil de la mort. Les larmes lui montent aux yeux mais il doit se montrer fort. Lui qui n'avait connu que son quartier de Boulogne, à la tranquillité à peine perturbée par cette teigne de Jules, vit mal d'être confronté à un nouveau décès. Mais l'idée que ce malheur aurait pu le toucher – ou, pire, l'un de ses compagnons – lui fait redresser la tête.

Quelques minutes plus tard, il s'esquive aussi discrètement qu'il était venu, déterminé à mettre en garde Thésée et Pirame. La confiance de ses compagnons est tellement endormie par l'aspect inoffensif du vieux Sinis...

À la grange, Stef rampe vers le chien et le héros ; il essaie de les secouer. En vain ! Les compères ronflent, pattes et bras mêlés, dans un profond sommeil. Alors que Stef tombe à son tour dans les bras de Morphée, incapable de tenir plus longtemps, il entend distinctement un ricanement...

*

* *

Stefanos est réveillé par une délicieuse odeur, peut-être celle du chocolat. Pendant un instant, les souvenirs l'assaillent. Est-il rentré à Boulogne ? L'arôme de ce délicieux nectar et celui du pain grillé émanent-ils de la cuisine des Buissonnets ? Son escapade nocturne n'a-t-elle été qu'un rêve, guidé par ce farceur de Morphée ?

Stef aimerait y croire, mais les cris joyeux de Thésée et Pirame, à l'extérieur de la grange, le ramènent à la réalité. Il se trouve bien dans l'Antiquité, à une époque où la WII et Jules n'existent pas, où il doit veiller sur un homme intrépide *et* vulnérable. Subitement, les mots de Zeus lui reviennent à l'esprit. Il faut aider

Thésée et déjouer les embuscades... Il se maudit intérieurement de s'être laissé piéger par le sommeil, saute sur ses pieds, se frictionne les cheveux et essaie de remettre en place sa tignasse. Il enfile sa tunique, ses sandales, et se rue à l'extérieur de la grange. Le tableau qui s'offre à ses yeux est idyllique. Trop ?

Sinis a dressé une table appétissante, couverte de pain frais, de beurre doux et de miel, d'un pot de lait de chèvre. Thésée et Pirame se sont servis, apparemment, et ils s'amusent désormais à se poursuivre dans la clairière. Stef écarquille les yeux. Et les cris qu'il a entendus, la nuit dernière ? Et sa découverte macabre de l'homme torturé par Sinis ? Il observe lentement ses deux compagnons, puis Sinis, assis sur un banc, qui contemple la scène d'un air satisfait.

Stef s'installe près du vieillard et murmure : « Espèce de débris, crois-tu duper le fils d'Égée ? »

Sinis ne cille même pas. Il toussote, porte un bol à ses lèvres et le repose sur la table.

« On m'a prévenu de ta potentielle intervention. Tu es le jeune garçon qui fourre son nez partout, c'est ça ?

— Je protège Thésée.

— Tu es impuissant contre le destin que nous avons prévu pour lui...

— Qui ça, nous ? Quel destin, vieille chose maléfique ? Et le bien triomphe toujours ! »

Sinis rit franchement, sans toutefois regarder Stef. « Le bien ne triomphe que lorsqu'on croit en lui. Si Zeus t'a fait venir, c'est qu'il doute. Tu ne peux rien contre les forces de l'ombre. » Stef frissonne, malgré la chaleur de l'air ambiant. Il quitte précipitamment la table pour alerter ses amis. Pirame jappe, à son intention : « Le vieux Sinis est bien plus hospitalier qu'on ne le dit ! Quel bonheur, cette halte chez lui ! »

Le danger est là : la prudence de Thésée et du chien sont endormies par l'aspect paisible et bienveillant des lieux. La voix tonitruante de Sinis ne les interpelle même pas. Sans faire de généralités, Stef se dit qu'une voix reflète l'âme... Et depuis le début, il ne peut s'empêcher d'entendre « sinistre » au lieu de Sinis. Il décide donc de l'espionner, afin d'argumenter ses dires auprès des deux autres. Alors que le vieux se lève pour débarrasser et qu'il pénètre dans sa maison, Stef se transforme en pot de lait en un clin d'œil. « *Docheio !* δοχείο ! »

À l'intérieur, il est épouvanté par l'odeur suffocante. Sinis pose la vaisselle sur la table et s'approche d'une bassine dont le fond est rempli d'eau croupie. Dans la flaque, une forme noire apparaît et une voix basse s'en élève. « Tu t'amuses bien dans ta forme de vieillard ? » Sinis est redevenu ce qu'il est vraiment : un géant qui courbe l'échine pour ne pas trouer le toit. « Je te préfère comme ça... » La voix chuchote. Stef essaie d'apercevoir son visage, en vain. « Sinis, tu dois te dépêcher, ou bien les Conjurés te réduiront en miettes. »

Le géant se met à bégayer. « Mais tu m'avais dit que je devais endormir ces jeunes...

— Endormir leur méfiance, pas les faire dormir chez toi, abruti ! La taille d'un éléphant et la cervelle d'un moineau... »

Sinis regarde ses gros orteils puants et poilus, gêné. « Alors je passe à l'action ?

— Les Conjurés comptent sur toi... Si tu échoues... »

Stefanos assiste en direct à la transformation de Sinis le géant en Sinis le vieillard. Il se dépêche de redevenir garçon, pour devancer le sinistre individu. Stef se jette sur Thésée, et murmure à son oreille, le souffle court : « Sinis est un géant qui se métamorphose en vieillard. Quoi qu'il te propose de faire, méfie-toi !

— Que veux-tu dire ? » Thésée est surpris.

« Sinis est un ennemi, avec un grand E ! La nuit dernière, j'ai découvert l'une de ses victimes... Et à l'instant...

— Tu rigoles, ce pauvre vieux qui crachote et dont les poumons sifflent à la moindre inspiration ? »

Stef n'a pas le temps de terminer que déjà, le vieillard approche. « Cher Thésée, j'ignore pourquoi ton ami m'a pris en grippe... », coupe l'hôte.

Satané Sinis, grommelle intérieurement Stefanos. Mais au moins, Thésée est sur ses gardes. Sinis le ressent et abat une carte que Stefanos ne pouvait pas prévoir. « Je voudrais te présenter ma fille Périgouné, voyageur... » À cet instant, un buisson d'asperges, non loin de là, se met à trembler. Une jeune femme en sort, magnifique. Souriante, mais un peu timide. Thésée est subjugué ! Stef se rend compte que ses avertissements viennent d'être balayés par la grâce de l'arrivante.

Sinis profite d'avoir repris l'avantage pour lancer : « Tu es si vigoureux, cher voyageur... Aide-moi à ramener vers nous la cime de ce pin. Il est trop lourd pour moi. Or je voudrais le scier pour en faire du feu de bois en hiver et fabriquer des pièges pour les animaux. Je ne veux pas que ma pauvre fille et moi mourions de froid ou de faim... » Thésée est prêt à obéir à toutes les suppliques de leur hôte, pourvu que celui-ci l'autorise à contempler sa fille. Il se lève et se rend, en compagnie de Sinis, au pied d'un pin. Stef essaie de le retenir par le bras, mais son ami se libère d'un coup de coude. Sinis lance un javelot prolongé par une corde qui s'accroche à la cime de l'arbre, et se met à tirer la corde vers eux. « Aide-moi, Thésée ! » Désireux d'exhiber sa vaillance, le héros ne se le fait pas répéter. Périgouné les observe, bouche bée...

Sinis et Thésée tiennent désormais fermement la cime de l'arbre. Mais au moment où le fourbe s'apprête à lâcher prise, pour éjecter Thésée vers le ciel, Stefanos intervient sous la forme d'un petit serpent qui se jette sur les chevilles de son ami. De surprise, ce dernier libère le premier la cime... et c'est Sinis qui s'envole dans un long hurlement !

Stef se retransforme en garçon et hurle de joie, alors que le premier mouvement de Thésée est de se couvrir la bouche. « Nom de Zeus... » Il vient très certainement de tuer le père de la belle Périgouné ! Contrairement à son attente, celle-ci se jette à son cou. « Tu m'as délivrée de cet assassin ! », s'exclame-t-elle. Thésée n'en revient pas. « Cet assassin ? Tu parles bien de ton père ? !

— Sinis est mon père, mais c'est aussi un monstre ! D'ailleurs tu dois le savoir, toi qui l'as attrapé à son propre piège... »

Gêné, Thésée ne dément pas et attend la suite. « C'est une habitude chez lui, de quémander l'aide des voyageurs pour courber les pins et les envoyer dans les airs au moment où leur méfiance est endormie... Tu as déjoué ses manigances et il ne tuera plus ! Quel héros... »

Thésée se garde de rétablir la vérité. Elle est si ravissante... Mais il comprend qu'il l'a échappé belle. À regret, et après avoir essayé vainement de résister aux suppliques de ses amis, il se sépare de son étreinte, lui adressant quelques mots d'encouragement et lui promettant de revenir bientôt. Car Pirame et Stef l'entraînent vers le chemin et lui rappellent que la route de sa légende est encore longue... Stef songe au nombre de victimes de Sinis et à la quantité d'arbres que le malfrat a abîmés pour satisfaire son plaisir assassin. Déjà, dans l'Antiquité, existaient des hommes pour qui la nature ne comptait guère. Puis Stef songe à la promesse de Thésée à Périgouné : la tiendra-t-il ?

*

* *

Le pli est pris. Stef et Pirame suivent la cadence soutenue de Thésée sans broncher, sans se plaindre. Ils progressent dans une région qu'on appelle la Corinthie. Ils ne sont pas très loin de la mer, et le vent leur apporte des embruns salés. Pirame leur indique qu'ils sont dans le golfe Saronique. Le paysage est montagneux, parsemé de sapins et d'oliviers – les habitants de la contrée vivent de la récolte d'olives et de celle des raisins.

Stef est pensif. Il ne veut pas être l'entité méfiante de la bande, ça ne l'intéresse pas. Il veut bien aider le héros, mais refuse de devenir un rabat-joie qui soupçonne tout, chaque personne croisée, chaque mot prononcé. Il a envie de goûter à l'aventure, pleinement... Pas d'être le chaperon prudent ou timoré !

Il a été envoyé en Grèce antique pour que ça change, pour se révéler à lui-même ; pas pour reprendre le rôle qu'il tenait à Boulogne et à Saint-Antoine, celui du gamin trop sage et réservé qui se fait virer du Latéral parce qu'il n'est pas assez fun ou qu'il refuse de s'approcher trop près des filles. Mais bon sang, ces filles... Pourquoi le monde perd-il la tête à cause des femmes ?

« À quoi tu penses, Stef ?

— Pff, aux femmes...

— Ah ! Voilà un sujet de conversation intéressant ! Tu deviens enfin quelqu'un à qui on peut parler !

— Quoi, parce que j'évoque la question des filles ? Qu'avez-vous tous, avec les filles ?

— Celle de Sinis me plaisait beaucoup ! »

Stef est découragé. Thésée lui est proche alors qu'ils se connaissent peu. Mais il ressent vivement la différence d'âge – pourtant de deux ans seulement – dans des moments comme celui-ci... Les femmes, pour lui, sont des pestes comme Sofia, ou des empêcheuses de tourner en rond comme Irini !

*

* *

Île d'Hyria, mer Ionienne

Sur les falaises qui entourent les Grottes bleues, les vagues sont hautes et furieuses. Elles éclaboussent le relief escarpé comme si elles souhaitaient l'abattre. À l'intérieur de la caverne, la belle trépigne sur son rocher qui suinte. Elle attend sa visiteuse à capuche avec nervosité, se penche vers la flaque au pied de son petit promontoire, espérant y voir quelque chose. Rien ne se produit. Les grognements des monstres enchaînés la distraient un moment. « Tout doux, mes chéris ! Vous savez bien que maman ne peut pas se lever pour vous nourrir… Je suis coincée sur ce rocher… Ce qui est un état nettement plus enviable que d'être ce rocher lui-même, perdu sur sa montagne en Lydie, vous en conviendrez ! »

La reine Niobé se contorsionne, peste contre son entrave, Zeus, la terre entière. « L'heure approche, mes amours. N'êtes-vous pas heureux d'avoir été sortis des Enfers ? Je vous rappelle que vous étiez morts, il y a peu. Nous n'avons trouvé que ces formes-là pour vous emmener sur l'île… Alors patience. Vous n'avez pas mangé depuis des millénaires, vous pouvez bien attendre quelques heures de plus ? »

Les quatorze monstres se calment. Tous plus hideux les uns que les autres : certains ont trois gueules et le corps recouvert d'écailles, d'autres ont des tentacules visqueux, d'autres encore ressemblent à des géants de sable. Leur seul point commun ? Ils présentent tous une flèche plantée ici dans le flanc, là dans la gorge, dans le front ou en plein cœur.

Niobé la blonde, de ses yeux bleu glacier qui ne pleurent jamais, se détourne. Ses enfants ressuscités lui font horreur. Ils étaient si beaux, auparavant ! Ses pupilles s'agrandissent dans l'ombre, démesurément, jusqu'à dévorer la moindre parcelle de couleur de l'iris. « Les jumeaux de Léto, Apollon et Artémis, doivent payer. Et toute leur descendance avec eux. Maudits soient les Olympiens ! »

Éris entre et se précipite vers Niobé en l'appelant par son prénom. Elle a l'air, pour la première fois, désemparée. Elle rejette sa capuche sur ses épaules et secoue sa crinière de vipères, qui se répandent autour d'elle en sifflant. « Le mortel est plus malin qu'il n'en a l'air ! Il a évincé le piège sans sourciller !

— Tu prétendais qu'il ne tiendrait pas une seconde ! Que son inexpérience le ferait chuter au premier de nos stratagèmes !

— Je...

— Nous allons échouer ! Mes bébés resteront ainsi jusqu'à la fin des temps ! Et je finirai par

me transformer en algue à force d'être clouée ici ! »

Éris se masse les tempes. « Cesse de gémir ! Leur route, à lui et Thésée, est longue. Nous avons encore mille occasions d'intervenir, et de continuer de tisser notre toile. »

Chapitre 13

LA LAIE DE CROMMYON

Stefanos marche, un peu déprimé, malgré les blagues idiotes de Pirame et de Thésée. La prochaine halte est prévue dans un village appelé Crommyon. Que va-t-il encore s'y passer ? L'endroit a pourtant l'air paisible. Ils croisent un paysan qui pousse plusicurs sacs dans une brouette. Il leur explique, ralentissant la cadence lorsqu'il arrive à leur hauteur, de ne pas traîner dans le coin. « Et pourquoi donc ?

— Comment, vous n'êtes pas au courant ? La laie de Crommyon est déchaînée ! C'est une énorme truie blanche qui saccage nos champs, s'attaque à nos femmes et à nos petits. Elle charge tout ce qui est sur son passage, les êtres humains, les moutons, les brebis... »

Thésée rit de bon cœur. Les villageois sont terrorisés par un gros cochon ? La belle affaire... Le paysan hausse les épaules et poursuit sa route.

À peine dans le village, Thésée est abordé par une vieille, qui se suspend à son bras : « Mais vous allez nous délivrer, n'est-ce pas ? Vous êtes fort, jeune et fringant, vous êtes entouré d'un chien et d'un solide compagnon... Vous allez nous libérer de la tueuse d'hommes ? »

Thésée, un peu gêné, toussote. « Encore cette affaire ! Nous sommes pressés... »

Stef souligne : « Et puis, pourquoi la tuer alors que nous n'avons pas l'intention de la manger ?

— Moi ça me dit bien, du lard grillé ! proteste Pirame. Même si je suppose que Stef ne sera pas d'accord, sous prétexte que ces sangliers sauvages ont leur importance écologique. »

La vieille supplie : « Mais nous allons tous mourir si nous ne sommes pas aidés ! La laie de Crommyon n'est pas une bête comme les autres, c'est un monstre qui a des pouvoirs surnaturels !

— Un cochon ? Des pouvoirs surnaturels ?

— La laie est la fille de Typhon et d'Échidna... »

Pirame sursaute. « Ah en effet, c'est du lourd... » Le chien attire Thésée et Stef à l'écart. Il leur expose brièvement à quelles forces ils sont confrontés : « Échidna est une créature mi-femme mi-serpent. Elle vit dans une caverne et attire les passants pour les dévorer… Quant à Typhon, son corps est recouvert d'écailles et il possède cent gueules qui crachent du feu. Il a jadis affronté Zeus, qui ne s'en est sorti que grâce à Hermès, venu lui porter secours. On dit qu'il a été enfermé sous le mont Etna, vous savez, ce volcan en Sicile qui se réveille régulièrement… Alors s'ils ont mis au monde une truie de la sorte, elle doit être redoutable ! »

Thésée et Stefanos sont atterrés. Ils regardent autour d'eux : et si la laie sortait d'un buisson pour leur foncer dessus ?

Pour la première fois depuis le début du périple, Thésée a l'air inquiet. Les ruelles du village sont désertes ; sur le sol, de larges traînées brunâtres pourraient être du sang séché… L'endroit est sinistre, Thésée ordonne le départ. Il ne faut pas s'attarder, Cécropia est leur véritable objectif.

Stefanos bouscule Thésée et objecte : « Tous les dangers sont faits pour être vaincus. S'en détourner, c'est courir le risque d'être considéré comme un lâche. Toi, fils de roi, tu vas te détourner des gens qui demandent ton aide ? N'as-tu pas honte ? »

Thésée ne sait quoi répondre, il ne s'attendait pas à une telle réaction de Stef, qui est resté plutôt discret et prudent depuis le début. Comme le ton de son ami est celui du défi, il argumente : « Mais ça n'est qu'un cochon !

— Justement pas ! tonne Stef. Un cochon qui menace la sécurité des environs doit être pris au sérieux ! Et n'est-ce pas toi qui souhaitais emprunter cette route, justement pour débarrasser la contrée de ses dangers ? »

Thésée ne peut que se ranger à de tels arguments. Les compagnons font donc une brève halte à l'auberge du village, afin de mettre au point un plan d'attaque. Ils commandent de l'hydromel, mélange de miel et d'eau dont les Grecs se délectent. Le patron des lieux tremble en apportant son plateau, qu'il dépose devant les trois voyageurs. Interrogé, il réplique que la laie fait des siennes, qu'il faut bien se barricader de nuit comme de jour, et que ça l'arrangerait si la petite troupe allait voir ailleurs s'il y est. Comme ça, il fermera son établissement !

Le plan de Thésée, Stef et Pirame est simple. Ils vont attirer la laie dans le pré situé à l'extérieur du village, grâce à une proie... le chien, qui fera mine d'être attaché à un poteau ! Thésée s'armera de son épée et de sa massue, pour protéger Pirame et abattre le monstre.

L'aubergiste tente de les mettre en garde une dernière fois. « La laie est forcenée ! Elle est nourrie par une voleuse, Phaïa, qui habite le village. Tous les habitants de Crommyon la détestent, mais à cause de la laie, qui lui obéit, personne n'ose lui demander de débarrasser le plancher. Phaïa va sûrement exciter le monstre contre vous ! » Ça promet.

*
* *

Dans le pré, tout est calme ; comme au village... À croire que les habitants ont migré vers des terres moins dangereuses. Thésée et Stef attachent Pirame de façon sommaire et se postent dans un arbre, à l'affût. Un berger du village a proposé son aide, de façon inattendue. Il s'est approché d'eux, à l'auberge, et leur a silencieusement fait comprendre qu'il ferait le guet, à quelque distance du pré. Comme il ne parlait pas, Stef s'est enquis de son identité auprès de l'aubergiste.

« Oh, celui-là ? C'est un original... Un berger errant, pas méchant pour deux sous, muet et sûrement un peu simplet... On le reconnaît facilement, il se trimballe avec une peau d'agneau sur les épaules, qu'il pleuve, qu'il neige ou qu'il vente. Il nous donne un coup de main avec les troupeaux, les champs et les oliviers. Avant de s'évaporer pendant des mois, puis de revenir. Mais c'est un brave, vous pouvez lui faire confiance ! »

Thésée a donc accepté l'aide de cet homme, d'une quarantaine d'années et au regard particulièrement vif pour un « simplet ». Pour une raison inconnue, Stef est troublé par les yeux de cet homme. Il a la sensation de le connaître, sans savoir d'où.

Une heure, puis deux, s'écoulent. Nul bruit, nulle trace de la laie de Crommyon... Pirame manque de s'endormir au milieu du pré, tandis que Stef et Thésée essaient de ne pas trop faire craquer les branches de leur arbre en changeant de position. Tous sont dans une posture fort peu confortable.

Au moment où Thésée, las de cette attente, s'apprête à sauter à terre pour mettre un terme à une embuscade qu'il estime ratée, le vent porte à leurs tympans un long sifflement. Le berger muet, qui les prévient depuis sa planque... Thésée et Stef retiennent leur souffle et écarquillent les pupilles. Un grognement se fait entendre. Pirame se raidit. À l'opposé du pré, la truie fait enfin son apparition. C'est un énorme cochon nonchalant, qui possède des défenses semblables à celles des éléphants, et dont les crocs pourraient être ceux d'un prédateur de la jungle. Le poil de la bête est dru, semblable à des épines de porc-épic. La laie bave et halète, elle n'a pas l'air bien leste... Bien entendu, elle a vu Pirame, qui s'est redressé d'un coup. Elle le mate d'un œil ravi et méchant, convaincue qu'elle jouera avec sa victime avant de la tuer. Elle racle le sol de sa patte avant et charge !

Thésée et Stef sont stupéfaits, jamais ils n'auraient imaginé qu'elle traverserait le pré si vite ! Thésée glisse de l'arbre en hurlant. Surprise, la laie interrompt sa course en direction du chien et avise le jeune héros... Thésée, toujours hurlant, se précipite vers elle en faisant tournoyer sa massue de la main gauche et en pointant son épée de la droite. Le choc entre les ennemis est terrible. La laie prend un coup d'épée dans le flanc, enfonce sa défense dans la cuisse de Thésée.

Le héros n'est pas trop handicapé par sa blessure. Il se retourne et lance sa massue sur l'animal, qu'il rate de peu. Il raffermit alors son poing sur l'épée, et fonce à nouveau. Mais la laie est comme enragée. En dépit de son poids, elle l'évite en griffant son adversaire, qui tressaille à peine.

Pendant que la laie et Thésée s'affrontent, Stef glisse de l'arbre et détache Pirame, afin de ne pas l'exposer davantage. Le chien, soulagé, aboie tout de même : « Pas trop tôt ! Ohhhhh, cours aider Thésée ! Il n'a plus sa massue ! »

En effet, le fils d'Égée est en mauvaise posture : il est dos à un arbre, l'épée brandie quasiment contre la truffe de la laie, à quelques mètres de lui. L'animal souffle bruyamment, un rictus sur les babines : il est certain de tenir son ennemi. L'épée ne l'inquiète guère. La laie sait qu'elle peut l'esquiver d'un mouvement de côté et se jeter à nouveau sur son adversaire pour l'écraser contre l'arbre. Elle charge. Le héros roule à terre pour éviter d'être assommé, perdant son arme dans le mouvement. Il est sans défense – contrairement au monstre !

C'est alors que Stef intervient, se métamorphosant en lance acérée dans la main libre de Thésée qui la plante par réflexe dans le dos de l'animal. Les bruits sont atroces : chairs qui se déchirent, os qui craquent, long hurlement de cochon. L'arme transperce quasiment sa cible de part en part, le monstre s'effondre. La laie est morte.

Une vieille femme se précipite en hurlant dans la prairie. Ce doit être Phaïa, cette voleuse alliée de la laie. Thésée, ensanglanté, s'écroule à terre. Il est épuisé, et intrigué. Quand Stef réapparaît, lui aussi hors d'haleine, les premiers mots du jeune Grec sont une question : « Qu'est-ce que c'est que cette lance qui apparaît et disparaît quand j'en ai besoin ? »

Chapitre 14

BRICOLAGE

L'auberge de Crommyon a subitement retrouvé ses couleurs joyeuses. Dans la grande salle, les chopes de vin coupé à l'eau s'entrechoquent. Les voix se mélangent, soulagées et presque hystériques. La laie de Crommyon est morte ! Phaïa est partie ! Tandis que Thésée, blessé, fait panser ses plaies, il est acclamé comme un héros...

Un voyageur lance à la cantonade : « Je file vers Cécropia, Thésée peut être assuré d'y être bien accueilli ! Je ferai savoir, moi, petit commerçant, que grâce à lui on peut désormais traverser ce village, y faire halte et s'y reposer, sans crainte d'être attaqué ou volé... »

Thésée n'est pas insensible à ces propos. Il jette un œil complice à l'adresse de Stef, et se jure de ne jamais faillir à son devoir : rétablir la paix, là où il passe.

Pirame chuchote à son maître : « Quelle chance tu as ! Thésée est acclamé, il en oubliera de te redemander comment une lance a atterri dans sa main au moment critique... »

Le chien n'a pas tort et Stef se jure de faire plus attention la prochaine fois ou, du moins, de prévoir des justifications plausibles. Pourra-t-il systématiquement les fournir ? Et doit-il réellement masquer sa véritable identité ? Entre deux amis, il y a obligation d'être honnête. En outre, pour un garçon qui a l'habitude d'invoquer des dieux et de se battre contre mille créatures inattendues, cela serait-il si terrible d'apprendre que son complice dispose de talents qu'il ne possède pas ? Que ces pouvoirs peuvent l'aider sans lui voler une parcelle de gloire ? Pirame l'en dissuade. « Souviens-toi des recommandations de Zeus et Protée ! Tu dois garder le secret au sujet de ton pouvoir. » Le garçon soupire.

*

*   *

Les trois compères ont dormi à l'auberge, dans de vrais lits et de vrais draps, gracieusement mis à disposition par le tenancier des lieux, trop heureux de leur rendre ce service. Stef s'est réveillé à maintes reprises, à l'affût de cris ou de bruits suspects. Il est tourmenté par l'absence du berger muet. La dernière fois qu'il l'a aperçu, ou plutôt entendu, c'est lorsque le pâtre a sifflé pour les avertir. Il ne s'est plus manifesté ensuite !

Le lendemain, Thésée est évidemment d'attaque pour repartir. La laie, c'est du passé, pour lui ! Même si les habitants du village, et surtout le tenancier de l'auberge, insistent pour qu'il reste parmi eux. Thésée est un héros qui ne s'attarde pas... Il n'est pas le seul : Pirame, toujours prêt à râler, souhaite atteindre Cécropia prestement. Les actes de bravoure de Thésée, il en a ras le *pilos* – ou la casquette, pour être plus moderne... Tous font leurs adieux aux paysans.

*

* *

Le paysage change, devenant plus montagneux. Ils ne sont pas loin de Mégare, jadis connue sous le nom de Nisée, cette cité aux solides murailles qui surplombent la mer, entourée par des roches escarpées que l'on appelle scironiennes. Mégare est située à l'extrémité de l'isthme de Corinthe, à peu près à mi-chemin entre Corinthe et Cécropia.

Thésée, Stef et Pirame progressent sur un sentier rocailleux, qui monte à l'infini. On n'entend plus guère leur souffle ou le vacarme des grillons : en effet, en contrebas, la mer s'abat furieusement contre les rochers. Elle est déchaînée, comme si elle encourageait les tempêtes. Plissant les yeux, Stef a l'impression de distinguer, sous l'eau, une immense plateforme de corail vert.

C'est alors que, à mi-chemin et à un point culminant, un homme se dresse devant eux et se présente : « Je suis Sciron, étrangers... Vous devez me rendre hommage ! Lavez et essuyez mes pieds, je suis le maître de cette région ! » En disant cela, il s'installe sur un rocher, à quelques centimètres du vide.

Thésée est agacé. Il n'a rien contre le fait de rendre hommage aux grands princes, sauf que ce Sciron est vêtu comme un brigand et qu'il a l'air de tout sauf d'un roi. De plus, le jeune héros n'aime pas du tout le ton que l'autre a utilisé à leur égard. Et puis quoi encore ? Faut-il lui lécher les sandales pour les faire briller ?

Sciron insiste en haussant la voix : « Rends-moi hommage, étranger ! Lave et essuie les pieds du maître de la région ! » Sciron gesticule. Stefanos ne sait quelle attitude adopter, tandis que le chien, qui ne veut pas avoir d'ennuis, se précipite aux pieds de l'étranger. Il attrape dans sa gueule une algue et s'apprête à frotter... Mais Sciron s'agace et flanque un coup de pied sur la truffe de Pirame ! Stef, furieux, se précipite pour corriger le malotru qui agrippe son bras... et le précipite dans la mer du haut de la falaise !

Stef entend les cris de Thésée et Pirame, derrière lui. Il sait que s'il tombe sur un rocher, c'est la fin. En l'espace de quelques secondes, il parvient à se transformer en feuille d'arbre... et poursuit sa descente doucement, au gré du vent, pour se poser sur les flots. L'eau est glacée ! Il reprend son souffle, l'ayant échappé belle. En silence, il remercie Protée de l'avoir si bien préparé aux grosses frayeurs. Il espère que, là-haut, le Grec et le chien font sa fête à Sciron.

Sous l'eau, en dessous de son enveloppe de feuille, Stef perçoit des vibrations. Intrigué, il se concentre de toutes ses forces et se transforme en minuscule poisson – *Psari !* ψάρι ! – pour observer ces eaux troubles. L'énorme plaque de corail vert bouge étrangement... Stef se faufile, frôle de ses nageoires le corail, écarquille ses yeux globuleux et se retrouve nez à nez... avec une gueule hérissée de crocs ! Il recule, effrayé. La plaque de corail vert est en réalité une tortue monstrueuse, gigantesque, et heureusement endormie. Si Stefanos le poisson a pu apercevoir la taille de ses dents, c'est parce qu'elle sommeille la bouche entrouverte. Il décide de s'éloigner : nul besoin de traîner auprès d'une bête dangereuse, au repos ou pas.

À cet instant, un rocher tombe à l'eau. Stef se retourne malgré lui, car il pressent que la tortue s'est éveillée. Pourquoi un morceau de falaise s'est-il détaché ? En réalité, le rocher n'en est pas un : il s'agit de l'odieux Sciron... La tortue se met à bouger, Sciron hurle, gesticule, fait des bulles et tente de remonter à la surface. C'est peine perdue, l'animal lui fonce dessus ! Stef fait demi-tour et nage droit devant lui. Il ne veut pas assister au massacre, même si c'est un homme violent qui en est victime. Les bruits atroces que Stef entend le prouvent : la tortue est en train de dévorer Sciron vivant...

Lorsqu'il parvient près du rivage, il reprend sa forme normale. Il parcourt au crawl les derniers mètres qui le séparent de la terre ferme et se traîne sur le sable en gémissant, exténué par ses trois transformations successives. Il est presque désolé pour Sciron, pensant que nul brigand ne mérite pareil sort...

Alors qu'il rumine ses sombres pensées, Thésée et Pirame déboulent sans crier gare sur la plage et le rejoignent. Thésée lui donne une claque dans le dos qui le fait tousser tellement elle est vigoureuse. « Tu es en vie, mon ami !

— Encore heureux...

— Pirame et moi te pensions mort, dévoré par la tortue géante, comme Sciron...

— Pauvre Sciron !

— Comment ça, *pauvre* Sciron ? ?

— Ça n'est pas parce qu'il a envoyé sa tong sur la truffe de Pirame que...

— C'est quoi, une tong ? »

De fait, Sciron était un homme cruel qui jouait un tour identique à tous les passants. Il les contraignait à lui laver les pieds et les envoyait valser au-delà de la falaise, parce qu'il savait qu'ils se fracasseraient sur les rochers ou qu'ils seraient dévorés par la tortue géante... Sciron n'était ni plus ni moins qu'un gourmand que son appétit avait rendu criminel. En effet, un voyageur croisé plus tard leur expliqua que Sciron était si friand de tortues qu'il les engraissait de chair et de sang humains, qui leur donnaient soi-disant une saveur exquise, avant de les tuer pour s'en repaître lui-même. Stef conclut : « Tu vois, Pirame, le péché de gourmandise...

— Pfff. »

*

*   *

Aux alentours de Cécropia, Thésée, Stef et Pirame ont la grande surprise d'être salués par les voyageurs qu'ils croisent. La description de leur équipée, deux jeunes garçons et un chien, est en train de faire le tour de la Grèce.

La cité d'Éleusis est leur prochaine étape. Elle est située à une vingtaine de kilomètres environ au nord-ouest de Cécropia. C'est une ville dotée d'un temple qui attire d'habitude beaucoup de fidèles, venus rendre hommage à la déesse

Déméter. À quelque distance du monument, les amis interrompent leur marche.

« Déméter est la déesse de la Maternité, de l'Agriculture et des Moissons », rappelle Pirame, à point nommé. Stef avait un blanc...

Oui mais voilà, le temple est aujourd'hui déserté. Pourquoi ? Parce qu'un autre brigand – « Ça commence à faire beaucoup de brigands ! », râle Pirame –, se prenant pour un roi, a élu domicile à proximité de la demeure de Déméter.

« Et comment s'appelle ce squatteur de temple ? », demande Stef à la jolie Grecque qui les renseigne, sur la grande place d'Éleusis. Le voyou se prénomme Cercyon. C'est un Arcadien, apparemment l'un des fils du dieu Héphaïstos, mais ses ascendances ne sont pas très claires.

« Il défie les passants à la lutte et les étouffe sans pitié ! Résultat : personne n'ose déposer les offrandes réglementaires. Mon père adoptif est agriculteur, imaginez son embarras ! Depuis que Cercyon s'est installé dans la région, il ne peut plus rendre hommage à la déesse. Du coup, toutes nos récoltes sont mauvaises... »

Et si le dérèglement climatique dont est victime notre XXIe siècle venait en partie d'une mauvaise humeur de Déméter ?

La Grecque éclate en sanglots. Thésée ne supporte pas de voir une jolie jeune fille pleurer, il lui relève le menton, essuie ses larmes et lui promet que lui, Stef et Pirame feront la peau à l'ignoble Cercyon ! Le Boulonnais approuve vigoureusement.

Le chien n'est pas si enthousiaste : le seul élément qui le motive, c'est de rendre service à la déesse Déméter, qui doit être désespérée de voir son temple déserté. Les trois se rendent donc au terrain de lutte sur lequel Cercyon défie les passants. Le brigand roupille sur les marches du bâtiment, ses ronflements résonnent entre les colonnes du lieu de culte. Pirame chuchote : « Allez, les gars, sautez-lui à la gorge !

– Attaquer un homme en position de faiblesse, es-tu fou ? C'est ignoble ! C'est comme transpercer un homme désarmé : ça ne se fait pas... »

Thésée a le sens de l'honneur. Il s'apprête à éveiller Cercyon. Mais un événement inattendu se produit : la déesse Déméter elle-même ! C'est une femme qui semble avoir une quarantaine d'années humaines, ses cheveux sont tirés en un chignon serré et recouverts d'un voile. Elle a les bras croisés sur sa poitrine, la mine renfrognée. Elle arbore une couronne d'épis, symbole du pain et de l'agriculture dont elle est la déesse, et trimballe une corbeille de fruits, pleine et colorée.

Elle pose un doigt sur ses lèvres et leur fait signe de la suivre. Tous entrent dans son temple, dans la salle principale. Stef essaie d'enregistrer chaque détail des lieux. Il se souvient brusquement de la clé en or qui donne accès à la demeure vide de son père, sur l'Olympe. Il aurait aimé qu'Athéna la lui confie. Ceci lui paraît si lointain ! Le temple de son père Aristée ressemble-t-il à celui-ci ?

La déesse leur indique un banc où s'asseoir, et, lorsque tous sont installés, prend la parole : « Thésée, ta réputation m'est parvenue !

— Tu m'en vois flatté, ô déesse...

— Je sais quelle idée stupide tu avais en tête, en venant à Éleusis...

— Ô déesse, je ne souhaite que rejoindre Cécropia...

— Et te mêler d'affaires qui ne te concernent pas en route ? »

Pirame, Stef et Thésée sont étonnés. « Ô déesse, je ne pensais pas à mal en débarrassant la Grèce de ses malfr...

— Silence ! C'est moi qui parle. Je ne veux pas que tu touches à un cheveu de Cercyon. Qui n'est d'ailleurs pas un malfrat. Celui que tu prends pour un voleur est un homme qui... qui a un passé, et qui défend désormais mon temple. »

Les garçons ne s'attendaient absolument pas à ce que la déesse leur interdise de changer quoi que ce soit à la situation ! « Personne ne juge les erreurs d'autrui, chacun a le droit de se tromper et de s'amender ! Mais, ô déesse, Cercyon ne défend pas ton temple, il empêche qu'on y accède et que l'on y dépose tes offrandes ! tente Stef.

— Foutaises ! Hors de mon temple ! Le sommeil de Cercyon ne doit pas être troublé par des chenapans en manque de sensations fortes ! »

Thésée se lève avec dignité.

« Soit, ô déesse, nous partons. Nous te laissons avec ton homme de confiance. »

Stef et Pirame emboîtent le pas au héros. Ils sentent le regard de la déesse courroucée posé sur eux. Thésée a cependant prononcé un mot qui ébranle ses certitudes et la rend moins sûre d'elle... le mot « confiance ».

Cercyon ronfle toujours, le bruit s'estompe à mesure que la troupe s'éloigne. Les trois sont silencieux, ne savent comment réagir alors qu'ils auraient dû se confronter au brigand, le vaincre et poursuivre. Quelque chose, sans qu'ils sachent quoi, les turlupine. C'est Pirame qui parle le premier : « Tout cela est louche. Déméter est un modèle de sagesse, je ne parviens pas à comprendre pourquoi elle repousse notre aide.

— Restons ici cette nuit, suggère Stef. Campons à proximité du temple d'Éleusis, réfléchissons à ce que nous pouvons faire... »

Thésée est moyennement emballé par la proposition du garçon mais il accepte. Le campement est donc installé à proximité du monument. Tandis que Thésée cherche du bois,

Stefanos fait part de ses soupçons à Pirame. Si la déesse a subitement changé de caractère et qu'elle refuse qu'on lui vienne en aide, il y a des Conjurés dans l'air… Pirame est d'accord. Il est impératif de redoubler de prudence !

*
* *

Alors que la bande fait griller sur des brochettes, garnies de quartiers de citron (par les soins de Stef, toujours attentif aux saveurs), quelques morceaux de mouton – un vrai luxe ! – offerts par la jeune et jolie Grecque de tout à l'heure, Hermès fait son apparition. Ce qui soulage les garçons, qui se sentaient perdus. Ils sont ravis de ce coup de main inattendu.

Hermès est catégorique : « Déméter n'a pas tous ses esprits, mais rien ne prouve qu'elle a été manipulée. Et surtout, il ne faut pas lui parler des Conjurés, elle risquerait de se vexer ou de penser qu'on la soupçonne de trahir les Olympiens ! »

Comment raisonner la déesse ?

C'est alors que Stef a une idée de génie : il faut faire intervenir quelqu'un qui compte à ses yeux et qui émettra un avis contraire au sien. « Ce quelqu'un, lance Hermès joyeusement, cela pourrait être Perséphone. La fille de Déméter. Je la connais bien !

— Perséphone s'appelait Corè, ce qui signifie la *jeune fille*, raconte Pirame. Sa mère en est folle de tendresse. Leur histoire est complexe. Corè a été kidnappée par Hadès, le dieu des Enfers, alors qu'elle jouait et cueillait des narcisses dans une grande prairie près du lac de Perguse, en Sicile. Pendant neuf jours, Déméter l'a pistée sur Terre. Elle ne s'est pas interrompue, n'a pas bu ni mangé, ne s'est pas lavée au cours de cette période. Ce sont finalement la Lune et le Soleil, qui avaient entendu le cri poussé par Corè lors de son enlèvement, qui l'ont renseignée. »

Hermès hoche la tête en guise d'assentiment et l'encourage à continuer d'un geste de la main. « Déméter a poursuivi sa quête, elle est arrivée jusqu'à la plaine d'Éleusis. Et là, elle s'est assise sur une grande pierre, que l'on surnomme aujourd'hui la Pierre sans Joie. Jusqu'à ce qu'un groupe de filles se prenne de compassion pour elle. Déméter a été conduite chez une mortelle d'une grande bonté qui l'a recueillie, Métanire. Métanire était une reine, ou quelque chose comme ça... Déméter était dans un sale état, ne voulait plus assumer ses fonctions de déesse et s'était réfugiée dans le silence. Mais sa retraite n'était pas sans conséquences : comme elle est déesse de la Fertilité et de l'Agriculture, bientôt, les sols de la Terre ont cessé de produire ! »

Thésée et Stef sont suspendus aux babines de Pirame. « Ça a dû être terrible ! Sans Déméter, pas de légumes, pas de blé, pas de fruits...

— Tu l'as dit ! Sans Déméter, c'est l'hiver en permanence. Les sols gelés, et rien à becqueter.

— Qu'ont fait les dieux ? s'enquiert Stef.

— Zeus a envoyé ses messagers, pour convaincre Déméter de revenir sur l'Olympe et de se remettre au boulot. Mais rien à faire. La déesse n'était intéressée que par une chose : récupérer sa fille ! Elle se fichait d'affamer les hommes... »

Le héros et son ami méditent ces quelques mots. L'austérité de Déméter, tout à l'heure, devient compréhensible. C'est une femme qui a souffert, et qui doit souffrir encore... Mais quel égoïsme !

C'est Hermès qui continue le récit. « Zeus a décidé, face à son obstination, de faire sortir Corè des Enfers. Il a mandé votre émissaire préféré, moi-même, pour infléchir Hadès. Lequel était bien décidé à ne pas perdre Corè ! Pour la retenir, il lui avait fait goûter une grenade, un fruit savoureux. Or, en Enfer, on n'a pas le droit de manger quoi que ce soit... En brisant la règle à son insu, Corè avait signé son appartenance à deux mondes : celui des morts et celui des vivants. Dorénavant, on l'appellerait Perséphone. J'ai tellement insisté qu'Hadès lui a pourtant permis de revenir auprès de Déméter lorsque les plantes poussent. Lorsque les plantes sont en gestation, c'est-à-dire en hiver, elle demeure avec son mari aux Enfers... Une sorte de garde alternée quoi ! »

Hermès n'est pas peu fier d'avoir mené les négociations. Il se rengorge et ajoute presque aussitôt : « Le problème, c'est que Perséphone se trouve en ce moment aux Enfers. Non, Pirame, on n'est pas en avril ici... Ça m'étonnerait qu'Hadès soit d'accord pour la laisser partir... »

Stef réfléchit rapidement. Il ne peut pas se transformer en personne ou en dieu. Faut-il quérir la jeune déesse aux Enfers et braver Hadès ? Pas une bonne idée. Hermès hausse les épaules : il connaît bien Charon, le vieil homme qui embarque les morts sur le fleuve Styx conduisant au cœur de l'Enfer. « Il nous faudra de l'argent, le vieux Charon est du genre cupide !

— De plus, les portes qui mènent au royaume des morts sont loin, ajoute Thésée.

— Ça n'est pas un argument ! remarque Hermès, pragmatique. Les Enfers, tu peux les trouver par hasard dans chaque grotte ou anfractuosité un peu sombre de ce pays... »

Mais un autre stratagème lui vient : selon Pirame, la jeune fille qui les a accueillis à Éleusis, sur la place, ressemble à Perséphone... et à n'importe quelle Grecque si elle porte un voile. Ne peut-on pas la persuader, avec l'aide complice de la nuit qui tombe, de jouer le rôle de Perséphone, ne serait-ce que quelques minutes ?

Stef et Thésée sont retournés la voir, dans l'espoir qu'elle marcherait dans la combine. La nécessité de rétablir l'ordre autour du temple d'Éleusis et de sauver les récoltes de son père adoptif l'a emporté sur la peur d'Alopé. Le charme et les promesses de Thésée n'ont sans doute pas non plus été tout à fait inutiles dans la réussite de cette entreprise... La petite servante de la fausse Perséphone, une fille gracile dont Stef n'a pu apercevoir le visage mais qui lui a profondément rappelé Sofia de par sa silhouette, paraissait aussi vouloir la convaincre. Elle lui a longuement parlé à voix basse, avant que l'autre accepte.

*

* *

Alopé a donc revêtu un voile très sombre. Hermès, d'un claquement de doigts, a fait résonner la voix de Perséphone afin qu'elle s'en inspire. Après quelques essais concluants, elle est entrée à l'intérieur du temple – Cercyon dormait toujours. Elle s'est assise sur un banc, mélancolique. Et lorsque Déméter est apparue, elle a parfaitement joué son rôle : « Mère, tu es vulnérable...

— Ma chérie, mon amour ! Que fais-tu sur Terre, ton heure n'est pas venue, tu es en avance !

— Mère, je voulais être certaine que tu te portais bien !

— À merveille, ma fille.

— Mais tu es parasitée par Cercyon, ce brigand !

— Brigand, tu en es sûre ? Il m'a dit qu'il protégerait le temple..., répond-elle, comme envoûtée par le timbre de la voix de "sa" fille.

— Il te ment. Les jeunes visiteurs vont s'en occuper, fais-leur confiance...

— Confiance, répète Déméter, pensive. Mais à qui peut-on réellement se fier, aujourd'hui ?

— Peu de gens le méritent. Et Cercyon moins qu'un autre. N'as-tu pas constaté que le temple était déserté ?

— Si fait...

— N'as-tu point entendu les paysans des alentours s'en lamenter ?

— Tu touches juste.

— La venue de Cercyon ne coïncide-t-elle pas avec cela ?

— C'est certain, mais j'ai été débarrassée de tous les pleurnicheurs qui venaient se répandre ici...

— Ne penses-tu pas que le rôle d'une déesse est d'accueillir chacun, même les pleurnicheurs ?

— C'est que… Ma chérie, depuis que tu es partie, je n'ai plus goût à grand-chose, et surtout pas celui de réconforter les petits malheurs des mortels…

— Est-ce une attitude digne de toi ? rétorque Alopé. Tu sais pourtant que tu me retrouveras vite ! Enfin, estimes-tu que Cercyon ait l'étoffe d'un roi, lui qui se revendique comme tel ?

— On m'a dit qu'il se présentait ainsi, pourtant avec moi il s'est montré…, tente de justifier Déméter.

— Mielleux ? Fielleux ? Il possède ce talent d'endormir l'intelligence d'autrui pour mieux le tromper…

— Un homme qui avait une fille aussi délicieuse que la sienne et qui l'a malheureusement perdue ne peut pas être foncièrement malfaisant…

— Tu parles d'Alopé ? Savais-tu que c'était son père qui l'avait tuée à coups de flèche ? »

À ces mots, Thésée, Stef et Pirame sursautent. Ainsi, la jeune Grecque n'est autre que la fille de Cercyon ! Voilà qui expliquait la facilité avec laquelle elle s'était laissé convaincre.

« Nooonnn ? ! » Déméter est épouvantée. « Cercyon est infanticide ? Quelle ordure ! Il avait la chance d'avoir sa fille à ses côtés, et il a attenté à sa v…

— À présent, chère mère, permets-moi de rejoindre mon époux Hadès. Il s'impatiente, l'heure de fin de ma permission a sonné. Que ton cœur te dicte ta conduite envers Thésée, qui ne t'apportera que de la joie si tu le laisses agir. »

La conversation a été brève mais Déméter acquiesce en silence et ne bronche pas lorsque Stef et Thésée raccompagnent Alopé grimée vers la sortie. La jeune femme glisse à voix basse : « Je suis si triste d'avouer que cet être abject est mon père...

— Mais... Tu es donc un... un... fantôme ? » Stef en bégaie.

« Poséidon m'a ressuscitée. J'ai accompli mon devoir, à vous de faire le vôtre ! » Alopé s'éclipse.

*

* *

Depuis l'intérieur du temple, Déméter rappelle les héros. « Ma fille est d'accord avec vous, étrangers. Débarrassez-moi du parasite ! » Qu'elle est changeante... et catégorique ! Elle intime l'ordre qu'on la débarrasse de Cercyon. Thésée s'exécute, à mains nues, c'est facile. Car le brigand, une fois réveillé et sans la protection de Déméter, s'avère être un couard. Il oublie qu'il est censé étouffer ceux qui s'approchent du temple et, sous les yeux enchantés de la déesse, se fait écrabouiller par Thésée.

Pirame conclut avec son cynisme habituel : « Vous avez peut-être réglé le problème en *bricolant*, les gars... Mais notre chance ne durera pas ! Déméter est aveuglée par son chagrin éternel. On ne tombera pas que sur des déesses crédules ! »

Comme après chaque exploit, alors que les lieux sont désertés par leurs habitants, les voici qui sortent de leurs tanières, rassurés, enfin en sécurité. Les gens d'Éleusis n'ont plus rien à craindre et déposent même aux pieds de Thésée, souriant et gêné, la couronne de la ville ! Un titre honorifique plus que pratique, que sa légende, parvenue jusqu'ici, justifie. « Roi d'Éleusis, mon premier titre... », murmure-t-il, comme dans un rêve.

Stef aime à voir les yeux de son ami briller ainsi. Pourvu que, le succès venant, il conserve son sang-froid ! Il a déjà constaté, de par le passé, que les succès n'attirent pas forcément le bonheur. À l'inverse, certains êtres baissent les bras dans des situations d'échec alors qu'ils devraient persévérer et conjurer le mauvais sort...

*

* *

Île d'Hyria, mer Ionienne

La reine Niobé suit les événements depuis son rocher, directement dans la flaque qui lui sert d'écran de contrôle. Éris a accepté de le lui laisser ouvert, afin qu'elle ne meure pas d'ennui dans la grotte. Car les sources d'énergie dont elle ignore l'origine, censées lui permettre de se libérer de la roche et de réincarner ses enfants, se font de plus en plus rares et moindres. Audessus de sa tête, une stalactite plus grande que les autres, large d'environ quinze centimètres de diamètre, agit comme une sorte d'aiguille de perfusion qui ne serait pas plantée dans sa peau, mais qui irriguerait le rocher. Depuis que la stalactite qui le surplombe s'est formée, le trône de pierre ne se nourrit plus de son occupante. Cela fait des semaines, des mois, des années, que Niobé attend le moment où elle sera complètement libérée. Cela adviendra quand la stalactite touchera le rocher et formera un pilier stalagmitique.

Lorsqu'elle repense aux moments où son corps se confondait avec la pierre, elle frissonne. Mais l'âme humaine est ainsi faite : plus elle obtient, plus elle demande. Sa gratitude d'avoir récupéré son corps s'est vite effacée devant une autre urgence : celle de se lever, de parcourir la Terre, de faire payer à Zeus sa conduite d'autrefois. Elle observe avec attention la stalactite, qui luit comme du cristal et reflète parfois les lueurs turquoise des eaux. Elle lui semble encore bien loin d'elle, ne paraît pas avoir descendu d'un centimètre depuis la veille. Elle baisse les yeux vers la flaque, qui s'éclaire et s'anime.

« Ils sont aux portes de Cécropia et je n'ai reçu aucun signe de la part d'Éris ! Je n'ai pas pu lever un orteil alors qu'elle m'avait promis une constante amélioration, visible jour après jour ! Déesse, m'as-tu abandonnée ? »

Niobé s'impatiente et désespère.

Pendant ce temps, la déesse de la Discorde a appelé les membres influents des Conjurés afin de tenir conseil sur la plage de Navagio. Assise sur le sable blanc, elle plonge ses yeux verts et pailletés dans les eaux limpides de la baie. Le soleil se couche et inonde l'horizon de rayons lumineux et orangés. Les dauphins qui nagent dans les environs scintillent au-delà des flots lorsque leur prend l'envie de rebondir sur un courant. Le spectacle est d'une beauté à couper le souffle. Éris n'en a cure, elle se concentre. Ça n'est pas encore l'état d'alerte, mais pas loin.

Son fils Horkos apparaît à côté d'elle. « Où as-tu dissimulé le Pacte ? », demande-t-il. La déesse reste silencieuse. « Les Conjurés espèrent que tu le tiens dans un endroit sûr. Vu les progressions du protégé de Zeus, il vaudrait mieux que personne ne trouve ce document, mère ! »

D'un geste, Éris fait apparaître le Pacte qui reposait près de son sein, sous sa tunique. « Je cherche toujours le bon endroit où le dissimuler. C'est vrai, Stefanos et Thésée approchent du but. Mais nous sommes loin d'avoir dit notre dernier mot. Penses-tu vraiment que Zeus attribuera à ce jeune garçon venu des temps modernes le statut de divinité ?

— Si c'est le cas, les pouvoirs des Olympiens seront renforcés.

— Alors cela n'arrivera pas de sitôt.

— Comment peux-tu le garantir ?

— Acquérir le statut de dieu demande davantage de preuves. » Éris paraît sûre d'elle.

« Et comment se porte la reine Niobé ?

— Elle est encore fixée au rocher de la malédiction », répond à contrecœur la déesse de la Discorde.

Elle a un mouvement d'impatience, son fils s'assied à ses côtés.

« Nous attendons de toi que l'affaire avance rapidement ! » Subitement, Horkos a pris une voix étrange, que sa mère ne reconnaît pas.

Éris le fixe. « Qui parle ?

— Procuste ! réplique son fils, les yeux dans le vague et comme possédé.

— Eh bien, cher Conjuré... Tu as mis du temps à réagir ! »

Horkos ne s'appartient plus. Il est devenu un canal de transmission entre l'un des Conjurés et sa mère. Laquelle gémit, faussement éplorée : « Ah, ce pauvre Sinis, le Courbeur de pins ! Ton fils ! Ton enfant...

— Parle ! A-t-il vaincu Thésée ?

— Hélas !

— Qu'est-il advenu ? » Procuste-Horkos est menaçant.

« Le mythe continue de s'accomplir, en dépit de nos efforts.

— Tu m'avais pourtant promis...

— Le petit mortel qui l'accompagne, ce maudit Stefanos Alias, était censé le ralentir ! C'est pourquoi j'ai hâté sa venue dans le monde antique...

— Je vais bien les recevoir. Je réussirai là où mon fils a échoué. Et je le vengerai. »

Procuste semble sur le point de quitter le corps d'Horkos puis se ravise : « C'est fou ce que ton fils est petit, déesse ! Et toi, tu es trop grande... »

Éris réprime un geste d'agacement. « Et toi, tu es toujours aussi maniaque question taille... »

Horkos reprend possession de lui-même. Sa mère lui caresse la joue, pensive. « Quelle que soit l'issue des affrontements, elle ne peut être totalement mauvaise. Niobé a besoin des énergies négatives. Celle de Sinis, vaincu dans la rage, lui a déjà été transférée par Némésis. »

Chapitre 15

L'AUBERGE MAUDITE

Thésée a insisté pour une dernière halte à Érinéos, petite cité lovée au pied du mont Aegalée, entourée de figuiers sauvages. Les nuages s'amassent en effet au-dessus de leurs têtes, poussés par le vent de Borée, et l'orage gronde au loin.

Alors que les trois compagnons progressent à travers le village, en quête d'une auberge où s'abriter pour le reste de l'après-midi et la nuit, ils croisent un cortège funèbre. Décidément, leur parcours ne sera pas un long fleuve tranquille ! D'un geste de la tête, Pirame suggère à Stef d'interroger l'un des porteurs de cercueils. Un petit homme râblé et peu amène. « Qui sont-ils ?

— Des voyageurs.

— De quelle façon sont-ils décédés ?

— On l'ignore, justement ! On a retrouvé leurs corps derrière l'auberge du sieur Procuste, près des ordures. Un tueur en série sévit dans la région, il abandonne ses offrandes au dieu des Morts, Hadès, à la porte de l'aubergiste, qui en est désolé...

— Désolé ! N'est-il pas étrange que les corps des victimes soient systématiquement déposés au même endroit ? »

Le corbillard hausse les épaules, il s'en fiche. « Je suis croque-mort, moi, pas enquêteur.

— Alors, vous qui vivez ici, qui est Procuste ?

— En quoi ça intéresse un étranger comme toi ?

— Je suis précisément enquêteur.

— Et justicier, aussi ? »

L'homme le raille. Stef ne se donne pas la peine de répondre, d'autant que son interlocuteur tourne les talons. Il jette un œil à l'auberge. Une maisonnette accueillante, propre et qui fleure bon la cire, bordée de genêts. Procuste se tient sur son seuil. Il tord son tablier comme s'il était angoissé. Son front est barré de rides de chagrin. Il n'a absolument pas la tête d'un assassin ! Il essuie d'ailleurs furtivement, comme s'il avait peur qu'on le remarque, une larme au coin de l'œil droit.

Très sérieux dans son rôle d'enquêteur – justicier ? –, Stef choisit de se renseigner auprès d'une femme en vêtements de deuil, qui accompagne le cortège. « Chère madame, vous semblez éplorée et je compatis...

— Et pour cause, jeune garçon. Nous voyagions vers Cécropia pour rendre visite à la famille. Mon époux a disparu la nuit dernière, alors que ma fille et moi dormions à la belle étoile... Je voulais lui montrer le ciel, si clair en cette saison. Et on a retrouvé mon mari dans un sac. Ses membres ont été découpés avec une hache ou un énorme couteau ! Seul son buste était intact...

— Je suis désolé...

— Ça n'est pas tout !

— Quoi ?

— J'avais un fils, de ton âge à peu près...

— Que s'est-il passé ?

— Lui aussi a été assassiné dans des circonstances atroces. Il occupait la chambre voisine de celle de son père.

— Il a été découpé ?

— Non... »

La veuve fond en larmes. Sa fille complète : « Mon frère a été... étiré !

— Étiré ? ! »

Le chien et ses maîtres se sont exclamés, en chœur et sans le vouloir. « C'est cela ! Son corps ressemblait à un élastique ou à un pantin, quand on l'a découvert... » Pirame esquisse une moue d'horreur, tout en essayant de faire remonter quelques bribes de souvenirs à sa mémoire. Tout cela est si lointain, et cependant, le nom de Procuste lui évoque quelque chose... Alors que le cortège s'éloigne, il claque des griffes et aboie : « Mais bien sûr !

— Quoi donc ? Parle, Pirame !

— Procuste signifie, en grec, “celui qui tiraille”. Ou encore : “qui martèle pour allonger”. Mais il ne s’est pas toujours appelé comme ça. Ce monsieur change de nom pour mieux brouiller les pistes...

— Allons, Pirame, tu parles d’un honnête aubergiste d’Érinéos ! Tu as vu de quoi il a l’air ? Sa petite bedaine, son nez qui frémit de peine, l’odeur de soupe qui monte de ses cuisines... On parle d’un serial killer, là !

— Et toi tu es un novice en tout ce qui concerne la Grèce antique, petit Boulonnais. Procuste s’est aussi appelé Damastés, ce qui veut dire “le dompteur”. Ou encore Polypémon, je traduis, “le pernicieux”. Ce type est louche, fais-moi confiance pour une fois... »

Thésée, jusque-là, n’a pas vraiment porté attention à Pirame. Un chien qui parle, ça ne dérange pas grand monde dans l’Antiquité. Mais il a constaté que Pirame pouvait être de bon conseil, et il a par conséquent décidé de se tenir sur ses gardes. Stef hausse les épaules. Le dénommé Procuste lui semble totalement inoffensif, surtout lorsqu’il accueille les voyageurs. « Quel malheur ! soupire-t-il. Dire que d’habitude, la contrée est si calme... » Thésée hausse le sourcil, sans rien ajouter. *Calme, tu m’en diras tant...*

« Je sais qui vous êtes et je vous remercie de l’aide que vous avez apportée. Je vous offre le logis pour cette nuit, c'est gratuit ! De même que le couvert et l'hydromel, si vous allez me tirer un peu d'eau au puits. Tenez, voici les clés de vos chambres. » Stef boude, signifie d'un geste à Thésée qu'il peut aller remplir le seau si ça lui chante. Lui n'a qu'une envie : s'enfermer dans sa chambre, se jeter sur un lit muni de draps frais. On lui a jadis reproché d'être trop méfiant, il tient à montrer qu'il était simplement prudent ! En l'occurrence, pas de danger à l'horizon.

Il monte l'escalier grinçant, ouvre une petite porte qui correspond au numéro de la clé et qui est située au fond d'un couloir. Il soupire d'aise : les lieux sont agréables. Le broc d'eau sent le thym, des linges ont été disposés sur le lit qui est d'une propreté irréprochable. Il s'avance et lave son visage à l'eau fraîche, se désaltère grâce au flacon disposé sur une tablette qu'il boit au goulot. Quel enchantement, cette chambre ! Le lit est de proportions incroyables. Un king size bed antique ! Stef se jette sur la couche moelleuse, gigote dans le tendre édredon, fourre son nez dans les oreillers d'une blancheur immaculée, soupire de bonheur. Il soupçonne que certains conforts ont directement été importés par Zeus du monde moderne. Et c'est alors qu'il remarque que la porte d'entrée s'est entrebâillée et que l'aubergiste se tient au pied du lit, la mine mauvaise, une corde dans la main droite. Il marmonne ce qui ressemble à une formule magique, tandis que Stef se retrouve cloué sur le matelas, incapable de bouger ! Et voilà que son asthme le reprend, sa poitrine se compresse, son sternum le violente...

Procuste agit vite et bien. Il saisit les poignets et les chevilles de sa victime, les attache aux quatre coins de la couche. Impossible pour Stef de se concentrer pour se transformer. Cette fois, l'enseignement de Protée ne suffit pas à lui faire surmonter sa panique. « Alors comme ça, on a tué mon fiston ?

— Qqq... qui était vvv... votre fff... fils ? bégaie Stef.

— Un certain courbeur de pins, un garçon fantastique, que toi et tes amis avez envoyé dans les airs... Ça te parle ? »

Il éclate d'un rire sardonique.

« ...

— Oh, mais, mon garçon, ce lit est beaucoup trop grand pour toi ! On ne va pas te changer de chambre, pourtant... Mon auberge est pleine ! Et si c'était toi que l'on changeait, pour que ta taille s'adapte au lit, hein ? »

Procuste est un bourreau inventif. Pas étonnant qu'il soit le père de Sinis, même s'il a l'air d'avoir le même âge – voire, d'être plus jeune. Stef comprend en un instant le sort qui lui est réservé : Procuste lui a attribué un lit gigantesque pour s'en servir comme prétexte et étirer ses membres, jusqu'à ce qu'ils aient la bonne dimension. « Quand tu seras mort, je m'occuperai de ton ami Thésée. Il est plus grand que toi. Aussi vais-je l'installer sur un lit minuscule. Je l'attacherai puis je couperai les morceaux de bras et de jambes qui dépasseront. » L'homme éclate de rire. « Et le petit chien... ce mignon petit chien... Je devrais imaginer une niche qui le compresserait à l'intérieur, ce serait amusant... »

Procuste parle trop, et c'est là la chance dont s'empare Stef, qui parvient à reprendre suffisamment ses esprits pour se transformer en lit : *Kiti !* κοίτη ! alors que le tyran tourne la tête vers le couloir, ayant entendu Thésée grimper précipitamment à l'étage. Il se relève d'un bond et se dirige vers la porte. Il chancelle face à l'assaut des arrivants. « Thésée ! Justement, je préparais la chambre... » Il regarde le lit et manque de tomber à la renverse. Stefanos a disparu et, de plus, la couche a rétréci ! Procuste ne s'interroge pas longtemps et suggère à Thésée de s'y installer, le temps qu'il s'occupe d'en arranger une autre pour Stefanos. Le héros ne se le fait pas dire deux fois et obtempère, épuisé. À peine s'est-il allongé que Procuste, sadique, se précipite. Il brandit une poêle, qu'il dissimulait dans une poche de son tablier, et lui assène un grand coup sur la tête ! Le héros tombe. Procuste saisit son couteau en marmonnant : « Ce lit est bien trop petit pour toi ! » Il s'apprête à sectionner les bras et les jambes de Thésée, qui dépassent. C'est compter sans Stef-le-lit, qui s'agrandit alors pour être juste à la taille adéquate.

Au-dehors, la nuit tombe, les ombres se dessinent, on entend presque les bêtes sauvages du crépuscule hurler aux lisières de la forêt.

La mine sévère de Thésée n'interpelle pas l'aubergiste, surtout préoccupé par son lit : par quel miracle s'adapte-t-il à la taille de son hôte ? Nul besoin de couper ou d'étirer, désormais ! Thésée se relève en se frottant la tête. « La plaisanterie est finie, Procuste... »

Le sort qu'il veut lui faire subir, chacun s'en doute. Pourtant, Stef redevenu lui-même le convainc de remettre l'aubergiste entre les mains de la Justice... après une sévère correction administrée au bâton !

Ce n'est que le lendemain, après une bonne nuit de sommeil et de repos mérité, de retour sur le chemin de Cécropia, que Stef a interrogé Thésée : « Lorsque tu es venu dans la chambre hier... tu savais déjà que Procuste était l'assassin ?

— Oui, disons que Pirame a retrouvé la mémoire et qu'il m'a aiguillé. N'empêche, je l'ai échappé belle. J'espérais le prendre la main dans le sac, mais je ne pensais pas qu'il me flanquerait un coup si vite... »

Le chien gambade. Stef en est presque vexé. Quand il a raison, personne ne l'écoute. Et quand il ne se méfie plus, voilà que son chien entre en action et aide le héros à vaincre l'ennemi ! « Yes baby, on est complémentaires... », jappe Pirame, hilare.

*
*   *

Un peu plus tard, et avant d'arriver dans la cité d'Égée, Thésée a imposé une dernière halte, au bord du Céphise, un fleuve qui coule à l'ouest de Cécropia et se jette dans le golfe Saronique. Intrigués, Stef et Pirame l'ont suivi jusqu'à un temple devant lequel Thésée s'est prosterné. « Je tiens à me purifier sur l'autel de Zeus du sang des criminels que j'ai sur les mains ! Et vous feriez bien d'en faire autant... »

Le jeune homme s'est jeté dans le Céphise, s'ébrouant de plaisir. Stef l'a suivi, enjoignant à Pirame de les imiter. Le chien a répliqué, goguenard : « Un bain ? C'est pour les hommes ! Ceux qui, comme vous, ont négligé de se laver depuis que maman n'est plus derrière eux !

— Je te fais remarquer que tu ne sens pas exactement la rose ! Comment feras-tu, si tu croises une jolie épagneule, à Cécropia ? »

Le chien réfléchit une seconde. L'instant d'après, il est à l'eau.

Chapitre 16

LE ROI ÉGÉE

Thésée, Stef et Pirame entrent dans Cécropia. Ils sont saisis par l'émotion. Les lieux sont animés et s'étendent à perte de vue. Pirame débite d'un ton de guide touristique : « D'ici quelques siècles, cette agglomération qui vous paraît déjà grande s'étalera sur environ 2 650 kilomètres carrés. Deux cent cinquante à trois cent mille personnes y habiteront... »

En marchant vers le palais d'Égée, Stef apprend ceci : le peuple cécropien est composé de citoyens et d'esclaves – presque un tiers de la population. Les autres sont des métèques – des étrangers qui évoluent librement, mais qui ne possèdent pas les droits des citoyens. Ce qui forme, sur les pavés des ruelles, une belle agitation bigarrée !

Thésée ne révèle à aucun de ces passants qu'il est le fils d'Égée, même si cela le démange, et même si notre troupe est acclamée par quelques bravos de la part des Cécropiens. La réputation de Thésée est faite. Il a vaincu plusieurs dangereux colosses, il a tant fait pour sécuriser Trézène vers l'Attique que sa légende est parvenue jusqu'à la capitale.

Les trois voyageurs se rendent, fendant la foule, les commerçants et les étals d'un marché qui se tient au centre de la cité, jusqu'au palais d'Égée. D'imposants soldats en gardent les portes, la mine impassible. Thésée se présente : « Je suis Thésée ! Je souhaite obtenir une audience auprès du roi... », clame-t-il sans sourciller. L'un des soldats se penche vers son collègue, murmure quelques mots et se relève. Tous s'écartent. « Presque avec respect », note le chien, pour une fois de bonne humeur. Pirame apprécie le luxe, et quelque chose lui souffle qu'il sera servi...

Les garçons sont introduits dans un corridor gigantesque, rectiligne et dallé de marbre, qui mène à la salle de banquet. À l'entrée de celle-ci, on les prie de déposer leurs sacs dans une sorte de sas. Thésée hésite puis accepte de poser ses armes contre une porte. Il garde simplement, serrées sur son cœur, les sandales en or. Quelle attitude adopter ? Quel langage tenir ? Quelles preuves immatérielles avancer pour convaincre ?

La salle est immense, éclairée par des centaines de torches. Elle est peuplée d'invités, assis à plusieurs tables et encadrés par d'accortes servantes. Égée trône au fond, sur une estrade, accompagné d'une femme sublime tenant un enfant sur ses genoux.

Celle-ci, qui fixe Thésée, Stef et Pirame depuis qu'ils sont entrés, c'est Médée. Ses cheveux d'un noir corbeau lui descendent jusqu'aux pieds. Ses boucles s'enroulent autour de ses chevilles comme des couleuvres. « Médée est fille de roi, et magicienne ! souffle le chien. Elle a pas mal roulé sa bosse à travers la Grèce. C'est une femme dangereuse, on dit qu'elle a déjà tué de ses propres mains. Elle aurait assassiné des rois, et les enfants qu'elle a eus avec le héros Jason... Elle s'est fixée avec Égée, dont elle est l'épouse aujourd'hui. Elle lui a donné un fils, ce garçonnet que tu vois, qui se prénomme Médos. Elle y tient comme à la prunelle de ses yeux. Enfin, disons qu'elle tient également à son trône, à son statut de reine et aux honneurs qu'elle a prévus pour son fils... partant du principe qu'il est le seul héritier d'Égée. Notre venue va contrecarrer ses plans, lorsqu'elle prendra connaissance de la filiation de notre ami. »

Médos est donc le demi-frère de Thésée, et ce dernier l'observe avec attention. Puis le jeune héros est interpellé par Égée. Ses compagnons et lui se dirigent vers l'estrade. Le roi est en train de narrer quelques épisodes de son passé. « À la mort de notre père, mes frères et moi nous sommes unis afin de récupérer notre belle cité, car notre père en avait été chassé. Je suis l'aîné et la plupart des territoires me sont revenus. Les autres, je les ai disputés à mes frères, et j'ai gagné. Depuis, tout n'est que prospérité... Enfin, presque. »

L'assemblée l'écoute, Médée s'évente discrètement comme si elle s'ennuyait puis se remet à sourire dès qu'elle sent le regard d'Égée attendri sur elle et leur bébé. « Quelle poseuse ! », songe Stef, pas dupe. Celui qui a l'air dupe, dans cette pièce, c'est le roi. Sans consulter Pirame, Stefanos sait ce qui traverse l'esprit de son chien. « Quand on devient vieux, on est à la masse ! Égée, le sage Égée, ne se rend pas compte qu'il se fait rouler dans la farine par cette gourgandine... »

Égée a l'air assez content de lui. Il accueille Thésée, Stef et Pirame avec un sourire. « Prenez place, messieurs les baroudeurs ! J'ai ouï dire que vous nous aviez débarrassés des plus terribles criminels... » La belle Médée soupire et croque dans une pomme bien rouge. « Mon roi, accueillir les héros est une bonne chose. Mais es-tu sûr de leurs exploits et de leurs objectifs ? »

Égée fronce les sourcils. « Que veux-tu dire, femme ?

— Écoute tes convives pour juger de leurs intentions réelles, avant de formuler opinions ou congratulations. »

Stef suffoque. Leurs intentions réelles ? Que sous-entend cette femme qui, sous ses airs charmeurs, semble n'être qu'un bloc de calculs et de manipulations ? Le seul objectif de cette mission, c'est de réunir Thésée et son père... Pirame pose sa patte sur son bras, ses yeux lui commandent de se taire. Pour le moment.

On sert aux arrivants un plat appétissant de morceaux d'agneau en sauce et de blé bouilli, accompagné de vin coupé et d'hydromel. Thésée est invité à résumer son périple. Lorsqu'il explique qu'il vient de Trézène, où il a vu le jour dans la demeure de Pitthée, Égée fronce les sourcils. Médée lui jette un regard plein de sous-entendus. Puis le jeune héros entreprend de raconter ses aventures, qui lui ont permis de mettre Sinis, Procuste et consorts hors service. Médée rit discrètement, une main devant sa bouche cerise si sensuelle. Elle attrape son fils Médos, lui caresse le front et annonce qu'elle va le coucher. Elle salue l'assemblée, priant son époux de ne pas tarder à se retirer dans leur chambre. Elle accompagne cette recommandation d'un battement de cils suggestif.

Le roi est perturbé. D'un ample mouvement du bras, il congédie ses convives et lance à Thésée : « Toi et tes comparses serez logés pour cette nuit dans l'aile du palais réservée à nos hôtes de marque. Nous reparlerons de ceci demain. »

*
* *

Thésée, Stef et Pirame sont dans la vaste chambre qu'on leur a attribuée. Des couches ont été préparées, moelleuses à souhait. La pièce est lumineuse, grâce à des candélabres disposés ci et là. Thésée s'asperge le visage d'un peu d'eau, se débarrasse de sa tunique et de ses sandales et se jette sur son lit. Il saisit quelques grains de raisin dans une coupelle et les croque un à un, d'abord rapidement, puis de plus en plus lentement. Ses paupières papillotent. Pirame boit l'eau de son écuelle avec avidité, s'ébroue joyeusement, saute sur son lit, tourne cinq fois dans le sens des aiguilles d'une montre, s'emmaillote dans les draps et ferme les yeux. Un ronron s'échappe de sa gueule entrouverte. Morphée l'a presque emporté.

Stef est tenté de les secouer : personne ne perçoit le danger ? Puis il se raisonne : mieux vaut mener seul quelques investigations nocturnes dans le palais d'Égée, plutôt que de s'attirer les foudres de ses compagnons en les réveillant sur la base de simples soupçons.

Il se lève lorsqu'il entend les ronflements bruyants des paresseux. Silencieusement, il chausse ses sandales et se glisse hors de la pièce. Depuis l'aventure chez Sinis, il a compris que nombre de mystères trouvaient leur résolution de nuit, grâce à un peu d'initiative, d'audace et de beaucoup de discrétion, naturellement... Il pousse la porte et emprunte le couloir. Les gardes sont endormis contre le mur. Stef les dépasse, sans bruit, leur tirant la langue. Il est presque fier de narguer tous ces adultes à leur insu, alors qu'il est sur le point d'atteindre les appartements d'Égée et de Médée...

Il se faufile, avec l'intention de se transformer en lézard. La voix de Zeus, du grand Zeus qui roule ses « r », le rattrape. « Stef, mon garrrçon, où serrrpentes-tu si vite ? » L'entrevue se déroule à l'intersection de plusieurs couloirs. Stef ne s'attendait pas à ce que le dieu des dieux vienne et le ramène à sa condition de mortel moderne. En un clin d'œil, il est pourtant transporté dans le palais de Zeus, sur l'Olympe ! Il est ébahi et ne se gêne pas pour signifier son agacement.

« Que... Pourquoi interférer à cet instant ? Pourquoi ne nous as-tu pas aidés quand nous en avions besoin ? Tu brises le rythme, là ! Mon initiative va tourner court !

—Holà, fiston, on se calme... J'ai pourrr prrrincipe de ne pas trrrop interrrvenirrr, c'est vrrrai... Je ne t'ai pas aidé auparrravant parrrce que tu t'en sorrrtais bien.

— Mouais, c'est simple, après coup !

— Tu veux devenirrr un hérrros, oui ou non ? Ça n'est pas en espérrrant mon secourrrs à chaque turrrbulence que tu vas y arrrriver ! »

Stef en convient. « Je crois qu'on a eu affaire aux Conjurés de Niobé... »

Zeus redevient sérieux et abandonne ses « rrr » momentanément. « En effet. Notamment chez Sinis ! Ce sont les Conjurés qui lui ont permis de se transformer en vieillard, pour mieux vous duper.

— J'ai essayé de distinguer qui lui parlait dans le miroir, mais sans succès...

— Chaque chose en son temps. Découvrir leur identité et prouver leur trahison ne sera pas facile... Si je suis venu, c'est pour trois choses. »

D'abord, pour féliciter Stef. La première partie du périple est accomplie : lui, Pirame et Thésée sont parvenus jusqu'à la demeure du roi Égée malgré les nombreux pièges. La deuxième raison, c'est pour lui annoncer que la suite sera ardue : il s'agit de convaincre Égée que Thésée n'est pas un imposteur... Or, sa nouvelle épouse, la machiavélique Médée, va tout faire pour le duper !

« Fait-elle partie de la Conjuration ?

— Possible, Stefanos, pas certain. Son destin est assez heurté, difficile de te le raconter en détail mais...

— Tu sais, les yeux verts qui m'espionnaient à Boulogne... C'est peut-être elle qui me suivait !

— Ça m'étonnerait, mon chou. Médée a les yeux bleus, tu l'as mal observée. De plus, j'ai fermé les portes entre l'Antiquité et le monde moderne ! À quelques exceptions près.

— Comment ? Et pourquoi ?

— Trop compliquée, la perméabilité entre les deux. Tout passe par moi désormais : quand les hommes de ton époque ont affaire avec les dieux, c'est que j'ai donné l'autorisation...

— Mouais. Tu as assisté à mon procès. Athéna a clairement expliqué que j'avais été trompé par votre satanée Éris !

— Elle a dû échapper à ma vigilance. Mais je pense qu'Éris ne te suivait pas réellement. Elle a peut-être trouvé le moyen de te surveiller à distance.

— Et pourquoi Pirame, qui est au courant de plein de choses, ne m'avertit pas toujours des dangers ?

— Je soupçonne les Conjurés d'y être pour quelque chose... Mais il peut encore te donner certains éléments utiles, qui te permettent de mieux situer le contexte dans lequel tu es. Tu dois prouver...

— ... ma valeur, je sais, OK. Et quelle est la troisième chose dont tu voulais me parler ?

— Tu es bien pressé de retourner à Cécropia, ou je me trompe ?

— Ça t'étonne ? Ma vie est tellement plus... tellement plus passionnante depuis que tu l'as bouleversée...

— Boulogne, le collège Saint-Antoine, tes copains, Irini, tout ça ne te manque pas ?

— Hum... C'est pas mal de ne pas avoir de mère ou de prof sur le dos...

— Et Jules ? Sofia ? La petite Anat, si gentille ?

— Pourquoi pas La Poison, tant qu'on y est ! »

Zeus a l'air attristé, tout à coup. L'ironie de Stef lui échapperait-elle ? « Tu ne sais pas ta chance d'avoir aussi une vie normale...

— Tu te fiches de moi, arrière-grand-père ?

— Tu crois que l'existence des héros et des dieux est préférable ?

— Elle est nettement plus excitante !

— La vie est toujours, potentiellement, plus excitante. Tout dépend de la façon que tu as de la regarder. Elle peut être fantastique dans ce qui a l'air le plus insignifiant... Il faut que tu en sois conscient !

— Pffff.

— Imaginons que ta mère ait un accident. (Cette hypothèse fait bondir Stef.) Non ! Je n'ai pas dit qu'elle en avait eu un ! Je te demande simplement de réfléchir à ce que serait ta réaction si c'était le cas. Tu te dirais que tu as eu tout faux, que tu n'as pas su profiter d'elle en pleine santé. Que tu n'as pas été assez présent. Toutes les vies, même celles qui semblent réglées comme du papier à musique, peuvent basculer. Si je te prévenais de cet accident alors que tu es au beau milieu d'une aventure passionnante, tu me supplierais de te réexpédier à ses côtés illico. Et moi, je veux que tu comprennes qu'il ne faut pas attendre ce genre d'événements douloureux pour se rendre compte de ce que l'on possède de plus précieux dans l'existence. »

Zeus lève les bras vers le plafond en marbre de son temple. « Pardonne-moi, cher Stefanos. Pour ton bien, pour le bien de ta mère, je dois te renvoyer à Boulogne... il y a une leçon que tu n'as pas exactement comprise, pour l'instant. Tu as découvert tes dons trop tôt, sans doute à cause des Conjurés. Je peux toutefois faire une chose : t'amener à grandir, avec ces pouvoirs, sans mépriser la vie sans magie. La vie normale, en quelque sorte. Que le vent t'emporte ! À bientôt. »

*

*   *

Île d'Hyria, mer Ionienne

Éris se concentre sur la flaque au bas du rocher de Niobé. « Procuste a échoué, lui aussi. C'est un mal pour un bien : toute sa colère contre Stefanos et Thésée, Némésis l'a emma-

gasinée. Ce qui va te permettre de prendre plus de forces, de même que de requinquer un peu plus tes enfants. Regarde la stalactite ! »

En effet, le cristal a progressé de quelques centimètres depuis la dernière visite d'Éris. Niobé n'est pas mécontente, elle se sent décoller de son rocher. Pourtant, cela ne lui suffit pas. « Ne faut-il pas mettre davantage de pions de notre côté ? Comme quelqu'un de l'entourage de Stefanos que nous pourrions corrompre, qui lui tendrait des pièges insoupçonnables ?

— À qui penses-tu ?

— Son chien ? Tu m'as dit qu'il n'était pas exactement un modèle de courage.

— Impossible. C'est un chien pantouflard mais très fidèle.

— Son père ?

— Il faudrait déjà le trouver ! Il s'est si bien caché que même Zeus ignore où il se trouve. Non, tu fais fausse route. Nous n'avons rien à attendre de la famille de Stefanos. »

La reine Niobé se replonge dans ses réflexions. Elle relève la tête, illuminée. « Cette jeune fille d'origine grecque dont tu m'as déjà parlé, qui va en classe avec Stefanos ?

— Pas mal ! apprécie Éris. Elle a le profil idéal. Ils ne s'entendent guère, et elle est si superficielle qu'il ne la pensera jamais capable de machination...

— Et l'autre, ce garçon qui est son voisin ?

— Je dois y réfléchir. Ces pistes sont excellentes. »

Éris en sourit d'avance, passe sa langue sur ses babines gluantes. Elle extrait de son corsage le papyrus qui constitue le Pacte de Niobé. Tous les noms des Conjurés sont inscrits là, en lettres écarlates qui rappellent furieusement la couleur du sang. Celui de Niobé est apposé en bas du document. Elle les relit un à un, exultante.

« Comment, tu le possèdes encore ? » Niobé refrène un mouvement de panique.

« Je souhaite le compléter de signataires qui n'ont pas encore répondu à l'appel, mais que je pressens sur le point de nous céder...

— Ce n'est pas prudent ! Imagine que tu sois coincée dans l'espace-temps... Ou que Zeus me trouve ! Ou que l'un des Titans se rétracte et te poursuive pour effacer sa signature...

— Impossible !

— Et imagine que Déméter s'enquière de la visite inattendue de sa fille, après qu'elle a croisé Alopé déguisée. Que Corè affirme ne pas être venue sur Terre. Que Zeus vienne arbitrer ceci en descendant chez Hadès. Il verra que mes enfants ne sont plus aux Enfers... »

Chapitre 17

LEÇON DE VIE

Cette fois, l'odeur de café est bien réelle. Les draps fleurent la lavande, un rayon de soleil pénètre par la fenêtre et tombe pile sur le visage de Stefanos, qui met quelques secondes à comprendre l'endroit où il repose. Dans la cuisine, il entend sa mère ouvrir les placards, les refermer, jurer à voix basse, se brûler avec le toasteur.

Et puis Irini s'exclame, laissant tomber une casserole à terre : « Pirame ! Nom de Zeus, que fais-tu là ? N'es-tu pas censé accompagner mon fils ? Oh, mon Zeus ! »

Stef entend le chien aboyer, un bruit de pas se précipite vers sa chambre. « Stefanos ! » Irini se jette sur son lit : « Tu es... déjà revenu ? !

— Mais, Maman, combien de temps suis-je parti ?

— Oh, depuis, heu, deux nuits... »

Stef se redresse dans le lit. « Tu veux dire que... je n'ai été absent que quarante-huit heures ?

— Oui... Moi qui pensais que Zeus et les dieux te retiendraient parmi eux jusqu'à tes dix-huit ans... Je croyais que j'allais devoir justifier ton absence soudaine aux profs de Saint-Antoine... que La Poison m'accuserait de négligence, que les flics me demanderaient à qui je t'avais vendu... »

Stef est éberlué. Et l'épopée qu'il vient de vivre avec Thésée et Pirame, c'était quoi, du flan ? Le chien proteste. « Tu n'as pas rêvé... Ces aventures, nous les avons bien traversées. Nous avons vaincu maints dangers...

— Oh je vois ! s'exclame Irini. Zeus a encore joué avec les dimensions spatio-temporelles... »

En effet, l'absence de Stef et Pirame a duré presque deux semaines dans le temps des dieux, mais Irini ne s'est s'inquiétée qu'une grosse poignée d'heures. Ce que Zeus n'a pu effacer, en revanche, c'est la mémoire des événements et les conditions physiques dans lesquelles Stef et son chien ont vécu. Ainsi, tous deux sont d'une maigreur affligeante et le visage de Stef est marqué par le soleil de Grèce. Ses mains sont calleuses, et dans ses yeux luit un éclat nouveau et fiévreux.

Irini sent que son fils voudrait un peu de solitude, elle se relève et lance en sortant : « Je te fais un mot pour cette semaine, hors de question que tu ailles en cours. Je vais appeler le proviseur, et tu vas te reposer… Mon fils ! » Elle part en battant les mains comme une gamine, ravie.

Ce qui plonge Stef dans une perplexité désespérée. Zeus ne pouvait-il pas plutôt faire porter une carte postale de Stef à Irini par Hermès, non, il fallait vraiment le ramener dans le présent… ? Il lève un bras. Il est vêtu d'un vieux pyjama, ce qui le fait rugir. Alors qu'il a aidé le plus valeureux des héros, alors qu'il a rivalisé d'astuce pour mettre hors d'état de nuire des brigands que l'Histoire a immortalisés ! Alors qu'il a dormi à la belle étoile, quasi nu…

Il aimerait brandir l'épée de Thésée et les sandales en or pour prouver qu'il a bien enduré les épreuves dont il se souvient… Ce qui lui manque, ce sont des preuves tangibles ! Lutter contre l'oubli et contre les affabulations de l'esprit ! Il comprend mieux le danger qui guette Zeus et les Olympiens : oublier, c'est tuer ce qui a existé…

Stef se pose sur le banc, prend le bol de café au lait, observe sa mère et assène : « Pas question de manquer le collège. Preuve ou pas preuve, épreuve ou pas épreuve, Zeus ou pas Zeus, Thésée ou pas Thésée… je m'en fiche ! M'en fiche ! Je vais reprendre ma vie normale, ma vie normale, puisque… puisque… puisque ça doit être comme ça !

— Le voilà qui devient sénile, il se répète ! ricane Pirame.

— Mais enfin, Stefanos, si tu vas au collège comme ça, tout le monde va demander comment tu as perdu cinq kilos et gagné un tel bronzage en deux jours !

— Maman, n'insiste pas. Je vais à Saint-Antoine ce matin, comme tous les autres matins, comme demain matin et les matins suivants.

— Sénile… », souffle le chien, tordu de rire.

Stefanos conserve un calme olympien face aux provocations de l'animal. Il termine tranquillement son petit-déjeuner, attrape son sac et sort de la maisonnette.

*

* *

Ses premiers pas sont hésitants. Ses mollets sont rompus à la marche mais, subitement, le chemin qui mène au collège est moins familier. Quant aux transports en commun, ils lui font regretter amèrement l'air iodé de la Grèce…

Effectivement, Stef a eu droit à quelques commentaires. Pas tant qu'il se le figurait ! Car, chose étrange, Sofia et Jules sont aussi colorés que lui et paraissent également avoir perdu du poids. *Vous aussi, vous revenez d'un voyage qui ressemble à un rêve ? Est-ce qu'on s'est croisés dans l'Antiquité ?* se demande Stef.

Après quelques instants de surprise, M. Durand a préféré ne pas s'attarder là-dessus. Stef coule des regards suspicieux vers ses ennemis, très silencieux pour une fois. Puis il décide de se concentrer sur le cours. En réalité, ce que Dudu raconte est plutôt intéressant ! Sans se l'avouer, Stef goûte au plaisir d'être assis sans danger – hormis celui d'un contrôle surprise. Sauf si M. Durand fait partie de la Conjuration, ce à quoi Stef ne croit pas. Il profite du calme qui l'entoure, est bercé par les mots de son prof qui récite, tel un automate, son cours sur une dynastie romaine méconnue.

« Et pourquoi ne parlerions-nous pas des côtes grecques, des îles de la mer Égée, des plages de Crète ? », demande soudain Sofia. Jules et Stef sortent de leur torpeur, tandis que Durand réplique que lorsqu'elle connaîtra la géographie du pays où elle habite, on ira voir chez les Grecs.

L'heure se poursuit sans autre incident, si calme que Stef en viendrait presque à regretter les frasques du bouillonnant Jules. C'était si amusant de le voir coller du chewing-gum sur la chaise des profs, remplacer leurs feutres par des crayons indélébiles ou leur répondre par une pique insolente.

À la cantine, Stef s'est assis à gauche de Jules et en face de Sofia. Ça n'est pas dans ses habitudes, mais le jeune garçon s'est dit qu'il pourrait peut-être obtenir la preuve qu'ils sont eux aussi en contact avec le monde des dieux. Ils ne mouftent pas et se sont jetés sur les assiettes qui leur ont été servies. Pourtant pas de quoi fouetter le chat d'Artémis : un steak frites, une salade verte, un flan au caramel. Mais chacun a accueilli son assiette avec gratitude, a lapé les dernières gouttes de la sauce qui trempait le plat, a savouré le dessert sans se plaindre. Stef, en particulier, a trouvé cette façon d'être servi, cette manière de se remplir l'estomac sans être obligé de lutter, très agréable.

Il n'a rien appris au cours du repas. En fin de journée, tous trois se sont retrouvés dans la cour, avant la sonnerie qui marque le départ vers leurs foyers respectifs. Mais aucun n'a pu échanger un mot. Ils n'avaient pas envie de parler. Sofia n'avait pas envie de se moquer des deux garçons, Jules n'avait pas envie de brutaliser Stef (ou Anat !), ce qui tombait bien, parce que Stef n'avait pas envie de se défendre ou de lutter. Anat a flairé quelque chose de louche. « Vous êtes en train de nous faire une dépression ! a-t-elle diagnostiqué. Ou vous avez passé le pire des week-ends de votre vie... » Personne n'a bronché.

*

* *

Pirame guette Stef à la sortie du RER. Ensemble, ils avancent vers Les Buissonnets, évoquant leur récente aventure. Le chien est d'avis d'exposer à Irini ce qu'ils ont vécu. Et ils ont discuté jusqu'au bout de la nuit, commentant chaque chapitre de l'épopée de Stef et Pirame. Irini leur resservait du chocolat chaud et des brioches au beurre – elle souhaitait remplumer son fils et son toutou à leur insu.

Stef a parlé de tous les brigands qu'ils ont croisés. Périphétès, Sinis, la laie, Sciron, Cercyon... Un moment délicieux. Sa mère n'en croyait pas ses oreilles et sursautait à chaque péripétie !

Stef ne pensait pas qu'il se délecterait de la sérénité qu'il ressent, en compagnie d'Irini tout ouïe et de Pirame toujours comique. À un moment, sa mère s'est levée pour faire de la tisane et a fait tomber le vase de fleurs qui s'est brisé. Posément, son fils a pris une balayette et une pelle afin de ramasser les morceaux, sous le regard attentif de sa mère.

C'est vrai que quelque chose a changé, en lui. Il n'est plus un petit garçon. Pas encore un homme, mais plus du tout un enfant... Alors que sa mère réfléchit à cela, Stef se dit, pour sa part, qu'il est reposant de ne pas être en permanence sur le qui-vive, d'imaginer qu'Éris lui a joué un tour ou qu'il doit immédiatement se changer en je-ne-sais-quoi pour ramasser les débris de verre.

Il aborde toutefois une question qui le travaille. « Je ne suis pas le seul à avoir changé, tu sais...

— Oui ?

— Sofia et Jules... ils étaient très, très... étranges.

— Étranges ?

— Pas de blagues, pas de moqueries, pas de chahut.

— C'est tout ?

— Et puis, un bronzage à faire pâlir le mien...

— ??

— Quelques kilos en moins.

— Je vois... »

Stef poursuit sa réflexion à voix haute. « Sofia n'a pas de mère, n'est-ce pas ? Elle est morte à sa naissance. Et La Poison ressasse que le père de Jules s'est carapaté on ne sait où. Résultat, on n'a jamais vu son patriarche. Bizarre, non ? Trois gamins d'origine grecque, mais obscure...

— Oh, tu t'emballes un peu, non ?

— Pas tant que ça. Ça nous fait beaucoup de points communs, pas vrai ? Un parent absent, pour chacun...

— Pfff...

— M. Stavros est grec. Et Jules Mazara, ça vient d'où ce nom de famille ?

— C'est typiquement sicilien. Et ne viens pas me dire que la Sicile a jadis été une île sous domination grecque, même si c'est vrai. Cette fois, ton imagination te joue des tours. Il est l'heure d'aller au lit ! »

Irini a prononcé ces mots avec fermeté. Stef la connaît suffisamment pour savoir qu'elle cache quelque chose. Lui intimer l'ordre d'aller au lit, à son âge... Pas grave, il découvrira le fin mot de l'affaire !

Stefanos s'est couché – sans le pyjama mais vêtu d'un caleçon – le sourire aux lèvres. En s'endormant, il entend ces mots à prononciation unique :

« Je vais t'aider, Stefanos l'impatient... En ce moment même, Médée prrréparrre une potion à base d'aconit, plante vénéneuse des rrrégions montagneuses dont les feuilles sont de couleurrr verrrt foncé, à fleurrrs bleues. L'aconitine peut êtrrre trrrès toxique, elle parrralyse les muscles rrrespiratoirrres et entrrraîne des syncopes morrrtelles. Médée veut empoisonner Thésée pourrr l'empêcher de détrrrôner le petit Médos... »

Stefanos est au pays des songes. Morphée accomplit son œuvre. Et heureusement, Mnémosyne, déesse de la Mémoire, ne s'en mêle pas. Il vole, comme la première fois qu'il s'est retrouvé conduit par Athéna sur l'Olympe, pour y endurer le premier procès de sa vie. Il sent, à travers la poche de sa tunique, la clé du temple d'Aristée mystérieusement apparue. Elle brûle son flanc, comme si elle avait été plongée dans l'acide ou dans le feu. Il s'approche tout doucement des temples, dont celui de son père. Mais la clé ne lui sert pas. La porte principale a été forcée ! Elle claque au vent, à moitié délabrée. Stef entre timidement à l'intérieur… Un capharnaüm sans nom y règne. Les tentures sont déchirées, plusieurs dalles blanches ont été brisées comme avec une pioche géante, les meubles sont renversés, des amphores gisent sur le sol. Un courant d'air traverse la pièce principale, dont l'aspect est si lugubre que le jeune garçon frissonne. De crainte et de dégoût, de rage également. Qui a osé profaner la maison de son père disparu ? Au centre du temple, une imposante fontaine de marbre et d'onyx, zébrée d'or et de petits cristaux, bordée de fines sculptures qui représentent des abeilles. Il s'approche avec lenteur. L'eau devrait couler par des gargouilles de pierre, mais le système de la fontaine ne semble pas fonctionner. Il se penche pour observer la flaque d'eau, qui dégage une telle odeur de soufre qu'il est obligé de se boucher les narines. Il n'aperçoit pas le fond du Puits sacré. L'eau se ride soudain et, avant que Stef puisse réagir, il est emporté par un tourbillon. Un autre cauchemar ?

Chapitre 18

LA RECONNAISSANCE

Un gigantesque gong retentit dans les couloirs du palais d'Égée, à Cécropia. Un de ces gongs qui flanque un mal de crâne dingue alors qu'on est encore sous les draps, à croire qu'un pachyderme vous a écrasé pendant votre sommeil.

Pas le temps pour Stefanos de repenser à sa halte aux Buissonnets, à ses déductions concernant Sofia et Jules, à son drôle de rêve dans la maison saccagée d'Aristée. Son absence dans le monde antique n'a duré que quelques heures.

Thésée, Stef et Pirame se lèvent de leurs couches, les yeux exorbités comme si la fin du monde était proche, les cheveux et les poils dressés en épis. Quelqu'un toque à leur porte et déboule sans plus de façons. Un valet annonce d'une voix solennelle : « Vous êtes attendus par le roi et son épouse, la divine Médée, dans la salle des entretiens, pour un déjeuner informel et formel à la fois.

— Informel et formel à la fois ? bougonne Pirame. Mais ça ne veut strictement rien dire ! »

Un regard de Stef suffit à le faire taire. Les trois se précipitent dans la salle d'eau afin de se rendre présentables et revêtent de nouvelles tuniques trouvées dans la penderie. Stef se dit que ces vêtements ne lui disent rien qui vaille, mais Thésée insiste pour se présenter sous le meilleur jour... Lequel se pare donc de ses plus beaux atours, passant à sa ceinture l'épée de son père, espérant que cette fois on ne la lui fera pas retirer à l'entrée. Avoir une arme si élégante le fait se sentir digne d'être reçu par le roi.

Les trois se dirigent vers la salle des entretiens, où Égée et Médée siègent sur leurs trônes, impériaux. Nul ne les introduit dans la pièce, ils y pénètrent le cœur léger, rassérénés par cette marque de confiance. Dès qu'ils sont installés, au lieu de déjeuner, c'est une semonce qui s'abat sur eux. « Thésée, jeune Thésée ! tonne Égée. Tu fais si bonne impression que tu ne m'inspires guère confiance ! » Son fils est interdit. « Je suis certain, et mon épouse est d'accord, que tu as été mandé par une cité rivale de Cécropia pour apporter le malheur... »

Le héros s'écrie : « Pas du tout, père !

— Oh, quel insolent ! intervient Médée, outrée.

— Ne t'inquiète pas, ma belle..., la rassure Égée. Il ne sera pas dit qu'un étranger me fera perdre l'esprit, si étendue que soit sa réputation !

— Père, père, je me suis battu pour te voir...

— Et moi je n'ai jamais demandé à te rencontrer ! Qui prouve que tu es bien celui que tu prétends être ? »

Égée roule des yeux terribles, si terribles que Thésée se tait. Médée devient doucereuse, faussement apaisante, sa mine est celle d'une panthère alanguie. « Ô mon seigneur et époux, ô étrangers, cette discussion est trop sérieuse pour une matinée comme celle-ci... »

Thésée n'ose répliquer. Il espère tellement que son père le reconnaisse sans drame qu'il écoute ce que susurre Médée, sa belle-mère, remettant à plus tard le moment où il montrera son épée pour appuyer ses propos. Ce qu'il aimerait, en secret ? Que le roi Égée le croie sur parole lorsqu'il parlera de Pitthée et d'Æthra.

Médée claque des doigts, on dépose devant elle un flacon sur un coussin. « Étranger, bois cette potion de la paix. Elle ouvrira officiellement la journée et marquera ta présence en notre palais. Ensuite, nous parlerons. » Stef n'aime pas cette lueur étrange dans ses yeux, pas plus que la couleur du liquide contenu dans le flacon. Il observe attentivement les esclaves qui le portent à Thésée, précautionneuses ; elles le débouchent et le présentent au héros. Dans la tête de Stef, les paroles de Zeus résonnent : « Médée concocte une potion à base d'aconit, spécialement pour ton ami... »

La coupe dans laquelle le breuvage a été versé est tout proche des lèvres du héros ; Stef bouscule alors Thésée afin d'exposer son flanc, sur lequel repose l'épée d'Égée.

Thésée proteste mais le miracle se produit. Le roi est attiré par un éclat inattendu : la poignée en ivoire de l'épée dissimulée sous le vêtement du jeune homme ! Égée se lève d'un bond et pointe du doigt l'épée qu'il vient de reconnaître...

« Cette poignée d'ivoire, sur laquelle des serpents sont gravés ! L'emblème de la famille, nom de Zeus ! Je m'en servais jadis pour découper mes ennemis et la viande, et je l'avais dissimulée sous... » Thésée est à la fois surpris et soulagé d'avoir finalement retenu l'attention de son père. Ses membres crispés se détendent, laissant alors échapper la coupe de poison qui se fracasse sur le sol. Médée hurle de rage. Ça n'est pas aujourd'hui que Thésée sera expédié au royaume des morts ! Subitement, elle n'est plus si belle : ses yeux sont exorbités, elle est si effrayante que même Médos se met à pleurer. Égée se rue sur son fils. « Qui es-tu réellement, d'où viens-tu ?

— De Trézène, je te l'ai déjà dit, noble roi. Ma mère Æthra...

— Æthra ! Tu es donc...

— Je le suis. Pour te servir.

— Arghhhhhh ! »

Médée s'étouffe sur son trône. Égée se tourne vers elle : « Comment as-tu osé ! Tu m'avais convaincu d'empoisonner mon propre fils avec ta potion de sorcière ! » Il la saisit par les poignets : « Tu m'as trahi, tu vas mourir de mes mains ! » Médée se dégage violemment, prend le bras de son enfant, lance un cri et s'enveloppe d'un nuage. Sous les regards ébahis de son mari, de Thésée, Stef et Pirame, elle s'élève lentement du sol, hors d'atteinte. La voûte est si haute qu'elle flotte quelques instants, au-dessus d'eux, semblant attendre quelque chose. L'assemblée n'est pas au bout de ses surprises : un char ailé entre par les gigantesques fenêtres. Il est conduit par une drôle de silhouette, familière à Stef, qui cueille la sorcière et Médos avant de s'enfuir.

Libéré de l'envoûtement de son épouse, le souverain comprend l'étendue de son erreur. « Bon débarras ! » Égée et Thésée tombent dans les bras l'un de l'autre. Et c'est ainsi que le roi reconnaît son fils, publiquement.

*

* *

Stef et Pirame se sont retirés, laissant le souverain et son héritier à leurs retrouvailles. À peine entrés dans leur chambre, le chien se vautre sur le tapis, soupirant d'aise. Auparavant, ils sont passés par les cuisines et on leur a promis du gigot accompagné de pommes de terre, avec de l'eau fraîche. « Vive le room service ! aboie le chien. Manque plus que la télé et le câble...

— Pirame, c'est bizarre non ?

— C'est toi qui es bizarre... Tu devrais être comblé, on va déguster un repas de luxe ! D'ailleurs, ça tarde un peu... Passe-moi le téléphone, je vais appeler la réception !

— Sois sérieux deux minutes, s'il te plaît. Tu as entendu le cri de la vilaine Médée, lorsque Égée l'a menacée ?

— Tu prêtes trop d'attention aux détails.

— J'ai l'impression... qu'elle a hurlé "Sofia" !

— C'est un prénom grec, à ce que je sais. Elle doit avoir une suivante qui s'appelle comme ça.

— Et puis le char ailé est arrivé. As-tu vu qui le conduisait ?

— Une fille empêtrée dans ses voiles, pas de quoi fouetter un chat. Oh, comme j'aimerais fouetter un chat ! Que du bonheur. Fouetter un chat pendant que je savoure mon gigot...

— Elle ressemblait à Sofia, Sofia Stavros !
— Tu es ridicule. Ça suffit la gamberge ! »

On frappe à leur porte. Deux servantes apparaissent, les bras chargés. Elles déposent sur la table un véritable festin : les plats promis en cuisine, l'eau fraîche additionnée de miel, des galettes d'orge, des fruits, des olives vertes et du fromage. Elles quittent la chambre en faisant un clin d'œil à Stef, qui se met à rougir très fort. Le chien se moque : « T'as une touche, mon pote !
— Tais-toi et mange ! », reproche Stef, préoccupé.

Le jeune garçon a la langue qui lui démange. Il est sur le point d'appeler Zeus ou Hermès, pour demander des explications... Mais l'odeur du gigot est plus forte que son envie de savoir : à son tour il s'assied et déplie une serviette sur ses genoux.

Quelques heures plus tard, Thésée revient et s'étend, tout ému, sur l'un des lits. Il a accompli son rêve, approcher son père et se faire aimer de lui. « Ce soir, c'est la fête ! Mon père est si heureux de m'avoir retrouvé, et ses gens sont tellement ravis d'avoir été délivrés des charmes de Médée ! La Cour...
— Médée les avait ensorcelés ?
— Ben, elle les avait manipulés en tout cas. Elle avait terriblement séduit Égée. Donc, tout

Cécropia est au courant de nos retrouvailles et du départ précipité de la sorcière. Le peuple a décidé d'offrir des jeux et des sacrifices aux dieux pour les remercier. Et nous allons y présider !

— Heu, sacrifices ? Je n'aime pas beaucoup ça... » Stef est dubitatif. « Les jeux ne suffisent pas ?

— Comme tu veux, Stef... », sourit Thésée.

*

* *

Ainsi, au cours de la nuit, joutes, danses, concerts et discours se sont succédé. Athéna a rendu visite aux citoyens, les a félicités, a encouragé Thésée à ne pas s'interrompre en si bon chemin. Car les épreuves qui l'attendent sont encore nombreuses. « Nombreuses ? a protesté Pirame.

— Pacifier une région, exterminer des brigands, envoyer au diable une sorcière, c'est pas mal... Mais il y a encore du pain sur la planche.

— Ah oui ? » Pirame est déconfit.

« Le rôle de Thésée est d'imaginer des institutions qui réglementeront la ville..., explique la déesse.

— Une rigolade, quoi !

— Une mission d'une importance capitale, vous voulez dire ! Sans compter les Pallantides, le taureau blanc, et le terrible Minotaure...

— Par Zeus, je l'avais oublié celui-là... » Le chien se renfrogne.

« Vu ton âge, tes problèmes de mémoire ne sont pas si étonnants... »

Stef est surpris. C'est bien la première fois que la déesse fait de l'humour ! Sur ces mots, Athéna se volatilise. Thésée a continué de sourire, en dépit de l'avenir qui lui est programmé, s'il l'accepte. Si tout se passe bien, il prendra sa retraite... à peu près au Moyen Âge !

*

* *

En effet, le roi Égée n'a pas tardé à leur exposer ses problèmes, hum, qualifions-les de problèmes d'intendance. Le premier en lice ? Son propre frère Pallas et ses nombreux fils, les cinquante Pallantides, qui convoitent le trône de Cécropia et qui ne sont guère prêts à l'abandonner à ce fils sorti de nulle part. « Je me bats depuis toujours pour réaffirmer ma légitimité auprès d'eux... »

Au regard surpris de Thésée, Égée développe : « Mon demi-frère se gargarise, depuis le début, que je ne suis qu'un enfant adopté. Les Pallantides sont des comploteurs. Alors le fils prodigue qui est de retour, et dont la naissance leur semble plus qu'obscure, ça a de quoi les agacer ! Médée avait réussi à me convaincre que tu faisais partie de leur clan et c'est pourquoi j'avais résolu de t'empoisonner... »

Pour prouver sa valeur, une fois de plus, Thésée a immédiatement lancé un défi à ses cousins en leur faisant porter un message. Contre ces cinquante princes, le jeune homme a été le roi. Alors que les Pallantides considéraient que Thésée n'était qu'un usurpateur venu de sa cambrousse, ce dernier leur a, aussi élégamment que possible, botté les fesses ! Sans trembler, il a affronté les vingt-cinq des Pallantides qui marchaient sur Cécropia. Tandis que Stefanos et Pirame, aidés des alliés, ont résisté aux vingt-cinq autres qui leur avaient tendu une embuscade ! Prévenu, Thésée s'est empressé de revenir et de prendre l'ennemi à revers...

Concernant le deuxième problème, le taureau blanc, Thésée avait écouté les témoignages des paysans de Marathon, ville dévastée par ledit taureau au nord-est de Cécropia. Apparemment, il s'agissait d'un animal ramené par Héraclès, ce héros tant admiré par Thésée, depuis la Crète. Un animal magnifique, fort, dont les naseaux crachaient des flammes, et qui avait tué des centaines de soldats jusque-là.

Thésée, exercé par la laie de Crommyon, n'a pas hésité un instant. Il a fixé le taureau qui lui fonçait dessus, évalué la portée des flammes qui sortaient de ses naseaux, s'est faufilé pour attraper l'animal par les cornes. Alors que le peuple de Marathon se rassemblait pour assister au spectacle, Thésée a traîné le taureau blanc jusqu'à l'Acropole de Cécropia, où il l'a abattu sur le temple d'Athéna. L'Acropole signifie « la ville haute » et désigne en général une citadelle construite sur la partie la plus haute de la ville.

Thésée, c'est un fait, est à la fois un héros, un stratège militaire, un homme sage et courageux. Il est le digne successeur du roi Égée.

*

* *

Ce soir-là, en se couchant, Stefanos est heureux. « Et d'une mission, d'une ! Zeus va nous renvoyer aux Buissonnets pour qu'on se repose un peu, et vivement la nouvelle aventure !

— Stef, ce que tu peux être naïf ! grommelle Pirame. Tu as oublié le Minotaure ! On dirait que je ne suis pas le seul à me faire vieux... C'est ça, la grande épreuve de Thésée ! Quel ignare tu fais ! Le Minotaure et le Labyrinthe, c'est le b. a.-ba de la mythologie grecque ! »

Stef a intérêt à profiter de ce court répit qu'est la nuit. Il se couche, son impatience douchée...

*

* *

Île d'Hyria, mer Ionienne

Niobé lève la tête. La stalactite progresse ! Éris a accepté de lui révéler l'origine magique de la formation minérale, qui alimente la reine et le rocher dans le but de libérer la première de l'emprise du deuxième.

Némésis, déesse de la Colère et de la Vengeance, fille de Nyx ou d'Océan – nul n'est absolument certain –, envoie ses ondes négatives, puisées au fil de ses pérégrinations, à travers la formation minérale. Comment l'énergie transite jusqu'à cette grotte, mystère ; Éris est restée muette sur ce point. Au départ, la prisonnière n'a pas été très à l'aise avec l'idée d'être perfusée par une telle énergie. Mais voir ses monstres d'enfants retrouver peu à peu leurs traits humains l'a convaincue…

La reine déchue se frotte les mains et se plonge dans la contemplation de la flaque. Laquelle reflète tour à tour Éris et Stefanos. Ce dernier apparaît brouillé : la déesse de la Discorde l'a prévenue. Elle lui envoie des cauchemars ces temps-ci, ce qui perturbe les connexions.

Quant à Éris, elle se trouve en ce moment même à Cécropia. D'un doigt, parce qu'elle se sait observée, elle fait signe à Niobé de se calmer. Elle progresse dans ce qui semble être une gigantesque bibliothèque, tenant le Pacte serré contre elle. Elle s'apprête à le glisser, en grand secret, dans l'un des rayonnages qui court jusqu'au plafond, d'une hauteur d'au moins dix mètres. Niobé soupire de soulagement. L'endroit a l'air sûr et désert. Il est plongé dans la pénombre. Éris a affirmé que personne ne venait jamais dans ces lieux. Et que la meilleure cachette était souvent celle qui semblait la plus évidente ou la plus proche de celui ou celle à qui l'on souhaite dissimuler quelque chose.

Chapitre 19

LE MINOTAURE

Le soleil brille haut dans le ciel lorsque les trois amis se lèvent et se rendent dans la salle du trône. Égée est perdu dans ses pensées, un bol de lait de chèvre fume sous son nez, des galettes couvertes de miel n'attendent que son bon vouloir, en vain. Le roi lève la tête à l'entrée de son fils et son visage s'adoucit. Thésée s'inquiète : « Père, tu vas bien ? C'est le départ précipité de Médée et de votre enfant qui te chagrine ?

– Tu n'y es pas, mon fils. Je crois que cette bougresse m'avait ensorcelé et je ne suis plus amoureux du tout depuis hier, Zeus soit loué !

– Alors quoi ? Un des Pallantides songe encore à faire valoir ses droits au trône de Cécropia ? Le sacrifice du taureau n'a pas convenu à la déesse Athéna ?

– Non, non, rien de tout cela... Même si c'est d'un autre taureau qu'il est question. »

Égée a invité ses hôtes à s'asseoir, il a éclairci sa voix en toussotant pour mieux parler. L'affaire est sérieuse, l'heure est grave.

« L'un de mes farouches ennemis a pour nom Minos. C'est le roi de la Crète, cette si belle île du Sud. Il est fils de Zeus et d'une nymphe, Europe. Zeus avait pris la forme d'un beau taureau blanc pour la séduire. Il était tellement doux et gentil qu'Europe s'était installée sur son dos. Et Zeus l'avait conduite jusqu'en Crète ! Là, elle s'est mariée avec le roi, et le roi a élevé Minos comme s'il était son propre enfant. Minos avait une grande destinée...

— Fonder l'Union européenne ? », s'écrie Stef, content de sa trouvaille.

Tous le dévisagent d'un air circonspect. Décidément, ce garçon est bien étrange. « Hum, non. Minos a succédé au trône à la mort de son père adoptif. Il devait être aidé par Poséidon, dieu des Océans. Ce dernier a fait naître un taureau blanc, puissant et magnifique, sorti des flots, afin que Minos le lui sacrifie. Les Crétois ont applaudi et ont immédiatement consacré Minos. Malheureusement, Minos a estimé le taureau si beau qu'il a donné en sacrifice une autre bête au dieu. Poséidon n'a pas apprécié ce subterfuge de radin, et il a rendu le taureau fou, comme incontrôlable. À tel point qu'Héraclès a dû aider Minos à le maîtriser. Lequel taureau...

— Encore Héraclès, encore des taureaux, toujours Héraclès, toujours ce taureau ! soupire Thésée.

— Ça n'est pas tout, reprend le roi. Au début, Minos s'en est bien sorti. Son pays est devenu très puissant, il a nettoyé ses eaux des pirates qui y naviguaient. Sa réputation était excellente, il a conquis de nouveaux territoires. Son peuple était régi par des lois justes, inspirées par Zeus. Et puis Minos s'est marié...

— Les femmes ! Le vrai problème, ricane Pirame.

— Minos a épousé une femme très belle, appelée Pasiphaé, fille du soleil Hélios. Pasiphaé était une belle excentrique. Elle lui a donné deux filles, Ariane et Phèdre. Parallèlement, Poséidon a décidé de poursuivre sa vengeance. Il a fait en sorte que la reine Pasiphaé s'entiche de la bestiole qui devait être sacrifiée. Le problème est que de cette affection, un monstre a été engendré. Un monstre à corps humain et à mufle de taureau.

— Comment ! ? » Thésée est incrédule.

« Cesse de m'interrompre, je n'ai pas fini ! Ce monstre, Minos a bien été obligé d'en faire quelque chose. Il l'a fait enfermer, dans un labyrinthe conçu par un architecte très talentueux et ingénieux.

— Un architecte qui n'est autre que le célèbre Dédale ! aboie Pirame.

— Alors c'est de là que vient le mot dédale ! comprend Stef.

— Silence ! le coupe Égée. Si ça continue comme ça, on y sera encore cette nuit... »

Le roi avait résumé l'histoire du mieux possible. Dédale était un artisan et forgeron très habile, guidé par Athéna. Mais il avait jadis assassiné son neveu, jaloux de l'invention de ce dernier : le compas. Exilé en Crète, Dédale avait aidé Pasiphaé à revoir le taureau en la cachant dans un déguisement d'animal. Il avait dû avant cela réparer sa trahison envers Minos, et le monstre à mufle de taureau avait ainsi été enfermé dans un gigantesque enclos, le Labyrinthe. Un dédale de couloirs sombres et de salles obscures, affreux, totalement inextricable. Il était utopique d'espérer en sortir, une fois entré. Minos avait dû être infiniment soulagé de soustraire le Minotaure à sa vue, et à celle de son peuple.

Car le Minotaure, il fallait le nourrir ! Et ce dernier n'était pas franchement végétarien. « C'est cela qu'on appelle le régime crétois ? », ricane le mauvais esprit sur pattes appelé Pirame.

Égée ne relève pas et poursuit. Des années après, Minos est entré en guerre contre Cécropia, à cause d'une brouille idiote. L'un de ses fils – tout à fait normal celui-là, à tête et corps humains –, Androgée, a été assassiné par des Cécropiens dans des circonstances douteuses...

Une guerre s'en est suivie. Minos a armé ses bateaux pour dévaster la cité d'Égée. Il a attaqué la côte, s'est arrêté devant Mégare avant d'assiéger Cécropia sans parvenir à la dompter ou à l'anéantir. Ses troupes ont campé au pied des remparts, en vain. Minos a appelé Zeus à la rescousse, et le dieu des dieux a provoqué des séismes, lesquels ont causé des milliers de morts. À bout, Cécropia a fini par capituler : en représailles pour la mort d'Androgée, Égée et son peuple ont accepté de payer un lourd tribut. Tous les sept ans, désormais, Égée doit envoyer à Minos sept jeunes garçons et sept jeunes filles de Cécropia, qui seront donnés en pâture au Minotaure du Labyrinthe.

« Tu sais tout, mon fils ! conclut Égée. Je suis désespéré, car à la fin de la semaine, c'est-à-dire après-demain, je dois envoyer un contingent de jeunes gens vaillants à Minos. Or, les Cécropiens n'en peuvent plus et menacent de se révolter. Outre que ce sacrifice me fend le cœur, la stabilité de notre famille et notre autorité sont menacées. Que faire ? »

Que faire ? Thésée, Stef et Pirame sont consternés. Le roi ajoute : « C'est la troisième fois que je m'apprête à envoyer des Cécropiens en Crète. Le tirage au sort aura lieu dans l'après-midi, et je crains que mon peuple, cette fois, se rebelle... »

Une esclave aux yeux verts fait son apparition, peu vêtue, enveloppée de voiles vaporeux. Elle se trémousse et offre à Thésée quelques fruits dans une corbeille. Ce dernier est comme hypnotisé. Lequel de lui ou de Stef est le plus mature ? Alors que Stef, à quatorze ans, est capable de garder son sang-froid, d'essayer de réfléchir aux conséquences ou solutions du problème, Thésée, à seize, est quant à lui figé par l'apparition. À croire qu'il oublie le massacre à venir ! Il croque dans un fruit, ses yeux sont béats d'admiration.

Pirame murmure à l'intention de Stef : « Qu'est-ce qu'elle vient faire là, cette danseuse ? Elle n'est pas dans la légende... Sans doute encore un coup des Conjurés. Eux alors, ils n'en ratent pas une ! »

Stefanos flanque un coup de coude à Thésée qui sursaute. « Hum, bon, papa... Heu, père... »

D'un geste, Stef intime l'ordre à l'esclave de sortir. Ce qu'elle fait. Thésée se secoue, récupère ses esprits. « Père, il est indigne de toi, de cette cité, d'accepter cet odieux chantage ! Je vais nous débarrasser du Minotaure. Tu vas procéder au tirage au sort, comme il est convenu. Il ne faut pas alerter l'ennemi de nos changements de plan. Et je me rendrai en Crète avec eux, pour combattre le monstre !

— Mon fils, nous venons de nous retrouver, par miracle... Tu risques de mourir, je refuse l'idée de te perdre !

— C'est le sort de ceux qui gouvernent : prendre des risques et protéger ceux qui sont gouvernés. Les dieux seront avec moi ! »

Les épaules du roi s'affaissent. Il a pris dix ans en dix minutes.

« C'est reparti pour un tour », jappe Pirame, résigné.

*

* *

Après quelques sacrifices (en dépit des protestations de Stef) et un passage chez l'oracle de Delphes, que Thésée souhaitait consulter pour avoir un avis sur le succès de son expédition – il est positif, lui a assuré le vieil homme, à condition que Thésée se laisse guider par l'Amour –, on a préparé le navire funeste où embarquerait le contingent de jeunes gens promis à la mort.

Ce matin-là, le bateau est paré à s'éloigner de l'Attique. Sur le quai du Pirée, le port de Cécropia, les familles pleurent, maudissant Minos et Égée.

Thésée a préparé un modeste bagage et monte sur le vaisseau, escorté par Stefanos et le chien vaillant. Tous trois lèvent le menton et regardent les voiles noires qui sont hissées, en signe de deuil. Égée et Thésée ont convenu d'un code. Si le second sort victorieux de cette épreuve, il fera dresser la voile blanche pour le signifier à son père, de loin. Les deux hommes se sont embrassés, avec la fougue de ceux qui se sont longtemps cherchés et dont la route doit à nouveau se séparer, malgré eux.

Stefanos est ému de cette harmonie troublée par le destin et le danger. Il se demande si lui aussi, un jour, se serrera contre la poitrine de son père Aristée. Alors que le bateau quitte le port, un souffle de vent lui caresse le visage, et Stef a l'impression d'entendre la voix d'Hermès. Ou peut-être celle de Zeus. Qui sait. « Ton père ne t'a pas oublié. »

Sur le pont du navire, les futurs sacrifiés sont bien traités : vins délicats et mets raffinés se succèdent, afin d'adoucir les derniers moments de leur existence. Aucun d'entre eux n'a le cœur d'y toucher, jusqu'à ce que Thésée révèle le motif de sa présence parmi eux. C'est une explosion de joie qui s'ensuit ! Les gardes, censés surveiller le contingent de prisonniers pour éviter qu'ils se jettent à la mer ou s'enfuient à l'arrivée, se mêlent à la fête.

Quelques jours plus tard, les collines calcaires et escarpées de la Crète ne tardent pas à se faire entrevoir ; de même que des plaines où poussent le blé, le maïs et les agrumes qui font la richesse de l'île. Chez les prisonniers, la tension est palpable. En dépit des assurances de Thésée, leur angoisse est légitime... Qui aimerait être promis à servir de garniture au garde-manger du Minotaure ?

Le roi Minos accueille sur le port le navire des futurs sacrifiés. Il est entouré notamment par ses filles, la belle Ariane, Phèdre la réservée, ainsi que par son fils, Deucalion. Ces trois derniers sont les demi-sœurs et demi-frère du Minotaure, mais n'ont rien de commun avec le monstre. Dès que le navire accoste, Stef constate qu'Ariane est incapable de lâcher des yeux le magnifique Thésée ! La jeune femme est tombée amoureuse à sa seule vue. Le début de nouveaux ennuis ?

En descendant à terre, Thésée se présente à la famille royale ennemie comme le fils du roi Égée et parent de Poséidon. Il est venu pour délivrer le peuple crétois et celui de Cécropia de la malédiction, en tuant le monstre. En échange, Minos devra abandonner ses exigences en provenance du continent.

Ariane le regarde avec admiration. Le roi Minos a l'air amusé : il jette à l'eau un anneau d'or devant la foule, tout en défiant Thésée : « Si, comme tu le prétends, tu es parent de Poséidon, tu dois aller le repêcher pour ne pas faillir à la réputation de ton nom ! » Ariane pousse un grand cri et Stef plonge à la suite de Thésée. Et naturellement, en soupirant bien fort, Pirame les rejoint.

*

* *

Sous l'eau, Stefanos pensait se métamorphoser en crevette ou quelque chose du genre, mais n'en a pas eu besoin. Un groupe de dauphins s'est massé autour d'eux, les trois amis semblent avoir été dotés du pouvoir momentané de respirer sous l'eau. Les dauphins, en poussant de joyeux cris, les dirigent entre les plantes aquatiques. La nage dure peu, Stef et Pirame ressentent à peine le froid de l'océan ou le remous des vagues. Ils ont la sensation d'être dans leur élément ! Une sensation incroyable. Pas d'obstacle, une fluidité stupéfiante : comme dans les airs.

En face de lui, de Thésée et de Pirame (ce dernier est ridicule, les poils dressés par l'eau), un palais sous-marin se profile. C'est celui des Néréides, ces cinquante femmes qui symbolisent les flots de la mer, petites-filles du dieu Océan et de Gaia, la déesse de la Terre. Leur père, Nérée, règne sur les mers depuis plus longtemps que Poséidon lui-même !

Le palais est sublime, construit avec mille variétés de coquillages, percé de mille ouvertures vers la surface de l'eau, nacré. Stef est ébahi et émerveillé. À l'intérieur, les visiteurs venus de la Terre sont introduits dans le boudoir de Thétis. Une nymphe sage, qui a repoussé les avances de bien des dieux tout en en sauvant d'autres…

Thétis est magnifique, insondable, comme beaucoup de femmes que Stefanos a déjà croisées. Elle est entourée d'hippocampes et de créatures aussi belles qu'elle, ses suivantes. Stef en reste bouche bée : ce sont des sirènes. Leurs écailles irisées jettent un tel éclat qu'il est difficile de les fixer plusieurs secondes d'affilée. Leurs dents de perle, leurs mains aux doigts fins, leurs clavicules saillantes : tout, chez elles, est délicat et semble fragile comme du verre. Leurs longues chevelures bleues flottent et ondulent au gré des petits courants marins. L'une d'elles, qui détonne de ses sœurs avec ses boucles noires, joue de la flûte, mais interrompt sa mélodie envoûtante à l'entrée des visiteurs. Elle les scrute. Lorsque son regard noir se pose sur Stef, elle bat des paupières et baisse les yeux. Le garçon éprouve à son tour un étrange pincement au cœur, son souffle est comme coupé. L'asthme reviendrait-il ? Étonné, il porte la main à sa poitrine. Quelque chose au fond de lui chuchote qu'il connaît la sirène et que s'il vibre autant, à cet instant, c'est qu'elle a eu, a, ou aura, une importance pour lui. Il la détaille avec discrétion. Mais la sirène aux cheveux sombres, d'un coup de nageoire vigoureux, se place derrière les autres.

Thétis accueille ses hôtes. « Voici ce que tu es venu chercher, jeune héros ! » Elle remet à Thésée l'anneau jeté par Minos ainsi qu'un cadeau : une couronne confiée jadis par Aphrodite, déesse de l'Amour et de la Beauté. La couronne étincelle. « Grâce à cet objet, reprend la nymphe, la belle Ariane te cédera... » Thésée la remercie, impatient, prêt à repartir pour affronter son fichu Minotaure. Il fait demi-tour, suivi de Pirame et escorté par les dauphins.

Stef s'apprête à leur emboîter la nage. Mais Thétis retient ce dernier, en silence. Elle pose un doigt sur ses lèvres, attendant que les deux autres aient disparu de leur champ de vision. « Jeune garçon venu d'ailleurs, je sais que notre noble Zeus t'aide et te protège, à sa façon. Les Olympiens sont menacés, une Conjuration a été fomentée contre les nôtres. Je sens que je dois t'aider et que je le peux, ne me demande pas pourquoi... Où en es-tu de ton enquête ? »

Stef bafouille, entreprend de raconter les pièges lancés contre sa mission, perd le fil. Thétis soupire. « Les événements risquent de s'accélérer, tu dois être plus vigilant si tu espères aider Zeus et les Olympiens ! S'ils sont renversés, ce monde tout entier, passé comme avenir, sera modifié... Tu peux rétablir le juste ordre des mythes que tu traverses, mais ça ne sera pas suffisant, il faut absolument que tu ouvres bien les yeux ! Les attaques se multiplieront, à l'avenir. Les Conjurés savent que tu essaies de les démasquer ! »

Stef acquiesce. C'est la première fois qu'un être, hormis Zeus ou Pirame, aborde la question des Conjurés si directement. Il ne sait que répondre.

« Assieds-toi un moment, reprend la déesse. Règle numéro 1 : tu ne dois jamais perdre espoir en ce qu'il y a de bon en chacun de nous. Même les actes qui te semblent répréhensibles ne le sont pas toujours. Même les êtres qui te déçoivent... ne sont pas nécessairement mauvais. N'oublie pas cela. Les chemins de l'existence sont parfois ambigus. »

Stef reste coi. Jusque-là, il a suivi les aventures qu'on lui proposait sans se poser de question. Le doute l'assaille. A-t-il bien agi en acceptant de voir tués leurs ennemis ?

« Tu te mets beaucoup de pression sur les épaules, fils d'Aristée. » Stef tressaille. « Parlons de ton père. J'ai l'esprit vif... pour l'instant. Une étrange épidémie semble toucher les dieux, ces derniers temps... Ton chien, lorsqu'il venait de laisser sa peau de grenouille...

— De grenouille ? !

— Amusant, n'est-ce pas ? Il t'en parlera à l'occasion. Ton chien, donc, que j'ai croisé dans une autre vie avec Aristée...

— Tu as donc rencontré Aristée ? l'interrompt de nouveau Stef.

— Te souviens-tu du vieil homme de la mer, le dieu Protée ?

— Bien sûr, ô Thétis ! C'est lui qui m'a enseigné ce que je sais... Il m'a appris à contrôler mon pouvoir...

— Protée est l'un de mes voisins, et comme il craint de disparaître bientôt, il m'a fait part de la visite de ton père dans sa grotte, il y a longtemps. »

Stef est suspendu à ces révélations. Enfin quelqu'un qui éclaire une des facettes du personnage d'Aristée et, qui sait, pourrait expliquer sa fuite ?

« Aristée a commis un crime malgré lui. Il était tombé amoureux d'une femme merveilleuse, appelée Eurydice. Mais elle était promise à un héros, Orphée, fils de roi et d'une muse, donc à moitié dieu. Eurydice tentait de se sauver pour demeurer fidèle à Orphée, et en courant, elle a marché le jour de ses noces sur un serpent. Le reptile l'a mordue, elle en est morte... Aristée est devenu fou de douleur. Le drame ne s'arrête pas là. Une partie des abeilles de ton père avait accompagné Eurydice aux Enfers, l'autre était morte de maladie et de faim. Aristée était triplement orphelin !

— Pourquoi triplement ?

— Ta grand-mère Cyrène, mère d'Aristée, ne s'est jamais occupée de lui. Elle l'aimait, mais préférait courir les prés, et séduire... Mesure ta chance d'avoir Irini pour mère, si tendre et si constante ! Aristée, lui, n'a connu que l'abandon.

— Qui l'a élevé ?

— Le sage centaure Chiron. Et également des Muses, puis enfin les Heures, qui sont les maîtresses des Saisons. Il était si espiègle, si vif, qu'elles tombèrent sous son charme !

— Eh bien tu vois, qu'on ne l'a pas complètement lâché...

— Rien ne remplace une mère. Heureusement, Aristée a bénéficié de la tendresse des Heures... »

Thétis et Stef sont songeurs. Sans doute la première compatit-elle aux malheurs d'Aristée ; quant au deuxième, sa souffrance d'être orphelin de père trouve quelques explications – à défaut de justifications – à ses interrogations... Il se promet aussi de mettre un bémol aux engueulades qui l'opposent parfois à Irini...

« Cyrène a conseillé à Aristée de rendre visite à Protée. Ce dernier a d'abord refusé de l'aider, de lui prédire l'avenir ou de lui parler. Il s'est esquivé en se transformant en objets incroyables, en feu, en bête horrible, en eau courante.

— Je connais !

— Puis il a été touché par l'insistance de ton père, soucieux de réparer ses torts. Malheureusement, il ne pouvait rien pour Eurydice, c'était à Orphée de s'en charger. Mais Aristée devait s'excuser et pour se faire pardonner, il a offert quatre taureaux, une génisse et une brebis noire en sacrifice...

— ... Et ? »

La voix de Thétis faiblit soudain, alors qu'elle commence à grimacer de douleur.

« J'ai mal à la tête.

— Pardon ? ?

— Je ne sais plus ce que je voulais te dire. Te mettre en garde...

— Contre qui ? »

Visiblement, Thétis fait des efforts énormes. Elle plisse son noble front, qui se teinte de bleu. « Ou alors te recommander d'écouter quelqu'un...

— Un allié ? Hermès, peut-être ?

— Non... » Elle claque des doigts. « Dionysos ! Dionysos sera le prochain que tu devras écouter si tu veux progresser. Dionysos est le dieu des Soudards, pourtant c'est un dieu fiable. Tu dois l'écouter, parce qu'il a aidé Aristée. Et je ne vois aucune raison pour qu'il ne t'aide pas, toi.

— Qu'a-t-il fait pour mon père ?

— Eh bien... Bien. »

Thétis a terminé. Troublée, elle intime l'ordre à Stefanos d'aller nager ailleurs. Avant de quitter le palais marin, l'adolescent tente d'apercevoir le visage de la sirène aux cheveux corbeau. Bien cachée derrière ses congénères, elle ne se montre pas. Mais un air de flûte entraînant accompagne Stef vers la surface.

Chapitre 20

LA CRAIE D'ARIANE

Le garçon remonte des profondeurs, dans le sillage de Thésée et Pirame. Au sortir des vagues, Minos et les siens les attendent : ils sont stupéfaits de voir que Thésée rapporte l'anneau, avec en prime une couronne qui étincelle sous le soleil et qui provient de la déesse de l'Amour en personne !

Quelques Crétois aident les plongeurs à revenir sur le rivage. Après tout, ils représentent la future alimentation du Minotaure, il ne faudrait pas que la chair fraîche tombe malade ! Leurs corps sont trempés, ruisselants de l'eau de mer salée, bronzés par leur séjour sur le bateau et par leurs épreuves récentes. Ariane est troublée. Lorsque Thésée, sans se sécher, lui fait cadeau de la couronne, elle tombe sous le charme et le dissimule mal. Stef soupire. Les femmes...

Ariane s'empresse de suivre le cortège royal mené par son père, qui retourne vers le palais, à Cnossos. Un endroit magnifique, dans lequel on pénètre par la cour côté ouest. On les fait traverser cette aile par de longs couloirs en épi qui longent des salles servant de « magasins » – des réserves de nourriture. « Et après, on nous dit qu'ils doivent importer de la bouffe de Cécropia ! », soupire Pirame.

Minos a décidé d'envoyer les sacrifiés dans le Labyrinthe du Minotaure dès le lendemain. En attendant, des chambres – gardées naturellement, mieux vaut éviter que la nourriture du Minotaure se fasse la malle – leur ont été attribuées dans la magnifique résidence. On leur a servi de copieux dîners – « Ils nous engraissent ! », a ricané Pirame, sarcastique comme à son habitude. Pour une fois, il ne se sent pas très à l'aise.

En silence, la procession a avancé à l'intérieur du palais, parmi des colonnes renversées en bois rouge. Ils ont vu la salle du trône, fièrement occupée par le siège royal en stuc, recouvert de fresques à griffons sur fond pourpre ; ils ont admiré, malgré l'heure critique, les puits de lumière entre les pièces et la crypte aux piliers, sanctuaire principal du palais. Aux étages se situent les pièces les plus importantes : les salles de réception et les bureaux où l'administration crétoise s'organise. L'immense cour centrale est décorée de nombreuses fresques de scènes de tauromachie. Les garçons et le chien frissonnent.

*
* *

Stefanos a recours à la magie pour s'assurer que Thésée ne commet pas de bêtises qui compromettraient sa réussite. Car ils ont été placés dans des chambres séparées, au cœur des quartiers royaux, au sous-sol et au rez-de-chaussée de l'aile est... Stef se transforme en lézard et se faufile. « *Savra !* σαύρα ! »

Et fait bien ! Il a assisté à une entrevue fondamentale dans l'affaire du Minotaure : celle de Thésée et d'Ariane.

La fille du roi, énamourée, a trouvé le moyen de rendre visite au héros, qui dévore une cuisse de poulet et descend une amphore de vin coupé à grosses goulées. Un vrai soldat... Il agit exactement comme un être qui n'a rien à craindre du lendemain, ce qui impressionne quelque peu la fille du roi. « Tu n'as donc pas peur, valeureux Thésée ?

— Bien sûr que si. Mais la peur n'évite pas le danger... »

Stef ne dit rien mais n'en pense pas moins. Les adolescents se regardent, et le danger auquel Thésée fait allusion décuple leur attirance réciproque. Stef en détournerait presque ses yeux de lézard, lui qui est posté sur le guéridon près de l'entrée. Mais si dégoûtante qu'il juge la scène, il doit se concentrer.

« Même si tu triomphes de mon demi-frère, ce monstre de Minotaure qui nous terrorise tous, tu ne parviendras pas à sortir du Labyrinthe. Il a été conçu pour que les hommes y entrant y restent, jusqu'à ce que mort s'ensuive !

— Que proposes-tu, belle princesse ?

— J'ai eu une idée. Je ne pourrai pas t'aider lors du combat, lorsque le monstre te sautera dessus. Mais je peux intervenir pour que tu puisses t'évader du dédale.

— Tu en connais les plans ?

— Hélas non... Mais voici une craie pour tracer sur les murs ton chemin et le retrouver ensuite.

— Une craie ? !

— C'est le seul stratagème qui me soit venu..., avoue Ariane, rouge et contrite devant la déception de Thésée.

— Si tu le dis... »

Pour Stefanos, quelque chose cloche. Il repense aux cours de Durand, qui a déjà évoqué le Minotaure lors de l'une de ses habituelles digressions, pendant les heures intenables à Saint-Antoine. Il est censé ne parler que de versions latines, mais il s'égare souvent... Or, Stef ne se souvient absolument pas d'une craie ! Et pour cause : une craie pourrait facilement se briser sur les anfractuosités du mur et être réduite en miettes avant la fin de leur exploration. « Je dois faire un effort, se dit-il, je dois me souvenir de mes leçons ! Pour une fois que le vieux nous informait d'un truc important ! »

Stef a alors une illumination : dans le mythe, Ariane ne faisait pas cadeau d'une vulgaire craie à Thésée, mais d'une pelote de fil ! *Le fil d'Ariane*, c'est une manière de désigner ce qui permet de se sortir d'une difficulté, de résoudre un problème... Cette idiote a-t-elle zappé l'idée soufflée par Dédale, tout occupée qu'elle est à battre des cils avec cet autre idiot de Thésée – tout occupé à la regarder battre des cils ? Stefanos monte sur le mur et se faufile dans une anfractuosité, tout proche des oreilles des amoureux. Il se met à zézayer : « Pelote de filll zzz ! Pelote de filll zzz ! » La jeune femme, qui était sur le point d'embrasser son nouvel amoureux, se redresse et s'exclame : « Nous sommes aidés par les dieux ! J'aurais dû y songer, une pelote de fil, que je tiendrai par une des extrémités pendant que tu t'aventureras dans le Labyrinthe ! Nous ne perdrons pas tout à fait le contact, de cette façon... Je te l'apporterai demain. Débrouille-toi pour la dérouler discrètement derrière toi. »

Avant de laisser le héros se reposer cette nuit, Ariane lui arrache une promesse : « Tu dois me jurer de m'épouser et de m'emmener loin de la Crète, dans ta magnifique cité de Cécropia, lorsque tout sera terminé.

— Tu as conquis mon cœur…

— Je te rends la couronne de Thétis, pour que tu y voies plus clair dans l'obscurité des couloirs. »

Ici, la pudeur oblige Stefanos le lézard à quitter les tourtereaux, visiblement au seuil d'un moment d'intimité. Il décide de se rendre chez la belle Ariane. Qu'elle n'ait pas pensé à la pelote de fil d'elle-même lui paraît louche, et il décide d'en avoir le cœur net.

Il serpente dans les couloirs du palais, avec un goût de déjà-vu, redoutant que Zeus le stoppe à nouveau pour lui faire réintégrer sa vie de tous les jours à Boulogne. Le palais est gigantesque, un labyrinthe qui préfigure la suite… Stef accède au gynécée, le quartier des femmes, par un escalier avec trois volées qui s'enroule autour d'un puits de lumière.

À la porte des appartements de la princesse, il se contorsionne et entre. Et là, Stefanos a la surprise de sa vie ! Zeus l'a-t-il renvoyé aux Buissonnets ou à Saint-Antoine ? Car la jeune fille qui est assise sur la couche d'Ariane est… Sofia Stavros ! Elle passe et repasse nerveusement la main dans ses cheveux. L'occasion de ruiner son brushing en se transformant en brosse ? Stef se refrène.

Le garçon, stupéfait, redevient l'être de chair et d'os habituel. Sofia manque de choir d'étonnement puis se reprend. « Mon Dieu, Stefanos Alias... Tu en as mis, du temps ! D'où sors-tu ?

— On dit nom de Zeus ! Sauf si tu ne t'inquiètes pas de ses foudres... Tu savais que je... hum, que l'Antiquité et moi...

— Mouais, tu sais, nous les filles on est perspicaces... Tu es rentré de week-end bronzé et amaigri, tu avais l'air plus que bizarre ; la conclusion n'était pas difficile à tirer.

— Ben dis donc... » Stef est vexé de n'avoir pas su cacher son jeu, et en même temps heureux de constater que ses hypothèses étaient fondées.

Zeus intervient. « Les enfants, je vois que vous vous êtes retrrrouvés !

— Le voilà qui recommence à rrrouler, soupire Sofia.

— Du rrrespect, ma fille, du rrrespect !

— OK, alors qu'est-ce qu'on fait, réunis auprès de ce faux héros ?

— Il fera la légende ! proteste Stef.

— Ouais, et Ariane ne va pas se faire avoir, peut-être ? soupire la jeune fille.

— Comment ça ? »

Stef et Sofia se font face, agacés. On les dirait dans la cour du collège. Zeus intervient. « Brrreak, stop, pleazzze! Comment on dit, de vos jours, les djeunsss ?

— Explique-moi pourquoi Sofia conduisait le char ailé de Médée, quand la sorcière s'est enfuie...

— Magicienne, pas sorcière ! riposte la collégienne.

— Ne joue pas sur les mots.

— Ah ça non, j'y tiens ! Médée n'est pas une sorcière.

— Tout comme Ariane n'est pas une traîtresse ? Ne fais pas la maligne, la princesse s'apprêtait à offrir à Thésée une pauvre craie pour garder le cap dans le Labyrinthe...

— Nous n'y sommes pour rien ! Aphrodite, qui lui a rendu visite, lui aura retourné le cerveau...

— Tout cela n'est que vue de l'esprrrit ! » assène Zeus.

Le dieu tout-puissant rétablit la vérité. Effectivement, Médée a quelques circonstances atténuantes, et effectivement, Ariane n'a pas tenté de duper Thésée.

Sofia approuve : « Tu sais ce qu'on dit, Stefanos ? Que l'amour rend aveugle... bête... L'histoire de la craie ne fait pas d'Ariane une traîtresse !

— Alors pourquoi n'agis-tu pas pour contrecarrer sa bêtise ? Pourquoi dirait-on que

Mâdâme agit comme... comme un agent perturbateur ? » Le mot est lâché, Sofia regarde Stefanos, furieuse.

« Et pourquoi n'agis-tu pas, toi, pour empêcher Thésée de briser les cœurs ? Ça n'est pas toi qui as réconforté Périgouné ou Alopé ! Ça n'est pas toi qui as écouté les arguments de la pauvre Médée, ou qui l'as empêchée de se jeter par la fenêtre quand le trône de Cécropia lui a échappé !

— Pauvre ? On croit rêver ! » Stef manque de s'étrangler.

Zeus les rappelle à l'ordre. « Tous les deux, vous possédez des pouvoirs et vous vous recroiserez. Stef accompagne certains héros, Sofia accompagne les héroïnes. Stef est protéiforme, Sofia est télékinésiste.

— Télékiné quoi ?

— Je fais bouger les objets sans les toucher, espèce d'ignare.

— Ah, c'est comme ça que tu remportes les parties de billard au Latéral, avoue !

— Cessez de vous considérer comme des ennemis ! Vous n'avez pas les mêmes missions, un point c'est tout ! Enfin, sauf celle de me donner un coup de main avec les Conjurés. Oups, Héra m'appelle... À la prochaine ! » Le dieu disparaît.

« Pratique, comme excuse ! raille Stef.

— Et quelle est la mission de Jules, selon toi ? »

Sofia vient de poser la question qui fâche, celle qui brûle les lèvres de Stef depuis quelques instants sans qu'il ose la formuler. « Tu crois vraiment que...

— Allons, tu l'as bien constaté, comme moi, à l'école la sem...

— Zeus aurait pu nous en parler !

— Et s'il était trop tôt ?

— Dans ce cas, nous finirons bien par le découvrir... ou par lui tirer les vers du nez lors de notre prochain passage au collège. En attendant, il se fait tard. Je dois retourner me coucher pour être d'attaque demain... Thésée aura besoin de toutes mes compétences !

— Parce que tu en as, des compétences ? »

Stef serre les poings. « Plus que tu ne l'imagines, vipère !

— Je croyais que c'était toi, le reptile... Rappelle-moi comment tu es entré ici ? Je vais te faire une fleur : sors par la porte...

— Ça va, ça va... Tu n'essaieras pas d'empêcher Ariane de saisir le bout de la pelote de fil, promis ?

— Quel bout ? Quelle pelote ?

— Nom d'un chien, ce que les femmes sont bêtes... Tu es amoureuse, toi aussi ? La pelote qu'Ariane doit tenir, qui sauvera Thésée d'une mort sous terre...

— Juré craché. Sauve-toi, j'entends Ariane qui revient. »

*
* *

Île d'Hyria, mer Ionienne

Éris est essoufflée. Elle revient du mont Olympe, où elle a été convoquée par Zeus. Ce qu'elle déteste cet endroit ! Ces nuages, cette herbe grasse qui ondule sous la brise, ce ciel qui change de nuances sans crier gare... Tout est trop idyllique et trop paisible à son goût. La déesse aime ce qui bouge, ce qui tressaute, ce qui fait des vagues !

Zeus l'a une fois encore sévèrement tancée. Difficile de nier qu'elle trafique quelque chose contre l'ordre. Faute de preuves, cependant, Athéna a dû la relâcher. « Ils ne faisaient pas la fine bouche, lorsque je les ai aidés ! », se souvient Éris. Jadis, elle avait en effet secondé Zeus lors de combats guerriers. Il l'avait envoyée sur les champs de bataille afin que, de son souffle perturbateur, elle incite les chefs des factions en place à plus de hargne et de vigueur. Et comment avait-elle été récompensée ? Par un bref remerciement. Pas de cadeau, pas de privilège spécial, rien...

Arès, dieu de la Guerre et de la Destruction, dont elle était assez proche, avait tenté de la calmer. En vain. Avec du recul, Éris pense que ce dernier est un lâche. « Il avait du potentiel, mais sa villégiature sur l'Olympe l'a complètement ramolli ! » Elle avait tenté de le gagner à la cause des Conjurés, discrètement : peine perdue. « Trop de confort tue la vitalité ! », se persuade-t-elle.

Sur l'Olympe, après sa convocation, Éris avait tenté de s'approcher du temple d'Aristée. Le dieu disparu la fascine, sans qu'elle soit prête à l'avouer. Elle trouve un certain panache à l'exil qu'il s'est choisi. La demeure était verrouillée et gardée par des Centaures. Elle s'était éloignée pour revenir sur Hyria, se promettant d'y retourner. Quelque chose lui murmure qu'à l'intérieur elle trouvera peut-être de quoi nuire à son jeune ennemi : Stefanos.

Chapitre 21

LE LABYRINTHE

Thésée et ses compagnons se lèvent, se préparent et sont conduits au Labyrinthe – tout proche du palais – en début d'après-midi avec le groupe de Cécropiens. Ariane tend discrètement la pelote au héros. Certains la remarquent, mais ne disent rien. De loin, Stef aperçoit Sofia et lui fait un petit geste de la main, auquel elle répond timidement. Thésée, son ami et le chien s'engagent dans le premier couloir de la tanière du Minotaure – recommandant aux jeunes Cécropiens de se tenir pas trop loin de l'entrée et d'attendre leur retour. Les gardes de Minos sont postés un peu partout à l'extérieur, jusque dans le port de Cnossos, pour empêcher les prisonniers de s'échapper par la terre ou par la mer.

Très rapidement, l'ambiance se fait viciée, avec des relents de soufre. La couronne lumineuse éclaire faiblement, comme si elle souffrait du manque d'oxygène. Les murs suintent, comme s'ils pleuraient. Ici et là, quelques torches qui ont cessé de flamber.

Le chien se plaint. « Ce que c'est humide, par ici ! Pourquoi m'inflige-t-on cela, à moi, si âgé...

— En tant qu'ancienne grenouille, l'humidité ne devrait pas te faire peur ! rit Stef.

— Oh, maudite Thétis... Elle m'a vendu ! »

*

* *

Au bout de cinq à six kilomètres vers ce qui semble être le sud-est, Stef trébuche. Il se rattrape comme il le peut en s'appuyant contre la paroi du boyau sombre dans lequel ils se sont engagés. Il découvre avec horreur qu'il vient de buter contre... un tas d'ossements ! Contrairement à ce que l'on pourrait penser, Pirame n'est pas ravi du tout. Il a beau être un chien qui parle et adore la viande, le tas d'os ne l'inspire guère... Thésée continue de dérouler le fil de la pelote derrière eux, et heureusement ! Ils ont emprunté tant de galeries, ont dû choisir aléatoirement tant d'embranchements, et les carrefours se ressemblent à tel point qu'ils seraient sans ça perdus depuis belle lurette !

Leurs pas résonnent dans le couloir humide. Leurs chuchotements se transforment en échos qui se répercutent au loin. Les trois parviennent à une grande salle, où le plafond est à moitié effondré. Stef est tellement soulagé de voir un bout de ciel se profiler ! À sa grande surprise, la nuit va tomber, les lueurs de cette fin de journée sont orangées.

Il se tourne vers les autres. Tous ont marché des heures durant, sans rien manger, buvant simplement un peu de l'eau des gourdes qui leur ont été remises à l'entrée du Labyrinthe ! Thésée et Pirame ont fait le même constat. Ils décident d'une pause nocturne.

Les héros fatigués s'adossent contre un mur, ouvrent leurs besaces respectives. En Crète, les condamnés sont bien traités ! Sans piper mot, ils se mettent à manger. Pirame s'exprime le premier. « Et si le Minotaure n'existait pas ?

— Les os, tu as oublié les os ?

— Ah oui, c'est vrai...

— Bah, c'étaient peut-être ceux de rongeurs morts de vieillesse... »

Thésée jette une cuisse de poulet rognée devant eux. « Et si les os étaient ceux... des cuisses de poulet mangées par les prisonniers, et non ceux des prisonniers en question ?

— Mais oui bien sûr ! râle Stefanos. Et moi, je m'appelle Alice au pays des merveilles, c'est ça ?

— J'ai une idée ! »

Les yeux de Thésée brillent, soudain. « Et si nous retournions dès demain matin à la surface, grâce au fil ? Oui, on racontera qu'on a vaincu le monstre, que tout est terminé, qu'il ne faut plus envoyer de victimes dans le Labyrinthe ! Puisqu'on cessera de fournir de la viande au Minotaure, il crèvera de faim dans son coin, et fin du bouquin ! »

À quelques kilomètres de là, on entend alors un hurlement affreux, inhumain, qui enfle, qui brise les tympans et glace le sang. « Même à l'extérieur du Labyrinthe, le cri du Minotaure est plus qu'audible ! conclut Stefanos, sarcastique. Ça sera joli, tiens, de pipeauter Minos en expliquant qu'on a tué la bête, pour être démentis immédiatement après par un de ses mugissements ! »

Thésée replonge le nez dans sa besace. « Mais tu sais ce qui me chagrine, Thésée ? Outre le fait de peut-être perdre notre peau dans les heures qui viennent ?

— Quoi donc ?

— Ton manque de courage et d'honnêteté ! Mais enfin, à quoi pensais-tu ?

— C'était peut-être de l'humour, émet Pirame.

— Non, ça n'était pas de l'humour ! Tu as peur, Thésée, reconnais-le !

— Oui, j'ai la trouille. La pétoche. Les boules, comme tu dirais !

— V'là qu'il se met à parler comme un garçon moderne... La faute à qui ? » Pirame pose une patte sur sa truffe.

« Dans quelle galère me suis-je embarqué ? En suivant les conseils de qui ? Minos devrait se débrouiller tout seul !

— Et obliger ton père à sacrifier des vies sans sourciller ? Tu n'aurais pas supporté la vie de palais à Cécropia, sachant cela. Et puis, le peuple grondait, menaçait de se révolter ! Thésée, tu as agi en fonction de ce que ton rang te dictait, rien d'autre ! Tu n'aurais plus pu te regarder dans un miroir... »

Pour la première fois, Thésée s'est mis en colère. Et pour la première fois, il s'est excusé. Honteux. Les trois se sont enroulés dans leurs couvertures, décidant de monter la garde à tour de rôle. Ils ont tiré à la courte paille, et c'est Pirame qui a été désigné. « Formidable ! », a gémi l'animal.

*

* *

Stefanos est éveillé par une double nuisance : le ronflement de Pirame, qui s'est endormi pendant sa garde, et un bruit de pas dans une des galeries qui mènent à leur salle... Il se lève d'un bond, secoue Thésée et Pirame en mettant son doigt devant ses lèvres. Le Grec saisit son épée, Stef se dit que la prochaine fois il demandera une dague à Zeus ; Pirame se place prudemment derrière eux. Le pas approche, hésitant, ou désireux de tromper l'adversaire...

Un homme entre dans la grande salle, titubant presque. Il est vêtu de loques, son air est hagard, ses muscles sont comme atrophiés et ses membres sont d'une maigreur à faire pleurer. Il tombe à genoux devant les héros. « Pitié, un peu de pain ! exhale-t-il.

— Qui es-tu ? » Thésée s'approche.

« Un survivant, le dernier rescapé du Labyrinthe... »

Stef estime son ton beaucoup trop larmoyant. Immédiatement, son alerte intérieure « Conjurés » se déclenche. Sinis le géant s'était bien transformé en vieillard, alors... Il hurle : « Attention, cet homme est le Minotaure, j'en suis sûr ! » Comme pour lui répondre et le contredire, un long hurlement de bête sanguinaire retentit dans le dédale non loin d'eux.

« Stefanos, cesse d'être si méfiant ! assure Thésée. Homme, il faut nous narrer tes mésaventures... » Il invite le survivant à s'asseoir et lui offre une *maza* dans laquelle l'étranger mord avec délices. Il se désaltère avidement à la gourde d'eau. Stefanos le garde à l'œil, celui-là, et l'interroge. « Comment se fait-il que tu aies, hum, survécu sept ans, depuis l'arrivée du dernier contingent de prisonniers cécropiens ?

— Je suis crétois.

— Comment ??? s'exclament en chœur Thésée, Stef et Pirame.

— Ben oui, vous croyez que la cargaison en provenance de Cécropia suffit à combler l'appétit du Minotaure ? J'ai été condamné au supplice du Labyrinthe juste avant votre arrivée. C'est une expérience atroce, et la promesse d'une fin de vie abominable. J'ai entendu mes compagnons hurler de souffrance, lorsque le Minotaure les a débusqués et dévorés, un à un, morceau après morceau...

— As-tu vu le Minotaure ? À quoi ressemble-t-il, est-il aussi horrible qu'on le dit ?

— Pire. Ses naseaux sont plus énormes que... que...

— Que cette gourde ? demande Thésée, en brandissant la sienne.

— Parfaitement. Et ses yeux sont globuleux, injectés de sang, un sang rouge et épais. Toute sa tête vous donne envie de vous suicider, tellement il est laid. Il bave, son haleine empeste le rat crevé et le fromage pourri ! »

Stef bondit. « Rat crevé » et « fromage pourri » sont des expressions typiquement utilisées par... un certain Jules ! Stef saute à la gorge du misérable, sous les yeux effarés de Thésée et Pirame. « Mais qu'est-ce qui te prend ? », hurlent-ils de concert. Pourtant, Stef a eu raison. L'étranger disparaît sous leurs yeux ébahis !

Thésée observe alors Stefanos avec méfiance. Une lueur qui fait froid dans le dos traverse les prunelles du héros, qui apostrophe son camarade avec brutalité : « Comment savais-tu ?

— Quoi donc ?

— Qu'il fallait se méfier de ce type ! Tu le connais ? Tu es déjà venu dans le Labyrinthe, auparavant ?

— Pas du tout, crois-moi...

— Comment se fait-il que tu sois toujours alerte, plus au courant que moi ? Que ton chien te prévienne parfois ? Sais-tu des choses que j'ignore ? Es-tu sous la protection d'un dieu ? C'est peut-être de toi qu'il faut se méfier... Qui me dit que tu ne m'attires pas dans des traquenards épouvantables ? »

Pirame gémit. Tout est un cauchemar, dans ce Labyrinthe. Si les alliés se mettent à douter, c'est la fin de tout ! Tout se passe comme si les lieux faisaient ressortir la part la plus sombre de Thésée. Où s'est envolé le jeune homme joyeux, courageux, confiant en lui et en ceux qui lui apportent leur concours au péril de leur vie ?

« Tu t'égares, Thésée, jette froidement Stefanos. Je mets ça sur le compte de la fatigue. Je suis là pour t'aider, uniquement.

— Et devenir héros à la place du héros ?

— *Iznogoud* version antique, aboie Pirame. Thésée, t'as pété les plombs !

— Et ce cabot qui parle de façon si bizarre, je ne comprends pas la moitié de ce qu'il grogne, est-ce que ça n'est pas étrange ? Je n'ai posé aucune question depuis notre départ, j'aurais dû... »

Un rire de femme se propage dans les couloirs, comme une crécelle, envoûtante et paralysante à la fois. Stef serre les poings et marmonne « Éris ! », convaincu que le Labyrinthe n'est pas si désert que cela et que les Conjurés guettent. Thésée referme la bouche et crispe à ce point ses maxillaires que sa mâchoire est prise d'un tremblement.

Il s'enroule dans une couverture, sa longue épée contre lui, et grommelle : « C'est uniquement parce que je refuse de vous abandonner à la mort que j'accepte votre présence. Si on se séparait, vous n'auriez aucune chance. Mais je vous ai à l'œil ! »

*

* *

Stefanos veille, découragé malgré lui. Il a la sensation que dans chaque coin obscur se cachent mille démons prêts à les assaillir s'il a le malheur de fermer une paupière. De plus, la crise subite de Thésée n'est pas faite pour le rassurer. Il espère sincèrement qu'une courte nuit de sommeil suffira à lui faire reprendre ses esprits. Dire que Thésée est persuadé que Stef veut lui voler la vedette. On dit que la nuit porte conseil… Au sein de la troupe, elle n'a pourtant apporté que de la rancœur, doublée d'une angoisse tenace qui leur porte sur les nerfs. L'estomac de Stef gargouille, il grignote un morceau de *maza* sèche. La feta qu'il sort de sa besace lui rappelle les mots de l'étranger, qu'il soupçonne fortement d'être un Jules métamorphosé. « Ennemis dans la vraie vie, ennemis dans le mythe ! », songe-t-il.

Au petit matin, un rayon de soleil qui filtre par la voûte leur rend un semblant de détermination. Il ne faut pas s'attarder, Thésée choisit donc de s'engouffrer dans le noir – veillant à ce que le fil traîne derrière lui. Le boyau dans lequel ils progressent désormais est envahi d'une puanteur de plus en plus intenable. « Nous approchons du but, c'est certain ! », fait Thésée.

En effet, les compagnons ne tardent pas à déboucher dans une salle immense, qui est en réalité le garde-manger du Minotaure. Des corps en décomposition traînent, attendant d'être grignotés jusqu'à l'os. Nulle trace de vie humaine en dehors d'eux. Stef se bouche le nez et tâche de ne pas laisser ses yeux s'attarder sur l'abominable spectacle. Et c'est alors que la bête monstrueuse se montre.

Le Minotaure est impressionnant. Deux mètres cinquante de haut, deux cents kilos de muscles, une fumée qui sort de ses naseaux, une odeur puissante et atroce de purin qui se dégage de lui, une voix de stentor qui parle comme un être humain. Voilà ce qui impressionne Thésée, Stef et Pirame. Cette chose ressemble à un homme (très bodybuildé) qui aurait revêtu un masque de taureau (du genre effrayant), qui mugit tout en parlant (comme Dudu), qui aurait besoin d'une épilation (comme La Poison) et qui sent diablement mauvais (comme les deux) ! Le fromage, c'était un doux euphémisme !

Le Minotaure racle son pied gauche, qui se termine par un sabot, s'apprêtant à foncer sur les apprentis héros. Le combat est rude, et tous les trois y participent. Pirame a dû oublier sa couardise en route, car il se suspend par les crocs à l'un des mollets poilus du Minotaure, tandis que Stefanos le distrait en tournant autour et que Thésée, maniant l'épée et le poing, assaille la bête. Étonné par tant de résistance, le Minotaure recule... et s'enfuit par l'une des galeries sur leur droite !

Thésée est ébahi. « C'est tout ? » Il était prêt à se battre jusqu'au crépuscule. Il souffle une seconde, et apostrophe Stefanos. « Tu t'es bien défendu, camarade. Désolé pour notre dispute d'hier. Tu es un futur héros, autant que moi-même. Et le chien est plus tenace que je ne le pensais !

— Fini de me traiter de cabot, maintenant ? »

Thésée promet.

« Au lieu de nous congratuler, intervient Stef, restons sur nos gardes ! C'est extrêmement louche que le monstre ait filé ainsi. À mon avis, il nous attend quelque part...

— Poursuivons-le ! »

Thésée s'engouffre dans le couloir qu'a emprunté le Minotaure, talonné par Stef et Pirame. Aucun ne remarque l'ombre malveillante qui se glisse derrière eux, dangereusement près du fil d'Ariane...

Le trio ne tarde pas à sentir le Minotaure tout proche. Son odeur pestilentielle le trahit. « Restons collés les uns aux autres ! », recommande Thésée en chuchotant. Stef a la bonne idée, soudain, de regarder derrière eux. Il a raison, parce que c'est de là que le danger s'apprête à fondre sur eux ! Le Minotaure se jette au milieu des garçons, et la lutte recommence. Il esquive, détale à nouveau par une autre galerie, poursuivi par ses assaillants.

Stef pressent soudain ce que le monstre a en tête : il est en train de les égarer dans le dédale que lui seul maîtrise... Il veut les fatiguer suffisamment pour avoir le dessus ensuite. Heureusement que le fil... « Le fil a été sectionné ! », s'exclame alors Stef, tout en attirant l'attention de Thésée.

Consternés, perdus dans le noir, les garçons tentent de mettre au point un plan d'urgence.

« Retournons un peu en arrière ! suggère Stef. Au dernier croisement, nous pourrions nous déployer en plusieurs endroits, et attendre en silence pour surprendre le Minotaure. »

Tous trois rebroussent chemin le plus discrètement possible, rasant les murs suintants et couverts de toiles d'araignée. L'une d'elles, si énorme, a fait sursauter Pirame quand elle est tombée sur son échine. Il a poussé un long gémissement qui a conduit Thésée et Stef à lui lancer un regard noir. « Il faut faire le moins de bruit possible, Pirame ! On n'entend plus le Minotaure, qui doit être aux aguets lui aussi...

— Eh, si tu crois que je l'ai fait exprès... Je suis sûr que le cliquetis de ton épée s'entend à des kilomètres...

— Taisez-vous tous les deux ! ordonne Stef. On approche d'un carrefour, plaçons-nous de façon stratégique... »

Thésée se glisse dans une anfractuosité, Pirame s'aplatit au sol dans l'ombre d'un roc saillant, tandis que Stef grimpe le long d'une paroi. Il a repéré un interstice, à quelques mètres de hauteur, et se dit que cela constitue un poste d'observation idéal et un point duquel il pourra sauter sur le dos du Minotaure si celui-ci passe à proximité.

Quelques minutes, longues comme des heures, s'écoulent. Soudain, un roulement de pierres leur serre la gorge à tous. Le sabot du Minotaure, dont le corps s'avance lourdement dans le carrefour. Il est à équidistance des trois héros, puis se dirige vers l'une des galeries. Il s'interrompt pile en dessous de la planque de Stef qui hésite : doit-il se ruer sur lui en premier ? Instinctivement, il saisit une énorme pierre.

Pirame se lance entre les jambes du monstre, qui en est déséquilibré. Stef en profite alors pour lâcher la pierre directement sur la gueule du taureau furieux, lequel reste sonné pendant trois ou quatre secondes. Le temps pour Stef d'amorcer un lancer de projectiles tous plus lourds les uns que les autres, qui atteignent le monstre hurlant de douleur et aveuglé par la poussière qui vole autour de lui.

Profitant d'une très brève accalmie, l'homme-taureau flanque un coup de pied au chien qui s'accroche à l'un de ses mollets. Stef, le cœur battant, cherche en vain des pierres autour de lui : son stock est épuisé ! Le Minotaure, dans un hurlement, bondit vers sa cachette et saisit le jeune garçon par le bras. Stef dégringole brutalement de son perchoir. Thésée intervient alors pour asséner le coup de grâce : il lui plante son épée en plein cœur. La bête meurt dans un long hurlement. Fin du Minotaure.

Les vainqueurs s’effondrent, couverts de poussière, de sueur et de sang, près du cadavre. Un sourire se dessine sur leurs visages fatigués. Puis une autre inquiétude pointe : sans pelote de fil, comment regagner l’air libre ?

Chapitre 22

UN DÉPART MOUVEMENTÉ

Les prisonniers errent dans le souterrain, si long et si vaste qu'il n'en est pas moins effrayant maintenant qu'il a été débarrassé du Minotaure. Ils avancent péniblement, ployés sous la carcasse du monstre qu'ils traînent derrière eux afin de prouver à Minos qu'ils l'ont vaincu. « Et pas la moindre blessure ! », fanfaronne Thésée, oubliant les multiples entailles sur ses bras, ses jambes et son torse. Malgré leur répulsion, les garçons ont décidé de se servir de ce qui paraît être des boyaux humains séchés : ils les ont attachés les uns aux autres, pour former une corde que Thésée et Stef tirent tour à tour et au bout de laquelle gît le Minotaure.

Stef médite, au cours de cette longue marche. Certes, il aide comme il le peut son ami. Mais cette tâche occupe tout son temps, et il a le sentiment de n'avoir rien appris au sujet des Conjurés. Hormis le fait que, peut-être, Jules en fait partie. Qui éclairera sa lanterne ? Et avec tous ces événements, il n'a pas davantage pu récolter de renseignements sur son père. Il espère s'y remettre une fois tiré du Labyrinthe. Lorsque lui, Thésée, Pirame et Ariane auront embarqué sur le navire qui les ramènera à Cécropia ! Puis, ses songes voguent vers la petite sirène aux cheveux sombres. Où a-t-il déjà vu son visage ? Était-elle dans un de ses rêves, comme celui où il a aperçu le palais d'Aristée dévasté, sur l'Olympe ? Doit-il faire confiance aux songes ?

Pirame le tire de ses pensées, agrippant un bout de sa tunique entre ses crocs fatigués et affamés. « Je viens d'avoir la plus brillante des idées ! Tu dois te transformer en boussole !

— Imbécile.

— Quoi, tu es jaloux de ne l'avoir pas eue avant moi ?

— Rien à voir. Même si je me transforme en boussole et que nous trouvions vaguement la direction qui nous rapprochera vers la sortie, je te rappelle que nous sommes dans un labyrinthe, et que l'on ne parviendra jamais à trouver, avant de mourir de faim et de soif, la bonne combinaison de couloirs !

— Ah. Pas de bol.

— Et je te rappelle que Thésée ne doit pas apprendre que je possède un pouvoir. Ce serait très ennuyeux ! Cela pourrait achever de le convaincre que je cherche à lui voler la gloire qui lui revient. Et si je ne suis pas à ses côtés pour poursuivre l'aventure jusqu'à son terme, eh bien qui sait ce que les Conjurés mijoteront pour l'envoyer dans les limbes de l'oubli.

— Alors c'est sans issue », se résigne le chien.

Stef médite quelques minutes sur ce que lui et Pirame viennent d'échanger, et soudain il claque des doigts. Eurêka ! Il se penche vers le chien. « Ta suggestion de boussole n'est pas si mauvaise ! Mais c'est toi qui utiliseras ton flair pour revenir à la salle qui servait de garde-manger au Minotaure. C'est à peu près par là qu'on a perdu le fil, il me semble.

— OK, champion. Une fois qu'on sera globalement dans la bonne direction, comment continuer ? Tu l'as dit, la combinaison de chemins...

— Eh bien, nous ferons une pause pendant laquelle je proposerai de faire le guet. Au cas où.

— Et ?

— Et je me transformerai en oiseau. Regarde, les murs sont partiellement effondrés. Avec un peu de chance, et en prenant de la hauteur, j'aurai une idée du plan de la portion de labyrinthe où l'on est ! Et je finirai par trouver la pelote.

— Tu veux qu'on se sépare ? Mais tu es dingue !

— Ça vaut mieux que de continuer à errer dans ce trou à rats !

— Trou à taureaux.

— Ou trou à Conjurés, je ne sais pas... J'ai un mauvais pressentiment.

— Soit. Et quand tu auras mis l'aile sur ce misérable bout de fil, comment feras-tu pour nous rejoindre ?

— Je vous appellerai ! Le son de nos voix nous guidera mutuellement... En m'écoutant, vous viendrez vers moi, et en vous écoutant... »

C'est risqué. Pirame doit cependant admettre qu'il n'y a pas trente-six meilleures propositions.

Ainsi, pendant quelques kilomètres, Pirame a démultiplié ses efforts pour retrouver la salle à manger du Minotaure. Thésée est bien trop exténué pour prendre l'initiative de choisir telle ou telle voie. Il a simplement demandé, las : « C'est normal que ce soit ton chien qui décide ?

— Il a un flair excellent ! »

Tout s'est déroulé comme prévu. Tous trois se sont postés à quelques pas du charnier. Thésée a semblé soulagé lorsque la pause a été proposée. À tel point qu'il s'est mis à ronfler, à peine assis contre un mur !

Stef fait un clin d'œil au chien. « On l'autorise à dormir un peu ? »

*
* *

Stef s'éclipse, pas très à l'aise tout en s'efforçant de rester vaillant, dans les couloirs sombres. Le Minotaure a été éliminé, certes, mais les lieux n'ont toujours rien de rassurant. Au premier tournant, il devient oiseau « *Pulí !* πουλί ! » et se met à survoler les galeries, en frôlant le plafond. Au bout d'une dizaine de minutes, il aperçoit un tournant familier et redouble d'attention... pour finalement trouver le bout de la pelote, près duquel il se pose. Il examine le fil : l'extrémité est bizarrement rompue, comme si elle n'avait pas été élimée ou usée, mais qu'elle avait reçu un coup de couteau... ou un coup de dents !

Dans un recoin, les yeux verts luisent. Une créature affreuse, haute comme trois pommes – autant dire, ridicule ! – se jette sur l'oiseau ! Stef s'élève d'un coup d'ailes. Il n'est guère effrayé par le petit monstre malingre, même si ce dernier est agile. On dirait un mélange de Maître Yoda et de Gollum ; des pustules et des touffes de poils en plus. Pas très ragoûtant... Est-ce cette chose ridicule qui l'a espionné, à Boulogne ? Est-elle le bras droit de la déesse Éris ? Cette dernière est-elle le chef ou l'instigatrice de la Conjuration ?

Ça n'est pas le moment d'y réfléchir. Il s'agit de protéger la pelote de la créature, qui est peut-être à l'origine du sectionnement de fil... Stef redevient garçon et allonge une taloche au train du Yoda basculé du côté obscur de la force – lequel s'enfuit en couinant. Il faut faire vite. Stef se transforme une deuxième fois et s'élève dans les airs. Il parcourt deux fois le chemin qui lie la pelote à l'endroit où Thésée et Pirame se reposent, histoire de le mémoriser. Il redevient lui-même près de la pelote, attrape son extrémité et appelle ses amis.

De son côté, Thésée rêve. D'un gigantesque festin, de danseuses aux yeux verts, de la douce peau d'Ariane – ou d'une femme que l'on ne connaît pas... Il pousse des gémissements de satisfaction dans son sommeil, et « Il en serait presque attendrissant ce grand bêta ! » selon Pirame. La trêve est de courte durée, puisqu'une voix familière, portée par l'écho, résonne : « Ohé ! Thésée, Pirame ! »

Hagard, Thésée sursaute. Il cherche Stef et interroge muettement Pirame. « Ouais il est parti. Rien pu faire pour l'en empêcher. En attendant, il a mis la main sur ce fichu bout de ficelle ! » Thésée saute sur ses pieds, requinqué. « Génial ! Ce mec est génial ! »

*

*   *

La suite a été un jeu d'enfant. Les trois amis se sont retrouvés, après quelques tâtonnements mais avec moins de difficultés que l'anticipait Stef. Au fil de la pelote, l'air se purifiait et redevenait doux. L'atmosphère du dehors rejoignait enfin celle du dedans !

À la vue de Thésée, Stef et Pirame, traînant à leur suite le Minotaure, leurs corps couverts de sang et de poussière, avec des vêtements déchirés, les prisonniers postés près de l'entrée n'en sont pas revenus. Puis ils se sont mis à hurler de joie ! Car le retour de Thésée était synonyme de la fin de la terreur qu'inspirait le Minotaure dans toute la Crète ! Ariane patientait avec eux.

Les hurlements alertèrent les gardes, qui coururent prévenir le roi Minos. Lequel accueillit la nouvelle de façon mitigée : comment tiendrait-il Égée à sa merci, dorénavant ? Il n'allait pas les laisser partir ainsi.

Seulement voilà, Ariane avait prévu ceci. Thésée, elle et les Cécropiens décampent sans attendre vers le port de Cnossos, où le navire du roi Égée stationne encore, Zeus soit loué. On largue les amarres à la hâte. Sofia Stavros embarque elle aussi. Stef n'a plus envie de réfléchir, plus envie de lutter, plus envie de marcher. Il observe Thésée et Ariane s'enfermer dans une cabine, recommande à Pirame de veiller, s'effondre sur des coussins non loin de là et s'endort d'un coup.

*
* *

Île d'Hyria, mer Ionienne

La caverne où survit Niobé la reine déchue, à demi sauvée de son destin de pierre, résonne de cris et de lamentations. Ses enfants les monstres gémissent, atterrés par la nouvelle. Thésée, Stefanos et Pirame ont survécu au Minotaure. Ils sont libres, en bonne santé et plus triomphants que jamais ! Éris tressaille tout en faisant les cent pas autour du lagon. Les beuglements de la progéniture de Niobé l'importunent : d'un geste, sans même leur adresser un regard, elle les fige. Niobé bondit (sans bondir vraiment, étant donné son état) : « Que fais-tu ? Les molester n'était pas dans notre contrat !

— Cesse de glapir, mortelle. Nous avons besoin l'une de l'autre !

— Pas au détriment de mes enfants !

— Tes enfants n'ont rien. Ils se réveilleront dès que j'aurai fini de méditer.

— Tes réflexions ne nous ont pas franchement permis de progresser, jusque-là !

— Thésée a franchi ses étapes avec succès. Le pouvoir des Olympiens en est renforcé. Le nôtre, par conséquent, est diminué...

— Que fabrique Némésis ? Regarde, la stalactite a cessé de suinter et de descendre... Je sens dans ma chair que le rocher s'est remis à me ponctionner...

— Elle ne chôme pas, je te le garantis. C'est grâce à elle que Thésée s'est emporté contre son ami, pour la première fois... »

Un fracas retentit dans la Grotte bleue. La porte sculptée s'ouvre et laisse apparaître un char conduit par des griffons, ces créatures aux bustes d'aigle et aux corps de lion. Niobé en demeure bouche bée.

Chapitre 23

ABANDONS

Le clapotis des vagues sur la plage a tiré Stef de ses songes. Le navire vient d'accoster sur l'île de Naxos, à la tombée de la nuit, et les Grecs ont décidé d'interrompre leur voyage pour camper sur le sable. Le garçon s'accoude au bastingage, pour voir les autres travailler tandis que, pour une fois, lui se prélasse. Des tentes sont montées et des feux allumés, Thésée se promène au bord de l'eau avec sa fiancée. Ariane illumine la plage de sa beauté. Pourtant, Stef est envahi d'une étrange nostalgie.

« Elle tombera enceinte de lui. Triste, pas vrai ? » Stef se retourne, Sofia le rejoint d'un pas lent et mesuré. « Triste ? Ils sont jeunes et beaux, ils s'aiment...

— Trop beau pour être vrai !

— Eh bien... je ne connais pas grand-chose à l'amour, mais leur affaire est bien partie !

— Tu te trompes. Ariane va rester sur Naxos. Thésée s'apprête à réembarquer sans elle.

— Tu plaisantes ! Ils n'ont pas eu le temps d'apprendre que le couple, c'est galère !

— Je t'assure que c'est vrai », murmure Sofia d'une voix douce et résignée.

Elle a les yeux tendres, presque humides. Pour peu, elle poserait sa main sur l'épaule de ce jeune garçon à qui elle n'adressait la parole, à Paris, que pour se moquer de lui.

« Pourquoi crois-tu que j'aie quitté la Crète avec vous ? Ton grand copain l'abandonnera, dès demain, comme une vieille chaussette. Et moi, heureusement, je serai fidèle au poste, à ses côtés.

— Tu mens ! Thésée ne ferait jamais cela.

— Tu as trop confiance en la bonté des hommes. Et les dieux en ont décidé autrement, alors...

— Tu es une Conjurée, j'en suis sûr ! »

À quelques mètres, les Cécropiens se sont mis au diapason de la fête. Un air, joué sur un instrument à cordes, résonne, gai et entraînant. Suivi d'un deuxième, provenant sans doute d'un instrument à vent. Stef peine à les identifier, ces sons ne ressemblent à aucun qu'il a entendu jusqu'à présent. Un drôle de bonhomme se poste derrière lui et Sofia, qui sursautent, ne l'ayant pas entendu venir. « Salut à vous. Heureux et ravi, enchanté ! Je suis Dionysos. Dieu de la Fête et du Vin, dieu de l'Ivresse, dieu de la Joie, dieu de...

— Rien que ça ? interroge Stef, goguenard.

— Heu, bon, je m'emballe parfois... Sofia dit vrai. Ariane sera seule, demain, sur la plage.

— Mais enfin, pourquoi ? trépigne Stef.

— Les desseins des dieux sont mystérieux... Sofia, je te suggère de descendre du bateau pour poursuivre ta mission. C'est grâce à toi qu'Ariane aura la force de m'attendre et de ne pas se jeter à l'eau en constatant la trahison de son amant... »

Sofia acquiesce, jette de ses doigts légers un baiser à Stefanos, qui en demeure tout interdit, et disparaît d'un pas alerte.

« Nous savions que cette partie de l'histoire te chagrinerait, Stefanos. Parce que ton père...

— Mon père... Ce... lâche, qui a pris ses cliques et ses claques à ma naissance ! », fait sombrement le garçon. Il n'en peut plus des faux-semblants, ses mots dépassent sa pensée sous le choc des émotions.

« C'est ta mère qui s'est sauvée de l'Olympe, lui rappelle Dionysos.

— Et Aristée n'a rien fait pour l'en empêcher ?

— On ne retient pas le cœur d'une femme contre son gré...

— Non, mais on essaie de la raisonner ! On n'oublie pas la chair de sa chair !

— Il ne t'a pas oublié. Que fais-tu du Puits sacré ?

— La belle affaire. Il n'a jamais servi !

— Que l'inexpérience n'obscurcisse pas ton jugement. Tout a une cause, dans le mythe, une explication. Telle ta rencontre inattendue avec la petite sirène, chez Thétis. Le destin…

— … votre fichu destin, vous pouvez vous le mettre où je pense. »

Stef hoquette et tourne les talons, sourd de colère. Il gagne l'avant du bateau. Son dos glisse contre le mât tandis qu'il essuie des larmes de rage. Pourquoi faut-il que les héros se comportent ainsi, de façon si décevante ? Dionysos le rattrape, pose sa main sur son épaule. « Ne te fais pas de souci pour Ariane. Elle est bien accompagnée. Demain, elle croira mourir de chagrin en voyant les voiles de ce bateau s'éloigner, cependant elle se consolera. Elle sanglotera, aura envie de mourir et haïra le monde entier. Puis, je la rejoindrai et la demanderai en mariage. Son existence d'humaine prendra fin quand elle accouchera de son enfant, mais je lui offrirai ensuite l'immortalité. »

Dionysos montre à Stef la couronne de Thétis. « Vois-tu ceci ? Thésée n'osera pas lui reprendre son propre cadeau. Pour honorer Ariane et lui prouver mon amour, je lancerai cette couronne qui deviendra une constellation magnifique. Tu la verras briller dans le ciel lorsque le temps est dégagé.

— J'espère qu'Ariane… se vengera !

— Comme tu aurais aimé que ta mère se venge ? Hélas oui, Ariane suppliera Zeus d'intervenir... La mythologie grecque, c'est une succession d'actes de bravoure, de complots, de trahisons, de vengeances, de rédemptions.

— Quelles rédemptions ?

— Elles sont nombreuses, figure-toi !

— La tienne est au menu ? J'ai ouï dire que ton passé était... chargé ! »

Dionysos s'assied à droite de Stefanos. « La vigne, c'est mon domaine... Ainsi que la fabrication de breuvages très alcoolisés.

— Pas bien, ça ! » Stef est réprobateur. « Un verre ça va, deux verres...

— Bonjour la joie ! »

Le dieu s'esclaffe et se tape les cuisses. « Je fais macérer les plantes, ça fermente, j'en tire de l'eau de feu, celle qui arrache les gosiers et égaie le cerveau.

— Attends, tu ne vas pas me dire que tu fais l'apologie de l'alcoolisme ? s'étrangle le jeune garçon.

— Pas de l'alcoolisme bien sûr, mais du plaisir. Et l'alcool procure du plaisir, s'il est consommé de façon mesurée.

— Mouais. Tu devrais prendre rendez-vous au ministère de la Santé, toi. Tu verrais ce qu'on te répond !

— Dans l'Antiquité, les beuveries d'ados, en recrudescence dans ton XXIe siècle d'après ce qu'on m'a rapporté, ça n'existe pas.

— Ah oui ? Où est la mesure, dans l'ivresse ? À quel moment devient-elle dangereuse ? »

Dionysos n'a pas prévu cette conversation. « Écoute, petit, j'ai livré les secrets de fabrication du vin aux Grecs... Si je me mettais à regretter le passé, je n'aurais plus un instant pour regarder l'avenir. Or, j'aime la vie. Celle sur Terre comme sur l'Olympe. »

Stefanos écoute un moment le récit du dieu, qui conclut : « J'ai compris que, grâce à mes dons, je pouvais faire de l'homme un héros ou une loque. Tu n'imagines guère la pression que j'ai subie, Stefanos ! »

Le dieu avait ouvert une brèche que l'être humain avait empruntée sans hésiter, oscillant entre démence et feu sacré. Dionysos erre dans cet interstice. Il est heureux d'être qui il est, il aime cette faculté de soulever les cœurs et d'inspirer les âmes, et il regrette la folie dans laquelle certains hommes sont alors plongés, sans plus rien maîtriser. Il regrette d'avoir, involontairement, provoqué le goût des dieux pour l'hydromel.

« Aristée lui, au moins, comprenait mon dilemme... L'hydromel, c'est le miel, et le miel, ce sont les abeilles !

— Mon père était ton acolyte anonyme ?

— Jamais, au grand jamais ! Aristée est un homme, enfin un dieu, qui est très solitaire. Et nous avons partagé quelques grands moments, c'est sûr ; mais il n'a jamais perdu le nord !

— Ouais, il a juste perdu son fils et sa femme...

— Stefanos, tu me fatigues ! Ton père a eu une vie difficile et douloureuse ! Sois un peu indulgent !

— Indulgent pour quoi ?

— Pour sa fuite... Je ne peux te dévoiler l'endroit où il a trouvé refuge, tu le découvriras toi-même. Ceci n'est pas mon rôle. Sache qu'il est en paix, et qu'il n'attend que... »

Dionysos ne complète pas sa phrase. Il se contente de reprendre : « Retourne te coucher et que la nuit soit belle et calme pour toi, par Morphée ! »

Dionysos claque des doigts, c'est la seule chose dont Stef se souvienne. Un grand trou noir, dans lequel se sont engouffrés mille et une images, mille et un visages. Aristée, Irini, Zeus et Apollon... La terrifiante Éris, dont il ne sait pas grand-chose... Le mufle mugissant du Minotaure, Ariane en larmes, Sofia jolie et douce (c'est bien l'unique élément qui lui a prouvé qu'il rêvait !), Naxos et la Crète, et puis des traits inconnus, associés à un prénom : Phèdre.

*

* *

« Phèdre ? ! Mais je croyais qu'elle était la sœur cadette d'Ariane !

— C'est bien ça... » Thésée est très embêté, face aux regards réprobateurs de Pirame et de Stefanos.

Le bateau vogue bien vers Cécropia, mais Stef a loupé un chapitre. Thésée affirme être tombé amoureux de la deuxième fille du roi Minos ! « Laissez-le une minute sans surveillance, et voilà le résultat... », soupire le chien.

Pendant la nuit, un ordre a été intimé à Thésée. Il l'explique confusément. C'est peut-être Aphrodite, déesse de l'Amour, qui a pris une revanche. Mariée avec Héphaïstos le boiteux, elle avait pris Arès pour amant, et ce serait Hélios qui aurait révélé l'infidélité. Or, Hélios est le grand-père d'Ariane... Ou c'est peut-être Dionysos, qui a voulu avoir le champ libre avec Ariane. Qui sait ? En attendant, Ariane moisit à Naxos et Thésée est béat en pensant à Phèdre...

Première erreur dévastatrice d'une longue série ? Cécropia se profile à l'horizon, mais Thésée, traversé de sentiments contradictoires – joie d'avoir tué le Minotaure, douleur d'avoir perdu Ariane et amour naissant pour Phèdre – a oublié de dresser la voile blanche qui devait signifier son retour vivant...

En accostant au Pirée, tous ont appris une terrible nouvelle. Le roi Égée s'est donné la mort, pensant que son fils avait été dévoré par le

Minotaure. Les voiles étaient noires, à quoi bon survivre ? Par son étourderie narcissique, Thésée a tué son père. La mer dans laquelle il s'est suicidé a été rebaptisée de son nom.

*

* *

Île d'Hyria, mer Ionienne

La déesse montée dans le char tiré par les griffons n'est autre que Némésis. Éris se précipite à sa rencontre, tandis que Niobé se recroqueville. N'a-t-elle pas implicitement accusé la déesse de la Colère de ne plus fournir l'énergie nécessaire à sa libération ?

Némésis salue Éris. « As-tu suivi les derniers événements ?

— Et comment. Ne m'avais-tu pas assuré que Thésée se laisserait gagner par sa méfiance et qu'il finirait par s'entre-tuer avec Stefanos ?

— Je le pensais. Tout comme il était probable que Stefanos le lâcherait en cours de route, ayant constaté l'abandon mesquin d'Ariane à Naxos.

— Que s'est-il passé ?

— Eh bien notre ennemi a une âme plus pure que nous ne l'imaginions. Pourtant, un homme qui laisse derrière lui une jeune femme enceinte et amoureuse... il aurait dû réagir. »

Némésis marque une pause. « Thésée va s'installer à Cécropia. Avec le mortel et le chien. Il me paraît urgent de transporter le Pacte ailleurs. » Éris tente de l'interrompre. « Ne discute pas ! Je sais que tu es convaincue que les meilleures cachettes sont les plus simples, mais le Pacte est désormais trop proche de Stefanos.

— Il ne devait pas remettre les pieds à Cécropia...

— Notre maîtresse exige que tu le déplaces, accompagnée de ton fils Horkos. Nous ne voudrions pas que tu prépares un mauvais coup. »

Chapitre 24

DES INDICES ?

Cécropia est en deuil. Thésée a célébré dignement les funérailles de son père. Le palais a été écrasé sous le poids de la douleur pendant plusieurs semaines, au cours desquelles le nouveau roi s'est enfermé dans ses appartements, refusant de recevoir quiconque. Un matin, Stef, qui errait péniblement dans les couloirs, entre sa chambre et les salles de banquet, s'est décidé. Il a stoppé d'un geste le mouvement des gardes qui s'interposaient. Pirame les a distraits un moment, le temps pour lui de se faufiler. Une tactique dont il commence à avoir l'habitude !

La pièce dans laquelle il pénètre pue le renfermé. Il se précipite vers les fenêtres, dont il tire les rideaux. Thésée, qui gît au fond de son lit, place ses bras devant ses yeux en gémissant. « Debout, mon ami ! » Stef tâche d'avoir un ton entraînant et d'oublier qu'il y a, dans le lit, une forme féminine masquée par les draps. « Le peuple de Cécropia attend quelques mots de son prince… Tu dois te montrer, rassurer ces gens qui attendent leur chef ! Instaurer un ordre, ouvrir une page de l'histoire de la cité ! »

Thésée secoue la tête, grogne, s'étire comme un chat souffreteux. Et rejette les couvertures d'un bond, avec une lueur au fond des yeux que Stef ne lui connaissait pas. « Une page de l'histoire ? Alors qu'une autre vient de se refermer !

— N'est-ce pas à cela qu'on reconnaît les vrais héros ?

— En suis-je vraiment un ?

— Je n'approuve pas tous tes choix, mais oui, tu es un héros… Plus tard, les jeunes gens apprendront tes exploits sur les bancs d'école ! »

*

* *

Le discours de Stef a mis plusieurs jours pour atteindre le but recherché. Mais ensuite, les événements se sont enchaînés à toute allure…

Ce matin, Thésée a décidé de réorganiser la ville, qui n'est encore qu'un regroupement de plusieurs villages de taille moyenne. Il s'est installé dans la salle du trône pendant sept jours afin d'y concevoir ses plans au mieux. Et notamment, quel nouveau nom donner à Cécropia ?

Athéna et Poséidon lui ont-ils rendu visite ? Car le jeune roi est ressorti de la salle avec du neuf : les deux puissants se disputent pour mettre la future cité sous leur protection. Qui, de la déesse de la Justice ou du dieu des Océans, sera le plus engagé pour la prospérité de Cécropia ?

Un concours est organisé sur l'Acropole, afin de départager Poséidon et Athéna. Chacun doit prouver son attachement aux peuples de l'Attique en offrant un cadeau. D'un claquement de doigts, le premier fait jaillir de l'eau salée des roches de l'Acropole. Une fontaine qui serait utile aux citoyens s'ils n'habitaient pas si près de la mer... Athéna rit, et fait pousser un olivier magnifique et centenaire en quelques secondes, à un emplacement privilégié. Or, quand on sait l'importance des arbres en Grèce, ces refuges bienveillants contre la chaleur insoutenable du soleil...

Les habitants ont été appelés à discuter et à voter pour le meilleur cadeau dans la cour du palais, sous l'œil serein de Thésée, assis sur son trône, entouré de Stef et Pirame. Ce dernier est très excité. « Les hommes se placent à gauche, les femmes à droite... Mesdames et messieurs, attention, les votes sont ouverts, et ils sont sexistes ! » Stef lui flanque un coup de coude.

Mais le chien a raison, l'assemblée s'est divisée en deux clans : les hommes ont voté pour

Poséidon tandis que les femmes ont choisi Athéna ! Et comme il y a plus de femmes que d'hommes dans la cité, c'est cette dernière qui a gagné le concours et donné son nom à Cécropia – la désormais fameuse Athènes. Le « s » d'Athènes, son pluriel quoi, rappelle tous les anciens villages qui ont fusionné pour fonder la cité...

« C'est un moment tout à fait exceptionnel, mesdames et messieurs ! commente un Pirame survolté. Dans l'histoire de cette cité, c'est une grande première ! C'est inédit, chacun a voté, sans exception, sans discrimination !

– Eh, arrête de te prendre pour Nelson Monfort, s'il te plaît... On n'est pas dans une compète ou au défilé du 14 Juillet ! »

Thésée approuve l'enthousiasme de Pirame : le roi trouve que cette participation universelle est fantastique... Ça lui donne une idée. Et si tous, à l'avenir, s'associaient aux décisions importantes qui concernent Athènes, pour que la justice et la parité règnent ?

Noble idée, mais c'est compter sans la réaction de Poséidon, furax de sa défaite. Le dieu des Océans s'élève dans un brouillard d'eau chaude et tonne : « Roi Thésée, j'exige une compensation... La victoire d'Athéna par le nombre, par le... le vote, c'est révoltant ! »

Thésée est très ennuyé. Il ne peut pas se mettre à dos un dieu d'une telle importance, ni contester la victoire de la déesse ! Il modère donc sa verve et annonce son verdict. Désormais, les femmes ne voteront plus ni ne transmettront leur nom à leurs enfants. Poséidon se retire, satisfait. Stef se tourne vers Thésée. « C'est écœurant !

— Quoi, tu veux que Poséidon ravage le pays ? On imaginera divers moyens d'avantager ces dames, ne t'inquiète pas... »

*

*   *

En plus des villes d'Éleusis et de Mégare, Thésée a hérité de Trézène, par son grand-père Pitthée. Il a donc réorganisé toute la vie dans la capitale et les régions alentour. Il a mis en place un gouvernement et des lois. Il a fait construire des monuments, a mis à la mode de grandes fêtes, a fondé les J.O. de l'Antiquité. Il ne lui a fallu que quelques semaines pour tout accomplir, durant lesquelles Stef a décidé de poursuivre l'enquête sur les Conjurés.

Le garçon a beaucoup réfléchi à qui pouvait se trouver derrière les événements non conformes à la légende advenus depuis le début. Il soupçonne fortement Aphrodite de s'en mêler, de près ou de loin. Toutes ces danseuses aux yeux verts, tous ces revirements amoureux de Thésée, lui paraissent louches.

Une autre partie de ses soupçons repose sur Mnémosyne, une Titanide. Même si elle n'a officiellement pas pris part dans la Titanomachie, rien ne dit qu'elle était heureuse de l'issue de ce grand combat. Et le garçon estime qu'il y a beaucoup de problèmes de mémoire, dans cette histoire ! À tel point que cela devient troublant. Premièrement, Zeus ne sait pas où est Aristée, et avait presque oublié que Stef possédait des pouvoirs. Ensuite, le chien Pirame : lui aussi n'a qu'une mémoire tronquée ! Et que conclure des attitudes de Protée ou de Thétis... ? Le prénom de la déesse de l'Oubli revient souvent, dans le parcours de Stefanos. Et Niobé ? Personne n'a pu vraiment le renseigner sur la reine vengeresse.

Tout d'abord, Stefanos se rend chez l'oracle de Delphes, lors d'un après-midi chaud et paresseux. À cheval, poursuivi par Pirame qui a besoin d'exercice, la course a été rapide. L'oracle l'a reçu, mais a été incapable de proférer la moindre parole sensée. Il semble avoir oublié... jusqu'à son grec.

Stef est découragé mais ne s'en tient pas là. Il interroge les gens, autour de lui. Qui est Mnémosyne ? Un soutien inattendu lui vient d'un vieil homme qui appartient au palais de Thésée, que personne ne remarque jamais. Il a été garde d'Égée et se fait vieux. Sa présence est tolérée dans le palais, on ne lui demande rien, on le loge et on le nourrit gratis... Il patiente sur un banc, comme s'il attendait le Jugement dernier. Cela fait un moment que Stef l'a remarqué... Un matin, il s'est armé d'assurance et lui a adressé la parole, s'asseyant à côté de lui. Rien n'a été dit pendant quelques instants, les deux savourent la douceur de ces heures qui précèdent midi. Puis Stef s'est lancé, veillant à garder tact et respect : « Toi qui es si âgé et qui as tant vécu, que penses-tu de ce que devient la cité ? Du gouvernement de Thésée ?

— Tu n'as pas peur que ma mémoire me joue des tours ? répond le vieillard, malicieux.

— Ta mémoire...

— Mnémosyne. C'est une déesse qu'il ne faut pas fâcher. Elle est susceptible. Un mot de trop et pfuittt... tout fout le camp.

— Qui est-elle ?

— C'est la fille de Gaia et d'Ouranos. Sœur de Cronos.

— S'entend-elle bien avec Zeus ?

— S'entendait ! Il était amoureux d'elle... Il est le père d'une série de filles très jolies de Mnémosyne, inspiratrices des poètes, qu'on appelle les Muses...

— Pourquoi la redoutes-tu ?

— Elle réfléchit trop. Et une femme qui réfléchit trop, même si elle est d'essence divine, c'est mauvais signe ! »

Stef ne peut s'empêcher de sourire. Irini serait furieuse si elle l'entendait. Elle rabattrait illico son caquet à ce macho !

« Quand elle apparaît aux hommes, en général, elle se tient le menton ainsi que le bout de l'oreille avec les deux premiers doigts de la main droite. C'est une attitude très perturbante, crois-moi !

— Tu l'as déjà rencontrée ?

— Possible... Mais je ne m'en rappelle plus ! Mes souvenirs sont comme toutes les autres archives du monde : ils s'effacent. »

Voilà qui est intéressant. Une déesse Titanide, qui a été aimée de Zeus, qui n'a pas apprécié que le dieu des dieux l'abandonne pour courir ailleurs...

Après cet entretien, Stefanos se rend dans la salle des archives du palais, poussé par il ne sait quelle intuition. Un garde somnole à l'entrée, pas bien menaçant. Le garçon pousse la lourde porte bien huilée, qui s'ouvre sans grincer. La bibliothèque est gigantesque, on n'en distingue pas le fond. Elle est emplie de rayonnages de manuscrits et de dossiers, jusqu'au plafond ; en tout, ce sont mille allées, mille couloirs, mille carrefours et mille recoins qui s'offrent au premier coup d'œil.

Le documentaliste, chargé de gérer d'innombrables documents, croule sous divers rouleaux de papyrus et tablettes de l'année en cours. Il gémit et si son crâne est chauve, c'est de s'être trop arraché les cheveux face à l'ampleur de sa tâche.

« Trop d'archives ! marmonne-t-il. Quel gâchis, tous ces papyrus... » Stef se retient de lui prédire que dans près de deux mille ans, les ordinateurs et Internet permettront, si les hommes rationalisent leur boulimie administrative, d'économiser le papier... Il s'approche, l'archiviste lève le nez de son fouillis et fronce les sourcils tout en réajustant sa tunique sur son épaule. « Que veux-tu, gamin ? N'est-ce pas toi le grand confident de notre roi ? Tu parais bien jeune pour l'avoir suivi dans le Labyrinthe où il a vaincu le Minotaure !

— J'ai quatorze ans.

— Ah... Dans ce cas tu es bien maigre. Je t'en aurais donné deux de moins !

— Archiviste, je voudrais consulter tes rayons et certains parchemins... »

L'homme recommence ses plaintes, mais l'autorise à aller fouiner. « Fais attention, hein, tu remets chaque ouvrage, chaque dossier ou chaque feuillet à sa place ! Sinon, tu vas m'entendre... Il y a peu, un conseiller de Thésée est venu consulter l'archive très ancienne d'Aphrodite et l'a jetée sur le sol. Carrément. Je veux du respect, entre ces murs ! » Stef promet et demande, en tournant les talons : « Les archives relatives à la Titanomachie, ça existe ?

— Quatre-vingt-quatrième rangée, quatrième section à gauche de l'allée centrale ! », répond le spécialiste, sans plus le regarder.

Stef est impressionné. Ses pas retentissent sur les dalles, l'air est frais grâce à des brises qui pénètrent par les ouvertures percées dans les murs. Il s'engage dans l'allée centrale et met environ dix minutes à atteindre la fin de la première section (manifestement dédiée aux affaires récentes de gestion de la cité et des environs), puis dix autres pour la fin de la deuxième (qui concerne les affaires datées). Vingt minutes plus tard, il passe enfin à la quatrième section, après avoir remarqué que la troisième regroupait les documents historiques de tout l'Attique. Au fur et à mesure de sa progression, l'air est lourd et sent le genre d'odeur de la cave des Buissonnets : poussière et bois, mêlée à de l'encens. La quatrième section est dédiée aux dieux !

Stefanos ne résiste pas à la tentation et parcourt la première rangée, en quête de la lettre A pour Aristée. Il scrute les épais volumes que personne n'a consultés depuis des années. Il est si curieux de cet amas d'information qu'il se surprend à rêver d'y rester enfermé... Il se secoue, accélère son allure et parvient à mettre la main sur le dossier qu'il recherche. Un dossier bien maigre, quand on considère ceux d'Apollon, d'Arès ou d'Athéna ! Tremblant, Stef tend la main et hésite. Que va-t-il découvrir qu'il ne sait pas, à l'intérieur ? Il tire à lui l'archive de son père, d'où s'enfuit peureusement une grosse araignée inoffensive. Mais au moment de l'ouvrir, les pages s'effritent et tombent à ses pieds ! Stef recule, interdit. Les documents sont-ils si anciens ? Dépité, il attrape le dossier suivant, très épais – et ça n'est apparemment que le premier tome d'une longue série. Celui d'Artémis.

La mésaventure se reproduit : les pages lui filent entre les doigts à la vitesse de l'éclair. À une telle allure que Stef se pose la question : les livres ne s'effaceraient-ils pas parce que c'est lui qui souhaite les étudier ? Sinon, comment le conseiller dont parlait l'archiviste a-t-il pu consulter sans difficulté les documents qui concernent la déesse de l'Amour ?

Stef revient dans l'allée centrale et se met à compter soigneusement, à haute voix, de peur de ne pas débusquer la fameuse quatre-vingt-quatrième rangée. À plusieurs reprises, il est obligé de revenir au début parce qu'il a perdu le fil. Mnémosyne ?

Arrivé devant la bonne rangée, il s'interroge. Est-il prudent d'extraire le dossier, si c'est pour que le document tombe en ruine aussitôt ? Il claque des doigts. Il reviendra, c'est certain, mais accompagné de Sofia. Son don de télékinésie va enfin servir !

*
*   *

Île d'Hyria, mer Ionienne

Niobé a suivi, grâce à la flaque, la progression d'Éris à travers les rayonnages de la bibliothèque d'Athènes. Elle a longtemps tergiversé avant de s'y rendre et a sans doute perdu un temps précieux. Elle s'est pliée aux arguments de Némésis, et toutes deux ont convenu de la nouvelle cachette : pour échapper aux recherches de Stefanos, Éris transportera le Pacte dans le temps, à l'époque moderne. Le document reviendra là où il est né, dans la baie de Navagio. La déesse de la Discorde le placera à l'intérieur du Panagiotis*, ce navire échoué sur le sable en 1983. De la sorte, il sera également plus facile de l'atteindre si jamais elle devait encore le déplacer.*

Seulement, tout ne s'est pas déroulé comme prévu. Éris a bien remis la main sur le Pacte et s'apprêtait à repartir, en compagnie de son fils Horkos. Une dispute familiale s'est alors engagée, contre toute attente ! Le démon entendait faire respecter un certain ordre dans la procédure de transfert, ce qui avait occasionné les sarcasmes de sa mère.

Quoique habitué à ces traitements, Horkos s'était élevé contre elle. Et puis, pour une fois qu'il pouvait lui tenir la dragée haute et qu'il n'était plus qu'un exécuteur d'ordres, il n'allait pas se priver ! Il le soutenait mordicus, les Conjurés avaient insisté pour qu'il veille lui aussi au Pacte – craignant l'esprit tordu de la déesse de la Discorde, qui pouvait faire volte-face à tout moment et se retourner contre ses propres alliés. D'un geste, il avait créé le double du Pacte.

Furieuse, sa mère s'était jetée contre lui. Elle n'avait pu le faire disparaître – le sort ne pouvait être annulé que par lui.

Et la catastrophe était advenue : des pas, non loin d'eux, avaient retenti. Suivis d'une voix qui comptait les allées... celle de Stefanos !

Surpris, les dieux infernaux s'étaient interrompus. Il fallait se volatiliser, croiser leur ennemi alors qu'ils étaient en possession du Pacte était trop risqué ! Horkos, dont la rapidité d'esprit et d'exécution n'était pas la qualité première, n'avait plus le temps de détruire le double du document. En l'insultant à voix basse, sa mère avait tout juste eu l'opportunité de jeter un sortilège bancal aux rayons environnants avant de s'évaporer avec lui.

Chapitre 25

EXPÉDITIONS

Durant des jours entiers, Stef a supplié Zeus, en prière, de lui renvoyer Sofia Stavros. Sans résultat. Où peut-elle être ? Aux côtés de quelle héroïne ?

De son côté, Thésée est loin d'être inactif. Il est très entouré, par des conseillers, des généraux et des gardes ; à tel point que Stef n'a accès à lui que sur audience. C'est-à-dire qu'il est obligé de demander un entretien, d'attendre l'acceptation puis une convocation, de patienter jusqu'au jour J, et d'être plutôt précis sur l'ordre du jour. Cela le décourage peu à peu, tout comme le silence de Zeus et de Sofia.

Thésée a participé, quoique de loin, à l'odyssée de la Toison d'or. Stef aurait rêvé l'accompagner mais il est resté à Athènes. Puis Thésée a dirigé deux guerres contre Thèbes sans les inviter à le suivre. Pirame, lui, ne s'en plaint pas… Stef se sent inutile et il en vient à souhaiter un retour à Boulogne.

En attendant un signe concret de Zeus, il s'interroge. Pourquoi Thésée ne l'emmène-t-il plus comme avant ? Est-ce parce que Stef a été blessé au cours d'une chasse, celle du sanglier de Calydon ? C'est vrai qu'il avait accepté de suivre Thésée, mais à contrecœur. La bestiole était la fille de la laie de Crommyon ; elle tourmentait le roi d'Étolie et constituait une punition d'Artémis à laquelle le souverain avait oublié de faire une offrande.

Mis au courant, Thésée avait soutenu l'expédition qui s'était montée, en compagnie de nombreux héros. Stefanos, lui, jugeait bon que le roi de Calydon se débrouille seul avec la déesse fâchée. Il avait argué qu'il connaissait bien Artémis, que sa colère tomberait… Mais rien à faire, Thésée voulait briller, une fois encore.

Au cours de la chasse, Stef avait chuté de cheval, culbutant au fond d'un ravin… On l'en avait remonté mal en point, et cela avait agacé Thésée – cette peur de perdre du temps, comme d'habitude ! Il avait pourtant escorté son ami blessé au sanctuaire le plus proche. Stef avait eu de la chance. Parce que certains prêtres soignent leurs malades de façon sommaire, attendant surtout une intervention divine pour la guérison.

Il aurait pu tomber entre les mains d'un prêtre qui se serait contenté de lui faire prendre maints bains d'affilée et de jeûner, avant de le faire s'installer sous le portique du temple en priant pour que le dieu guérisseur se manifeste ! Très utile... En direction du sanctuaire, Stef n'avait pu s'empêcher de faire part à Pirame de son inquiétude. Le chien l'avait rassuré comme il l'avait pu :

« Certains médecins de cette époque sont des génies ! La Grèce possède de grandes écoles de médecine. Hippocrate, ça te parle ? Le père de la médecine, le serment d'Hippocrate, ça te dit quelque chose, non ? L'obligation d'obtenir le consentement de la personne avant une opération, ou encore le respect du secret médical...

— Et si tu le faisais venir ?

— Ne dis pas de bêtises. C'est une star de la médecine et toi, tu n'es qu'une minuscule graine de héros... Ce que je veux dire, c'est qu'Hippocrate refuse de croire que les maladies sont envoyées aux hommes par les démons. Tous les médecins n'attendent pas la grâce de Zeus. Ils agissent. Leurs techniques sont audacieuses, leurs opérations souvent réussies. Il existe même des spécialistes : des dentistes, qui se servent d'amalgames de plomb ou d'or ; des ophtalmos qui te font des bains d'œil tip-top...

— Je ne veux pas d'un dentiste ou d'un ophtalmo, Pirame ! Ce qu'il me faut, c'est un chirurgien pour réparer ma fracture et nettoyer ma plaie. Et un chiropracteur pour masser mes cervicales et mon dos... »

Et c'est ce dont Stef a bénéficié. Le médecin a pansé sa blessure et a solidement garrotté sa jambe. Sans aucun recours à la magie ou à la superstition... Remis sur pied, il n'a pu que constater le changement dans ses rapports avec Thésée.

*

* *

Au cours de ces nombreux conflits, Thésée a par exemple montré son désaccord avec la politique du roi de Thèbes, un certain Créon. Il s'est mêlé à une affaire de famille très complexe, celle des Labdacide, dont on parle encore. Stefanos gardera toujours en mémoire les yeux aveugles d'Œdipe, un roi déchu, et la prière muette de sa fille Antigone quand Thésée les a rencontrés, en secret. Il lui avait alors semblé entrevoir la silhouette de Sofia, non loin d'Antigone, sans pouvoir en jurer...

Les rapports entre Thésée et Stef se sont distendus un peu plus quand le roi d'Athènes a décidé de se rendre en Thrace, au bord de la mer Noire. Il accompagnait en effet une expédition contre les Amazones de Thémiscyra, menée par son modèle Héraclès. La fougue de celui-ci a ravivé celle de Thésée, qui s'endormait sur ses lauriers athéniens...

*

* *

Thésée... Qu'a-t-il fait pour sauver la courageuse Antigone ? Pourquoi n'a-t-elle pas eu droit à une vie heureuse, à un mariage serein ? Es-tu sûr d'être du bon côté, petit Parisien ?

Stefanos s'est réveillé en sursaut. Encore un cauchemar ! Cette fois, il était obligé de crever les yeux d'Œdipe et de pendre Antigone. Le manque d'aventures joue sur son humeur. Serait-il au chômage ? Toute la matinée suivante, il erre dans les couloirs du somptueux palais. De la chambre qu'il partage avec Pirame, jusqu'à la salle des fêtes où il a jadis rencontré Égée et revu Sofia, jusqu'aux remparts d'où il contemple souvent la mer qui porte le nom du roi défunt. Il repense à tout ce qu'il a vécu avec Thésée, les angoisses balayées, les ennemis rencontrés, les maigres indices récoltés sur son père, la confrontation avec Thétis.

Il se sent incapable, nul, pour être exact. Sans doute cette impression est-elle due à son inactivité et à l'évolution de sa relation avec Thésée. Depuis l'abandon d'Ariane, le fossé entre lui et son ami ne cesse de s'agrandir. Il ne comprend plus le nouveau roi, qui se comporte comme un héros satisfait et égoïste depuis l'épisode du

Minotaure. Certes, Stef reconnaît toutes les bonnes actions de Thésée envers la cité d'Athènes et la région d'Attique. La goutte d'eau a fait déborder le vase quand Thésée est revenu à Athènes, triomphant, en compagnie de la reine des Amazones faite prisonnière. Stef a alors vu rouge... Encore une femme, de passage probablement. Qu'en fera Thésée, une fois qu'elle aura cessé de l'amuser ?

Audience est donnée dans la salle du trône. Thésée se tient sur son siège royal, avachi, alors qu'une danseuse lui offre des grains de raisin au fur et à mesure qu'il le requiert. Une douce musique à laquelle Stefanos est indifférent enveloppe les lieux. L'air est bien loin d'égaler ce que le jeune garçon a entendu dans le palais de Thétis. La vision d'Antiopé, enchaînée dans un coin de la salle dans une tenue suggestive, achève de le mettre hors de lui. « Elle ! tonne-t-il.

— Quoi, elle ? », questionne Thésée, débraillé. Il a pris quelques kilos et un début de poignées d'amour, note Stef.

« Elle... Tu as fait d'une reine fière et libre une captive. Tu te comportes comme un barbare !

— Oh, je t'en prie, Stefanos, ta morale à la noix... Antiopé est très amoureuse de moi.

— Tu deviens un roi... pas très fréquentable ! Rien ne compte plus que tes exploits. Et qu'est-ce que c'est que cette manie de tomber amoureux toutes les cinq minutes... ? Tu ne donnes pas une très bonne image de toi ! »

À ces mots, Thésée bondit. « Pas une bonne image ? Tu plaisantes, j'espère ! J'ai vaincu les Amazones, j'ai pacifié l'Attique ! Tu délires, Stefanos. »

Ce dernier a peu d'arguments. Comment avouer à Thésée que son attitude avec les femmes le dégoûte ? Cependant, Antiopé n'est pas réellement enchaînée, elle s'approche du roi et se coule dans ses bras, fixant Stef comme un intrus. Celui-ci détale, laissant Thésée à ses nouvelles amours. Avant de refermer la porte, il s'interrompt : une voix l'interpelle... Il se retourne, nez à nez avec Sofia !

« Enfin ! Moi qui désespérais de te revoir !

— Ah oui ? Il me semblait au contraire que tu étais pressé de me quitter, la fois dernière...

— Zeus ne t'a pas prévenue que je te cherchais ?

— Eh, monsieur le héros, je ne suis pas à tes ordres. J'ai beaucoup à faire moi aussi, je te signale ! Quand te convaincras-tu que derrière chaque grand homme se cache une femme ?

— Une ou plusieurs ! maugrée Stef.

— Laisse tomber, tu as remarqué qu'on n'est pas dans un jeu de PSP, au moins ?

— Je préférerais. Moi Mario, toi princesse blonde, et nous vaincre méchant crocodile...

— La princesse, en l'occurrence, c'est Antiopé. Et tu n'imagines pas à quel point j'ai galéré pour qu'elle rejoigne Thésée, comme c'est écrit. Les Conjurés ont failli réussir à la rendre amoureuse… d'une de ses propres suivantes. Tu imagines le bazar ? Adieu le petit Hippolyte, adieu…

— Stop. En parlant des Conjurés, tu as avancé ?

— Eh, c'est ta mission, pas la mienne ! Même si nos ennemis me mettent des bâtons dans les roues, comme à toi…

— Justement, ne serait-ce pas notre mission à tous les deux ? Ne devrait-on pas faire cause commune ? Tu ne m'aiderais pas ?

— Oh, je suppose qu'Antiopé peut se passer de ma présence une heure ou deux… Qu'est-ce que tu attends de moi, le zéro ? Pardon, le héros ? »

Stef a conduit Sofia jusqu'à la salle des archives. L'adolescente a été ébahie par l'immensité majestueuse et solennelle des lieux. Par l'atmosphère studieuse et savante qui y règne. Ils sont passés tout doucement sous le nez de l'archiviste, qui ronflait comme un bienheureux. Ils ont allumé une bougie et ont filé vers la quatrième section en chuchotant. Sofia est beaucoup plus sympathique qu'à Saint-Antoine et Stef la regarde d'un œil différent. Où est la capricieuse enfant gâtée qu'il détestait ?

En marchant, Stef dévoile son plan à Sofia. Puisque les archives se dématérialisent sous ses doigts, sans doute par l'effet de la magie, il faut les sortir de leurs rayons sans les toucher. La spécialité de Sofia, quoi. Cette dernière approuve l'idée. Face aux dossiers intitulés Titans, elle fait jouer son don : les documents glissent vers eux en flottant. D'un claquement de doigts, Sofia leur commande de les suivre jusqu'à la sortie de la salle des archives, puis jusqu'à la chambre de Stef.

Par bonheur, il est tard et ils ne croisent personne.

*

* *

Assis en tailleur au pied du lit, Stef et Sofia compulsent les documents avec avidité. Pirame, se sentant délaissé, les observe du coin de l'œil. Sofia s'est prise au jeu et fait part de toutes ses découvertes à Stef. Celles-ci concernent surtout la généalogie des Titans, leur guerre contre les Olympiens. Tous deux tombent de sommeil. Une feuille attire cependant leur attention et leur ôte l'envie de dormir : il y est inscrit que Thétis accepte la demande d'Éris de tendre un piège à un certain... Stefanos ! Ce dernier est très troublé. Thétis, du mauvais côté ? Elle qui paraissait si bienveillante dans son palais sous-marin !

Une servante frappe alors à la porte, munie d'un plateau de tisanes. « Il m'a semblé que vous pouviez en avoir besoin ! », sourit-elle gentiment.

Lorsque la servante ferme la porte derrière elle, Sofia attrape une tasse et s'apprête à la boire. Inexplicablement, le chien se rue sur elle et elle renverse sur les précieuses archives le contenu du récipient ! Elle pousse un cri étouffé. La tisane enflamme les documents !

Stef se lève d'un bond, s'empare d'une couverture et éteint comme il le peut le début d'incendie. Une puissante fumée s'en échappe, faisant tousser les complices. Il ne faut que quelques minutes pour rétablir le calme, mais le mal est fait : nombre de papyrus sont détruits... Stef est dépité autant que furieux, alors que Sofia est inquiète : « Tu as vu ?

— Faudrait être aveugle pour l'avoir loupé ! » Furax, il se tourne alors vers Pirame. « Tu as détruit une mine d'informations ! Qu'est-ce qui t'a pris ?

— Il nous a plutôt sauvé la vie... La tisane était empoisonnée, c'est toi ou moi qui serions morts si nous l'avions bue ! », halète Sofia, sous le choc.

Le chien est parti bouder dans un coin de la pièce, frustré de se faire enguirlander de la sorte alors qu'une fois encore son instinct ne l'a pas trompé. Stef ne répond rien, ni ne marmonne le moindre mot d'excuse ; il se rue vers la porte, qu'il ouvre brutalement. Il agrippe le bras de la servante, qui avait l'oreille collée contre le battant. Il la force à entrer et la secoue. « Parle, tu voulais nous empoisonner ?

— Seigneur, ô maîtresse, cette tisane vient des cuisines…

— Mais c'est toi qui l'as commandée ! Traîtresse… Qu'as-tu ajouté dans ce breuvage ? »

La fille pleure, dans tous ses états. Il faut une bonne demi-heure à Sofia pour la calmer, tout en la menaçant suffisamment pour qu'elle les mette sur la piste. Une voix s'est emparée d'elle et, comme dans un rêve, lui a ordonné de verser un poison dans la tisane… « Je vous jure, je n'avais pas tous mes esprits… Je ne sais pas ce qui m'a pris… Je ne voulais pas… Et je ne me souviens plus… Niobé, j'ai entendu ce prénom, et puis Éris, et je vous jure que c'est tout ! »

Stef, Sofia et Pirame se regardent, l'air entendu. Pendant ce bref instant, la servante se jette sur les tasses et boit celle de Stef, restée intacte. Elle s'étrangle et tousse. Ses yeux sont révulsés dans les dix secondes qui suivent. Elle est prise de tremblements et s'affaisse sur le sol. Elle est morte. Stef est effondré, et sans le soutien de son chien, heureusement pas rancunier, il se serait recroquevillé sur lui même. Encore une mort horrible…

Sofia, elle, ne panique pas et appelle les gardes pour qu'ils emportent le corps. Puis elle embrasse Stef sur la joue : « Je dois partir, retourner auprès d'Antiopé. Je suis désolée. Il te reste néanmoins quelques feuilles du dernier dossier sur les Titans... Je vais les étaler sur ce bureau pour que tu n'aies pas besoin de les toucher... Lis-les et fais-les placer en lieu sûr ! »

*

*   *

Île d'Hyria, mer Ionienne

Niobé peut désormais se lever de son rocher, même si son pied gauche demeure comme collé à la pierre. Les monstres de la grotte ont entamé une mutation peu engageante : ils ne sont plus tout à fait des monstres, pas encore des êtres humains. Ils ont l'air de souffrir. Des lambeaux d'écailles, de peau et de plumes, qu'ils arrachent avec des cris atroces, pèlent de leurs corps. Niobé se couvre les yeux. « Mes chéris, le calvaire est presque terminé ! Regardez votre mère : je serai bientôt libérée de mon sort... »

Une voix l'interrompt. « Bientôt, c'est relatif ! »

Éris vient de faire son entrée. « Que veux-tu dire ? » Niobé est anxieuse, tout à coup. « Je n'ai rien dit à Némésis de votre bêtise et de cette histoire de double du Pacte...

— J'espère bien ! Nous diviser est la dernière chose à faire, si nous voulons remporter la partie finale ! De toute façon, la servante corrompue que j'ai envoyée à Stefanos et Sofia a réussi à faire disparaître le double.

— Et ils sont morts ?

— Triple imbécile. S'ils étaient morts, nous serions déjà hors de cette grotte... »

La première manche est presque terminée, et la déesse de la Discorde sait qu'elle l'a perdue. Elle réussira difficilement, désormais, à détruire son ennemi. Tout au moins compte-t-elle l'affaiblir, à court terme... Elle usera pour ce faire d'un poison vicieux.

Chapitre 26

L'AIDE DE ZEUS

Alors que le jeune garçon s'apprête à se coucher, Zeus lui rend enfin visite. « Je te sens trr-racassé, arrrrièrrre-petit-fils.

— J'ai tout compris : Mnémosyne, la déesse de la Mémoire, a fait disparaître celle du roi Thésée ! C'est la raison pour laquelle il se comporte ainsi, depuis plusieurs mois !

— Hélas, mon Stefanos, tout ce que tu vas voirrr dans les prrrochaines heurrres... C'est écrrrit. Pourrr une fois, les Conjurrrés n'y sont pourrr rrrien. Dis-moi ce que tu as apprrris rrré-cemment. »

Stef lui narre l'épisode de la servante, qui confirme les soupçons pesant depuis le début : Éris est forcément membre de la Conjuration de Niobé. Zeus n'est pas étonné. Depuis le procès de Stefanos, déjà lointain, Éris s'est faite discrète, ce qui n'est pas franchement dans ses habitudes. Le dieu des dieux est heureux que Stef apporte des indices et prévoit de bannir la fautive après avoir rassemblé son Conseil – et quelques preuves supplémentaires. Ce qui prendra un peu de temps, les uns et les autres étant difficiles à réunir...

« N'appelle surtout pas Thétis ! J'ai lu qu'elle était une ennemie !

— Thétis ? » Zeus est étonné. « Tu es sûr de ce que tu avances ? Elle a toujours été douce et attentive...

— J'ai été très étonné aussi...

— Nous étudierons cela plus tard. Quoi d'autre ?

— Je n'ai pas encore pris connaissance des derniers documents concernant les Titans...

— Je vais t'aider. Fais voir ! »

Les dernières pages n'apprennent rien de nouveau à Zeus et Stefanos. Si ce n'est une chose : les Titans se seraient rencontrés secrètement à Hyria ! « Cela n'avait pas été porrrté à ma connaissance, c'est étrrrange... » Aussitôt, Stef propose de s'y rendre, en compagnie de Thésée. Zeus lui presse l'épaule. Stef recule vivement. « Une étape aprrrès l'autrrre. Veux-tu continuer l'aventurrre avec Thésée ?

— Bien sûr ! Comment peux-tu en douter ?

— La suite ne va pas te plairrre, mon pe...

— Je ne suis pas petit. Je suis suffisamment aguerri pour encaisser. Je refuse de m'arrêter maintenant.

— Comme tu veux, mon ami. »

Zeus a fait un geste bizarre, et une sphère qui ressemble à la Terre est apparue, flottant sans support. Au fur et à mesure des paroles du dieu des dieux, les images se projettent sur la sphère en apesanteur. Thésée a capturé et subjugué Antiopé, il conçoit un fils avec elle... Hippolyte. Antiopé décide de devenir une Athénienne, loyale à son royal amant. « Génial, il va enfin se ranger ? »

Zeus regarde Stef, navré. « Depuis quand la mythologie est-elle simple et sans heurts ? »

Ce que Zeus montre ensuite à Stef, c'est une guerre. Celle des Amazones qui, furieuses d'avoir perdu leur reine, essaient d'envahir l'Attique et assiègent la capitale. Celle de la capture de Thésée par les Amazones pendant la bataille de la Pnyx, malgré la victoire finale. Celle d'Antiopé qui, au cours de cette guerre, meurt d'un coup de javelot. Et ce que Zeus montre enfin à Stef, c'est l'alliance que propose Deucalion à Thésée...

« Mais Deucalion est le fils de Minos et il lui a succédé sur le trône de Crète, n'est-ce pas ? C'est le frère d'Ariane, comment peut-il tolérer que sa sœur ait été larguée par Thésée et proposer ensuite un pacte ? Comment peut-il envisa-

GÉNÉALOGIE DE THÉSÉE

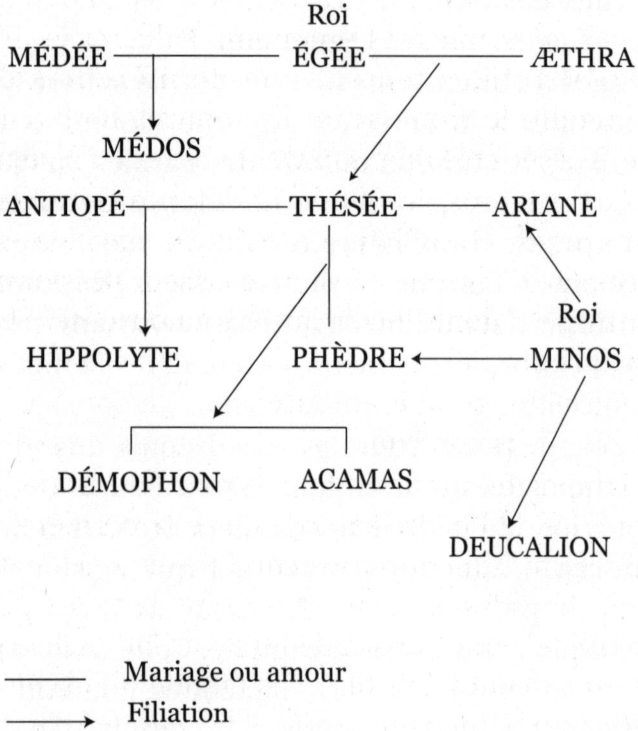

ger de lui offrir la main de sa deuxième sœur, Phèdre ?

— Stef, que tu es naïf…, répond Zeus d'un air solennel. Dans le cœur des hommes, il y a l'amour. Il y a aussi la guerre, les honneurs, les tractations politiques, et ces milliers de femmes… »

Zeus n'épargne pas le pauvre adolescent et continue à faire défiler les images de l'avenir.

Thésée épouse Phèdre. Celle-ci met au monde deux fils, Acamas et Démophon. Pallas et ses fils les Pallantides tentent une dernière fois de reprendre le trône avant de mourir. Lors d'un été, Thésée et les siens partent s'aérer à Trézène.

Entre-temps, le fils de la défunte reine des Amazones, Hippolyte, grandit. *De facto*, il est vice-roi de Trézène. C'est un chasseur passionné et timide... dont Phèdre tombe amoureuse. Stef est catastrophé.

« Phèdre tombe amoureuse... de son beau-fils ? » Zeus confirme.

Hippolyte apprend de la bouche de la vieille nourrice de Phèdre l'amour de cette dernière. Il lui résiste. L'amoureuse éconduite se suicide, se pend en laissant une lettre dans laquelle elle accuse le jeune garçon de lui avoir fait violence. Thésée maudit son fils et demande à Poséidon de le tuer. Hippolyte s'exile, il est attaqué par un taureau furieux sorti des flots, jeté à terre et tué.

« Stef, tu es sûr... » Stefanos veut tout savoir.

Thésée apprend ensuite la vérité de la bouche d'Artémis. Il a la confirmation que Phèdre lui mentait, qu'elle a envoyé le fils d'Antiopé vers sa mort. Thésée se retrouve seul...

Stef ferme les yeux, devant tant de douleurs. La sphère magique se dissout. « Jeune homme, ta mission me paraît terminée...

— Terminée ? Mais je n'ai pas démasqué les Conjurés ! Et mon père, mon père Aristée, pourquoi n'a-t-il pas donné signe de sa présence ? Ce que j'ai accompli ne lui a pas suffi ?

— Le danger, c'est d'avoir l'impression d'avoir accompli... Tu es loin de l'accomplissement, jeune homme. »

*

* *

Cette nuit, Stef rêve encore. De la clé en or, du temple de son père dévasté, de formes obscures dans une grotte, de Sofia. De Thétis et de sa sirène.

Téthysss... La déesse te veut du mal, fils d'Aristée ! Elle t'a menti ! Elle a rejoint les Conjurés, elle a déchaîné les eaux, elle a mandé Sciron pour te jeter sur la tortue de Mégare, elle...

Stef se relève d'un bond sur sa couche. Encore un mauvais rêve ! La nuit n'est-elle pas censée porter conseil ? Il pose ses pieds à terre, fait quelques pas et respire profondément. L'asthme n'est pas loin, alors que sa maladie ne l'avait pas ennuyé depuis longtemps. Il s'approche d'un broc d'eau, s'asperge, boit quelques goulées, se poste à la fenêtre. Il jouit d'une vue imprenable sur Athènes, qui resplendit dans la nuit tel un joyau. A-t-il le droit de jouir de tant de luxe, lui qui se sent si incapable ? Il se recouche, déterminé à s'endormir.

Tu ne peux accorder ta confiance à personne... Le monde est devenu fou !

Stef s'agite sur son lit, à demi endormi.

Chapitre 27

LA SÉPARATION

Thésée fait irruption dans la chambre de Stef, bouillant d'impatience. « J'ai stabilisé la région, j'ai rattaché la cité de Mégare à l'Attique et à Athènes, j'ai participé à la quête de la Toison d'or avec Jason, j'ai conquis le cœur d'Antiopé et mis à mal mon propre fils, Phèdre s'est pendue et je suis taraudé par l'ivresse du voyage... Sais-tu qu'en ce moment le roi Pirithoos me provoque ? »

Grâce à ce que Zeus lui a montré sur sa sphère, Stef est au courant. Le roi en question est le chef des Lapithes, un peuple montagnard qui vit au nord de la Grèce, en Thessalie.

Depuis son fauteuil, Stef répond : « Comme on lui chante tes louanges et que cela l'agace, Pirithoos t'a volé un troupeau près de Marathon. Il chasse tes bergers. C'est cela qui te met en colère ?

— Exactement. Ce type ne perd rien pour attendre !

— Bon sang, Thésée, ça n'est qu'un vulgaire troupeau... Pirithoos n'a pas les ressources nécessaires pour te défier. Tu devrais l'ignorer et te consacrer à ta famille, pour une fois !

— Quelle famille ? Je suis veuf et mon fils doit me détester... Et la tienne, où est-elle ? Où est ta fichue famille ? Ta mère dans les contrées du Nord, ton père perdu on ne sait où... Et pourquoi n'as-tu pas d'épouse ? Et pourquoi as-tu l'air d'un éternel jeune homme ? »

Ce coup bas anéantit le moral de Stef et Pirame à la fois. Le temps ne s'écoule pas de manière identique pour tous.

« Thésée, je t'aime comme un frère mais...

— Je me bats pour ce qui m'importe. Et tu t'en iras. Je le sais. Accompagne-moi une dernière fois. Je vais voir ce malotru de Pirithoos en compagnie de mes soldats pour lui flanquer une raclée ! »

Thésée fait demi-tour, Stef et Pirame sont interdits par la rapidité des événements. Le chien éclate d'un rire amer : « Il est comme ça, Thésée... »

*

* *

Stef chevauche un bel étalon noir, quelques mètres derrière Thésée. Ce dernier est déchaîné contre le voleur de troupeaux.

La plaine marathonienne s'étend devant l'équipée royale, qui ralentit le rythme. Thésée apostrophe un berger : « Où se cache Pirithoos ? » Ce dernier ne se cache pas, de fait. Il est tranquillement installé avec ses hommes en lisière de la cité, patientant pour se mesurer à Thésée. « Ça va chauffer ! », aboie Pirame. Le roi d'Athènes descend de son destrier et s'avance vers son ennemi, qui s'est levé d'un bond et se tient prêt, la main sur le pommeau de son épée.

Le brigand, fils d'Ixion (ce roi qui engendra avec Néphélé le premier des Centaures), est un homme très beau ; sa mine est arrogante, ses yeux sont perçants. Il fait à peu près la taille de Thésée. Les hommes se dévisagent, s'avançant avec précaution, quoique déterminés. Chacun dégaine son arme blanche pour croiser le fer. Soudain, de façon très inattendue, Thésée et Pirithoos éclatent de rire. Ils se ressemblent tant qu'ils ne peuvent garder leur sérieux ! Des jumeaux. Des jumeaux se sont trouvés et se sont plu. Ils sont de la même race, celle des guerriers qui ne craignent pas grand-chose, pas même la mort. Hadès, dieu des Enfers, ne doit guère les porter dans son cœur.

L'amitié. Pirame et Stef en restent comme deux ronds de flan, tout comme les soldats. Chacun ne peut ignorer le nombre de points communs que Thésée et Pirithoos partagent.

Fiers, se croyant indestructibles, célibataires. Stef observe, impuissant, les deux rois s'asseoir devant un feu de camp et se verser du vin, se racontant leurs équipées respectives et se gargarisant de leurs exploits martiaux et amoureux.

Le compagnon de Thésée, ça n'est plus lui désormais. Le garçon ressent une déception identique à celle qui serait la sienne si Anat et Jules faisaient alliance contre lui. Réflexion faite, non. Il ne sait pas ce qu'il ressent. Il n'a jamais été si proche de quelqu'un avant et n'a jamais partagé autant qu'avec Thésée. Il s'assied tristement à distance du camp, pour réfléchir. Cette alliance inattendue entre le roi athénien et le roi lapithe le déconcerte autant qu'elle l'inquiète.

*

* *

« Ton ami est un égoïste, un tyran en puissance... Tu ne peux plus lui faire confiance. Ton ami a trahi toutes vos valeurs. Il ne se souvient plus de votre longue marche de Trézène à Athènes. Seul compte, pour lui, son plaisir au présent. Ses désirs du moment... »

Stef se réveille en sueur. Les voix nocturnes qui l'assaillent, depuis plusieurs lunes, l'épuisent.

*

* *

Saut dans le temps. Thésée a cinquante ans. Stefanos assiste à ce que devient le héros qu'il a tant admiré jadis. Il n'est pas étonné, il sait que Zeus le fait voyager à travers les années. Il rêve de partir à Hyria, afin de glaner des indices sur la rencontre qui a eu lieu entre les Titans. Sofia n'a pas réapparu. Pirithoos est devenu le complice du quotidien de Thésée.

Tous deux complotent pour enlever la plus belle fille de Grèce, toute jeune puisqu'elle n'a que douze ans. Cette femme, c'est la princesse Hélène. Cette dernière sera la cause d'une future guerre atroce qui s'achèvera à Troie ; Thésée en est tombé amoureux en la voyant danser devant le temple d'Artémis. En dépit de son âge, le roi d'Athènes mène une expédition pour l'enlever et l'épouser dès sa majorité.

Thésée vient la chercher en Laconie et la renvoie à Trézène chez sa mère Æthra, pour qu'elle soit en sécurité en attendant leur mariage. Athènes devenait une ville dangereuse...

Ce que Thésée n'avait pas prévu, c'est que les frères d'Hélène, les Tyndarides, se battraient pour la récupérer. Ils y parviennent, et en profitent pour asservir Æthra. La mère du roi d'Athènes, réduite en esclavage pour payer une passade de son fils ? Pathétique.

Les incartades de Thésée et son copain thessalien ne s'arrêtent pas là.

« Jusqu'où ira-t-il ? gémit Stefanos face à ce sombre futur.

— Jusqu'aux Enfers, explique Pirame. Hermès ne plaisante pas.

— Ce sont les frères d'Hélène qui l'y ont envoyé ?

— Non... Son propre ami, Pirithoos. »

Ce dernier souhaitait une nouvelle épouse. Hélène étant déjà l'objet de tant de convoitises, il a jeté son dévolu sur Perséphone-Corè, dont Stef a déjà entendu parler puisqu'elle est fille de Déméter. Cette même fille appartenant au dieu des Enfers et dont l'évocation a servi à infléchir Déméter lorsqu'il s'est agi de chasser Cercyon de son temple. Voilà qui parle à Stefanos... Dans sa jeunesse, Thésée n'aurait pas osé descendre si bas, au sens propre comme au figuré ! Voler la femme d'un autre – qui plus est celle d'Hadès ! – pour son meilleur copain... Il faut croire que l'âge confère une audace différente, parfois mal placée.

Thésée et Pirithoos sont restés coincés aux Enfers, tout bonnement collés au siège sur lequel ils ont pris place. Le Trône de l'Oubli, avancé pour les héros par le dieu Hadès lui-même...

*

* *

À quoi bon rejoindre Thésée ? N'as-tu pas suffisamment souffert ? Rentre chez toi, oublie tout, retrouve ta vie tranquille…

Stef se promet de ne pas céder aux voix qui l'assaillent la nuit et l'incitent à la lâcheté.

Chapitre 28

AUX ENFERS

« Aller aux Enfers récupérer Thésée ? Tu es devenu dingue...

— C'est ce que j'ai décidé, Pirame.

— Mais pourquoi ? Son outrecuidance a offensé les dieux, il s'est mis dans la panade tout seul...

— Est-ce une raison pour manquer à mes devoirs d'ami ?

— Pfff, ça fait longtemps que vous n'êtes plus comme les doigts de la main. Il t'a préféré la compagnie de cette tête brûlée de Pirithoos. Et regarde le résultat : deux vieux beaux qui ont franchi la barre des cinquante ans, séduisent des femmes qui ont moins de la moitié de leur âge ; ne sont-ils pas justement punis, quoique sévèrement ? Et ton enquête sur les Conjurés ? Et l'île d'Hyria ?

— Ça attendra.

— Sais-tu qu'Héraclès veut lui aussi délivrer Thésée ?

— Je dois y aller. »

Pirame renonce à convaincre Stefanos mais le met en garde : le royaume des morts est un vaste pays souterrain où errent les âmes des défunts telles des ombres. Les Enfers sont découpés en zones qui correspondent à la personnalité des morts. Ainsi, l'Érèbe est la région où les âmes expient leurs fautes terrestres. Dans la plaine des Asphodèles, les morts végètent pour l'éternité. Les Champs Élysées sont un endroit accueillant et doux, pour les héros et les hommes qui ont été justes.

Stefanos sursaute. Les Champs Élysées ? Paris lui manque, tout à coup, lui qui a toujours raillé les touristes et les Japonais photographiant la plus célèbre avenue du monde. Lui qui grognait lorsqu'il y était traîné par sa mère pour faire du lèche-vitrine...

Et il y a le cœur de l'Enfer, le Tartare. Un endroit glacial et effrayant, entouré par trois remparts d'airain – alliage de divers métaux, dont le cuivre et le bronze –, où mille vents s'engouffrent pour accompagner les hurlements des âmes qui s'y font torturer. Au départ, le Tartare était le lieu où l'on enfermait certaines créatures malfaisantes et les héros qui avaient transgressé les règles divines. Les Cyclopes, par exemple, y avaient été incarcérés. Puis Zeus y avait envoyé les Titans, Tantale, Sisyphe et Ixion... Ixion ? Le père de Pirithoos et des Centaures ? Ça alors...

« Tu ne croyais tout de même pas que Zeus allait le laisser tranquillement vivre sa vie, après qu'il a essayé de séduire Héra ?

— J'ai l'impression qu'on tourne en rond, Pirame ! Le châtiment d'Ixion, qui est tombé amoureux d'un nuage et qui...

— Tu ne tournes pas en rond. C'est la mythologie grecque qui croise les légendes, les entrecroise, les sépare et les réunit !

— Bon, et que fait Ixion aux Enfers ? La version où il se fait botter le cul par Hermès, c'est la version soft, c'est ça ? Il fallait m'épargner ? Et vous jugez, toi et Zeus, que je peux maintenant entendre des trucs plus horribles ?

— Ixion, le pauvre, est attaché à une roue enflammée qui tourne sans arrêt sur elle-même...

— OK, OK... Crois-tu que ce soit la raison pour laquelle Pirithoos a décidé de descendre chez Hadès ? Corè ne serait pas son unique objectif ?

— Va savoir, répond Pirame en haussant l'échine. Je n'y avais jamais pensé, ce n'est pas idiot...

— Merci beaucoup ! »

*

*   *

Le jeune garçon se prépare, prend ses renseignements, des conseils, et s'apprête à saluer Athènes pour se rendre au cap Ténare, à l'extrême sud du Péloponnèse. S'il empruntait la voie terrestre, il referait exactement, en sens inverse, le chemin qu'il a parcouru avec Thésée et Pirame pour découvrir la capitale ! Cette fois, il a décidé d'embarquer sur un caïque, embarcation de pêche légère qu'il va manœuvrer avec quelques hommes, pour voyager rapidement. Pirame n'est pas de la partie. Mais Athènes est sans roi, quelqu'un doit donc surveiller la cité – l'air de rien. Le chien fait promettre à Stef de revenir dès que possible.

Il ne faut que quelques jours à Stefanos et à son bateau pour parvenir au cap Ténare, où est située l'entrée des Enfers. Ce qui rappelle à Stef un roman qu'il a lu à Boulogne, un livre formidable : un père qui cherche son enfant, mort au cours d'une rixe de rue, en Enfer… Sauf que Stef ne cherche ni son fils ni son père : il veut sauver un adulte doté d'une cervelle de gamin… Secrètement, il formule l'espoir qu'Aristée ne ressemble pas à Thésée. Un ado attardé en guise de père, il n'y a rien de pire ! Surtout quand on le rencontre alors qu'on est soi-même au seuil de l'âge adulte.

Au bout de quelques jours, le caïque jette l'ancre à proximité des côtes du cap Ténare, non loin d'une île minuscule et mystérieuse. Le vent s'est levé, le ciel s'est couvert de nuages et le soleil est totalement masqué. On se croirait presque de nuit. Une brume épaisse flotte autour de l'île, chose inattendue en Grèce... Stefanos regarde sa pagaie plonger dans les eaux noires et dormantes qui entourent l'île. Il frissonne et n'ose se représenter les bestioles exotiques qui vivent là-dessous...

Le caïque atteint le rivage de l'île. Par réflexe, les matelots le hissent sur la grève malgré l'immobilité des eaux. Stef resserre les pans de son manteau autour de ses épaules, tant il fait froid. Il se dirige, seul et résolu, vers l'entrée d'une caverne qui se dessine dans la falaise. Il slalome entre de hauts peupliers noirs, hésite un instant devant le trou obscur puis s'y engage. Il a pris soin, auparavant, de se munir de pièces afin de payer son tribut au vieux Charon, qui fait passer les êtres au-delà du Styx, chez les morts.

Stef a la sensation de retourner dans le Labyrinthe du Minotaure, sauf qu'il est seul. Il reprend courage en pensant à Thésée, qu'il faut sauver. Il végète désormais à l'Orme du Sommeil, l'entrée du tunnel. Il atteint le rivage où errent pendant cent ans les âmes qui n'ont pas été ensevelies, puis le Styx : sur la barque de Charon, un magnifique athlète marchande avec le passeur. En s'approchant, Stef devine qu'il s'agit d'Héraclès ! Ce dernier est grand et sa carrure, puissante. Sa chevelure et sa barbe sont brunes, il porte une couronne de lauriers. Il a pour armes un arc, une massue et la peau du lion de Némée.

Éberlué, Stef saute dans la barque et interrompt la discussion du héros et du passeur d'âmes : « J'apporte un complément d'obole, je suis ici pour voir Thésée...

— Alors nous sommes deux ! lui lance Héraclès d'un ton jovial. On fera la route ensemble ! »

Pas sûr ! se dit Stef. Charon pousse du pied sa barque pour la lancer sur le Styx. En regardant dans l'eau, Stef voit avec horreur des visages terrifiés voguer parmi les flots. Héraclès ne pipe mot, Charon ouvre ses lèvres desséchées sur une denture douteuse, jaune et trouée. « Alors, messieurs, l'est pas beau mon fleuve ? »

En atteignant l'autre berge, Charon les fixe. Stef et Héraclès lui donnent des piécettes d'or supplémentaires, que le vieux empoche après les avoir mordues pour vérifier leur valeur. À quelques pas se dresse un chien gigantesque à trois gueules : Cerbère. Héraclès lance à Stef : « Sauve-toi... Ce monstre est pour moi ! »

Sans demander son reste, Stef s'éclipse.

Il grimpe au sommet d'une colline qu'il identifie comme étant celle des enfants morts à la naissance (des milliers de bébés y rampent péniblement), traverse la plaine des innocents injustement condamnés à mort puis celle des suicidés – pas le loisir de vérifier si Égée y erre – pour aboutir au champ des larmes et à celui des guerriers. Stef arrive ensuite à la porte d'ivoire qui conduit aux Champs Élysées. Il bifurque, convaincu que Thésée ne s'y trouve pas... Au bout de deux heures de marche, le premier rempart du Tartare. Il le franchit, passant près d'une tour de fer.

Au troisième rempart, il se demande s'il a bien fait de s'obstiner. Les vents se font plus violents, les ombres l'entourent et menacent de le submerger, leurs cris sont rauques et hautement déstabilisants. Stef se cache les yeux quand il sent que la folie le guette, pour continuer à avancer.

Finalement, il arrive enfin en vue du lieu où Thésée est retenu prisonnier !

*

* *

Devant Stef, des ombres se traînent en direction du cœur du Tartare. Le garçon aperçoit les deux punis, retenus par des liens invisibles au Trône de l'Oubli. Thésée, les yeux dans le vague, supplie : « Apprenez, par mon exemple, à ne point être injustes et à ne pas mépriser les dieux ! »

Son ami est couvert de cicatrices et de blessures. Son œil droit est fermé, entouré de cernes rouges ; une balafre à demi refermée parcourt l'une de ses joues. Apparemment, le roi d'Athènes a payé pour son arrogance. Ses vêtements sont déchirés et sales, une barbe de plusieurs mois couvre son menton.

Stef s'approche lentement, les visages de Thésée et Pirithoos s'éclairent. « Ô mon Stefanos, quel courage... Tu es venu nous sauver !

— Libère-nous ! gémit Pirithoos.

— Je ne sais si je pourrai tous les deux vous faire revenir sous le soleil d'Apollon !

— Il faut essayer ! »

Au cours de sa dure randonnée, Stefanos a pensé aux différents moyens de tirer les rois des Enfers. Héraclès est censé procurer son aide, mais nulle trace de lui. Stef espère qu'il est venu à bout de Cerbère !

Il murmure une incantation et ferme les yeux, priant pour que sa transformation se déroule bien. Ça fait un bail qu'il n'a pas exercé sa magie et il craint d'être un peu rouillé ! La métamorphose ne sera pas simple. Stef ne sait pas comment ôter leur charme au Trône de l'Oubli. Il s'apprête à tenter une expérience encore inconnue de lui : se transformer successivement en rocher puis se désagréger, sans passer par sa forme initiale. Pourvu que se réduire en miettes ne l'anéantisse pas, purement et simplement ! Il se concentre.

Il devient rocher et entend les exclamations de Thésée et Pirithoos. Son cerveau bout, au bord de l'implosion – c'est exactement ce qu'il désire. Son corps de pierre tremble, se fendille et éclate... Thésée se retrouve le fessier à terre, dans un nuage de poussière ! Il se relève prestement tandis que Stef redevient garçon. Il ne sait si son action pour que le rocher vole en éclats compte pour une transformation à part entière. Si tel est le cas, il ne lui reste plus qu'une métamorphose à effectuer.

Thésée est prodigieusement étonné par le pouvoir de Stefanos mais garde son sang-froid : il lui intime l'ordre de libérer Pirithoos.

Le peut-il ? Réitérer l'opération pour le roi lapithe est dangereux : si la transformation a compté double, il restera coincé sous la forme d'un rocher et ne pourra pas imploser pour libérer Pirithoos. Et il éprouvera probablement des difficultés à redevenir lui-même ! Il hésite... lorsque Cerbère surgit au bout du couloir, poursuivi par Héraclès !

Pirithoos lance un regard déchirant à Thésée et lui fait signe du menton. « Pars et ne te retourne pas ! Pas la peine de perdre trois héros... » Après une courte hésitation, priant pour qu'Héraclès intervienne, Thésée et Stefanos se ruent vers la sortie. Thésée essuie une larme, très furtivement. En lui se disputent la hâte de revoir la lumière du jour et le remords d'abandonner derrière lui son ancien compagnon d'armes. Tous deux savent qu'ils n'ont pas le choix. Ils se mettent à courir.

Chapitre 29

LE REPOS DES HÉROS

Tous tes proches sont coupables de ne pas t'avoir mis en garde... Tu ne peux te fier qu'à...

*

* *

Stef se réveille aux Buissonnets avec un puissant mal de crâne. Un coup d'œil à son chien, qui gît sur la carpette, le convainc que ce dernier a aussi souffert de ce dernier chapitre de leurs aventures.

Le garçon se précipite vers la chambre d'Irini, bouleversé. Il pousse la porte sans frapper. Sa mère se redresse sur son lit et écarquille les yeux tandis que son fils gémit sur le seuil. « C'est terrible ! Le sort de Thésée, de cette canaille de Pirithoos... »

Irini semble intuitivement comprendre la détresse de ce garçon qu'elle reconnaît à peine tant il a poussé et tant les traits de son visage ont définitivement quitté l'enfance. « Allons... L'existence n'est pas toujours joyeuse. Mais elle n'est pas toujours aussi tragique que ce que tu as vécu en allant vers Thésée et les siens...

— As-tu voulu mourir ? Dis-moi, Maman, as-tu déjà voulu mourir ?

— Es-tu fou ? Avec un fils comme toi ? Jamais ! Et puis, ajoute-t-elle malicieusement, je suis mortelle, moi. Donc beaucoup plus réaliste que toutes ces princesses et tous ces braves que tu as croisés ! »

Stef se calme progressivement. « Et Aristée, tu ne lui as pas jeté un mauvais sort ? » Irini éclate de rire. « Je viens de te le dire, je ne suis ni princesse ni héroïne de la mythologie !

— Oui, mais la mythologie, ce sont des histoires qui nous ressemblent et où les sentiments sont poussés jusqu'à l'extrême. C'est ce qui pourrait presque nous arriver...

— Je te promets qu'on évitera les catastrophes. D'un côté, il y a la vie fabuleuse brandie par Zeus. Et de l'autre, il y a la vie fabuleuse, non moins compliquée, des hommes...

— Mais les dieux et les héros nous sont si proches.

— C'est pourquoi nous pouvons apprendre de leurs erreurs. »

Stef réfléchit. « Tu penses que j'ai échoué dans ma mission ?

— Sais-tu ce que signifie ton prénom ?

— Je ne me suis jamais posé la question.

— *Stephanos* veut dire “couronné”. C’est aussi une couronne que l’on remettait aux athlètes vainqueurs des jeux. »

C’est alors que Stef comprend que, depuis sa naissance, il est comme Thésée, appelé à réaliser de grandes choses. Modeste, il ne parvient toutefois pas à s’en convaincre pleinement.

« Dis, j’ai rêvé de tout ça ? Je reviens des Enfers ! Thésée, comment va-t-il ? Et Pirithoos s’en est-il tiré ? Et...

— Je ne sais pas, Stef, je ne sais pas... »

Stef s’est recouché, ce jour-là, fiévreux comme rarement, accablé d’une profonde tristesse, de celles qui tirent les larmes des yeux sans que l’on comprenne précisément leur raison d’être. Il a été à nouveau assailli de rêves au cours desquels le destin de Thésée lui a été révélé. Et promis, ce ne sont pas les cours de Durand qui lui sont revenus d’un coup !

Alors, que dit le mythe ?

À son retour à Athènes, Thésée est conspué par les habitants. Pendant son absence, la ville est tombée dans la corruption et l’anarchie, les citoyens s’entre-déchirent. Ils se sont révoltés contre lui et contre ses expéditions ; un certain Ménesthée ne tarde pas à lui confisquer le pouvoir.

Thésée a envoyé le reste de sa famille, ses fils, sur l'île d'Eubée, puis il a maudit Athènes. Il s'est retiré à Scyros, où il a hérité de terres par l'un de ses aïeux. Le roi Lycomède l'a accueilli mais, craignant d'être détrôné, l'a entraîné par ruse sur une falaise d'où il l'a poussé. Thésée est mort, le sourire aux lèvres, après une vie somme toute bien remplie.

*

* *

Stefanos est resté alité une semaine. Des rêves qui racontaient les dernières épreuves vécues par son ami, sans son aide, n'ont cessé de le poursuivre. Quelque chose en lui ne parvient pas à saisir pourquoi Zeus ne lui a pas permis de rester avec Thésée jusqu'au bout.

Tous ses malheurs lui font prendre conscience de la part sombre, inhérente à sa part de lumière, de ce monde dans lequel il vit. Ce poids qu'il ressent dans sa poitrine, sur ses épaules, est la prise de conscience subite de ce que le temps de l'innocence enfantine est terminé... Il a longuement pleuré. À chaque larme essuyée, il s'est promis de n'en plus verser aucune – en vain. Les malheurs humains l'accablent. Où se cache la joie, sur notre Terre ? Même ce brave Pirame ne parvient plus à la réconforter. Il semble d'ailleurs aussi déprimé que son maître.

Stef a la sensation que Zeus a voulu l'épargner. Et si la suite avait été trop dure ? Le garçon a-t-il eu tort de montrer qu'il désapprouvait Thésée ?

Comme on dit, dans le boulot, il ne faut pas que les sentiments personnels interfèrent. Stef est tiraillé, s'en veut de ce manque de professionnalisme, tandis qu'il est également fier d'être resté fidèle à lui-même.

Tout ceci n'est-il qu'une épopée onirique ?

Le héros est monté au grenier, afin de réfléchir. Puis, mû par un instinct indéchiffrable, il s'est levé pour observer la vieille jarre de marbre et d'onyx qui repose dans l'ombre.

Athéna avait expliqué qu'un passage entre Les Buissonnets et le temple d'Aristée, sur l'Olympe, existait. Le garçon s'accroupit près de la jarre, pose sa joue contre elle. « Révèle-moi tes secrets... », murmure-t-il. Il passe la main à l'intérieur en fermant les yeux et ressent comme des aspérités. Il se relève à demi, observe de plus près et constate que la paroi intérieure est sculptée de petites abeilles... Sur l'une d'entre elles, la plus grosse, il y a un trou qui ressemble à s'y méprendre à une serrure.

Il plonge machinalement la main dans sa poche. La surprise le saisit. Il vient d'y trouver un objet convoité. Il le sort en tremblant... Il s'agit bien de la clé d'or qui donne accès au temple d'Aristée !

Sa stupéfaction se mue en bouleversement lorsqu'il l'examine de près et découvre, sur le médaillon qui sert d'embout, une gravure représentant un jeune berger avec une peau d'agneau sur les épaules. Stef est bouleversé. Le muet de Crommyon, celui qui les a aidés à vaincre la laie, était donc...

Une joie déferle dans son cœur. La gravure est soulignée d'une inscription : « Je te regarde, mon fils. »

NOTE DE FIN

Les ossements de Thésée auraient été retrouvés à Scyros aux environs de 470 av. J.-C. Cimon, homme d'État, général et stratège athénien, aurait fait rapatrier les reliques à Athènes avec faste.

La légende Thésée devint de plus en plus populaire. Ses talents politiques furent enfin reconnus. S'y ajouta le prestige d'avoir instauré de grandes fêtes, comme les Synoïkias et les Panathénées, ou encore les théséies.

Qu'il me soit pardonné d'avoir introduit dans le mythe Stefanos, son chien et leur quête ; d'avoir inventé la Conjuration de Niobé ; de m'être approprié le personnage d'Aristée ; d'avoir commis des anachronismes (il s'agissait pour moi de donner un visage global de la Grèce, outre raconter quelques-uns de ses mythes) ; de m'être légèrement écartée des interprétations couramment admises ou de les avoir embellies à force de détails sortis de mon imagination ;

d'avoir privilégié certaines versions (ainsi, par exemple, pour certains le nom d'Athènes aurait été attribué par le roi Cécrops...). Mais ces diverses interprétations, parfois contradictoires, n'offrent-elles pas justement une certaine forme de liberté ?

REMERCIEMENTS

À Benjamin Kuntzer, pour son enthousiasme immédiat et sa patience.

À Anna Pavlowitch, pour sa confiance et son accompagnement.

À Antoine Clément, le premier lecteur.

PETITE BIBLIOGRAPHIE

Adam Marie-Thérèse, *Héros de la mythologie grecque* (récits adaptés et racontés par ; illustrations de Clotilde Perrin), Gallimard Jeunesse et Folio Junior, Paris, 2006.

Annequin Colette, *Dieux et héros de la mythologie. 200 figures de la mythologie grecque et romaine !*, First Éditions, Paris, 2007.

Beck Martine, *Le petit dictionnaire de la mythologie* (avec la collaboration de Yvonne Dubois et Valérie Fert ; illustrations de Véronique Ageorges), Pocket Jeunesse, Paris, 2000.

Blackwell Christopher W. et **Blackwell Amy Hackney**, *La mythologie pour les nuls* (adaptation par Gilles Van Heems et Yves D. Papin), First Éditions, Paris, 2006.

Chavot Pierre, *Les Héros mythologiques*, Marabout, Paris, 2006.

Chrisp Peter, *La Grèce antique : avec un site exclusif et plus de 150 liens Internet* (iconographe de Sarah Hopper ; traduit de l'anglais par Pascal Varejka), Gallimard Jeunesse, Paris, 2006.

Day Malcom, *100 personnages clés de la mythologie*, Le Pré aux Clercs, Paris, 2008.

Detienne Marcel, *Les mythes grecs*, Perrin, coll. « Tempus », Paris, 2008.

Grimal Pierre, *Récits et légendes de l'Olympe*, Larousse, Paris, 2008.

Hawthorne Nathaniel, *Les héros de la mythologie grecque* (traduit de l'anglais par Pierre Leyris), Pocket Jeunesse, Paris, 2003.

Hector Hugo, *Thésée revenu des enfers* (illustrations de Elène Usdin ; dossier par Marie-Thérèse Davidson), Nathan Jeunesse, Paris, 2008.

Impelluso Lucia, *Mythes : histoires et représentations des dieux et héros de l'Antiquité*, La Martinière, Paris, 2008.

—, *Dieux et héros de l'Antiquité* (traduit de l'italien par Valérie Julia), Hazan, Paris, 2003.

Koenig Viviane, *Les dieux et héros grecs*, Sorbier, Paris, 2002.

Lacarrière Jacques, *Dictionnaire amoureux des mythes*, Plon, Paris, 2006.

—, *L'Odyssée hier et aujourd'hui, d'Homère à Nikos Kazantzakis*, Racine, coll. « Les Midis de la poésie », Bruxelles, 2005.

Matthews Ruppert, *La Grèce antique*, Gründ, Paris, 2008.

Montardre Hélène, *La mythologie grecque* (illustrations de Claude Cachin, Vincent Dutrait, Anne Eydoux), Milan Jeunesse, Toulouse, 2008.

Moriousef Chantal, *L'Iliade – Homère* (traduit et adapté du grec par ; illustrations de Clotilde Perrin), Gallimard Jeunesse et Folio Junior, Paris, 2006.

Nogès Jean-Côme, *Le rêve d'Icare* (illustrations d'Hippolyte), Nathan Jeunesse, Paris, 2005.

Noiville Florence, *Les héros grecs* (illustrations de Christine Noiville), Actes Sud Junior, coll. « Les Naissances du monde », Arles, 2002.

Nouhen Elodie, *Thésée et le Minotaure* (adaptation par Christine Palluy ; illustrations de Elodie Nouhen), Milan Jeunesse, Toulouse, 2007.

Pandazopoulos Isabelle, *L'Odyssée – Homère* (traduit et adapté du grec par ; illustration de Clotilde Perrin), Gallimard Jeunesse et Folio Junior, Paris, 2007.

Petiska Eduard, *Les mythes de la Grèce antique* (illustrations de Ludek Manasek), Gründ, Paris, 2003.

Philibert Myriam, *Dictionnaire des mythologies*, Maxi-Poche Références, Paris, 1998.

Van Heems Gilles, *Dieux et héros de la mythologie grecque*, Librio, Paris, 2007.

QUELQUES LIENS INTERNET

http://www.ac-versailles.fr/pedAGOGI/anti/mythoo.htm

http://mythologica.fr/grec/

http://www.ac-nancy-metz.fr/enseign/lettres/LanguesAnciennes/Ariane/fichiers/ariane_thesee.htm

http://www.universalis.fr/encyclopedie/T303698/THESEE.htm

http://www.insecula.com/contact/A004300.html

TABLE

Composition Nord Compo
Achevé d'imprimer en Espagne
par Litografia Rosès
le 5 avril 2010.
Dépôt légal avril 2010. EAN 9782290017320
Loi 49-956 du 16 juillet 1949 sur les publications destinées à la jeunesse

Éditions J'ai lu
87, quai Panhard-et-Levassor, 75013 Paris
Diffusion France et étranger : Flammarion